Wolfsgedanken

Melanie Gömann
Kurzgeschichten

AF236930

Über die Autorin:

Melanie Gömann wohnt mit ihrer Familie in der Region Hannover. Sie ist Jahrgang 1972 und arbeitet als Speditionskauffrau.

Erste Erfolge feierte sie mit der Veröffentlichung einer Kurzgeschichte im E-Book zur Aktion Wirschreibenzuhause von Sebastian Fitzek.

Im nächsten Monat erscheint eine ihrer Stories im Charity-Buch der Aktion www.1bild2geschichten.de.

Wolfsgedanken

Melanie Gömann

Kurzgeschichten

Für Adelheid,
Werner und Connor

Nirgendwo habe ich mehr Ruhe gefunden
als in Wäldern und in Büchern.
(Thomas von Kempen)

Wer immer tut, was er schon kann,
bleibt immer das, was er schon ist.
(Henry Ford)

Vorwort

Liebe Leser/innen,

ich danke Ihnen für die Entscheidung, dieses Buch zu kaufen.

Erlauben Sie mir vorab ein paar Worte. Vielleicht gibt es jemanden unter Ihnen, der meine Art zu schreiben noch nicht kennt. Ich habe mich der Dunkelheit des Lebens verschrieben. Ich meine damit nicht fiktive Monster, sondern die schrecklichen Dinge, die jeden Tag mitten unter uns passieren.

Mobbing, Depressionen, Suizid, Prostitution und sexueller Missbrauch sind nur einige der Themen, die in meinen Geschichten eine Rolle spielen. Manchmal enden sie mit so etwas Ähnlichem wie einem Happy End. Doch oft genug führe ich dem Leser das jeweilige Thema brutal vor Augen.

Ich entschuldige mich dafür bei Ihnen, aber ich finde, dass man diese Problematiken nicht vergessen darf. Ich möchte den Leser aufrütteln, ihn bitten, einen Augenblick innezuhalten, um denen zu gedenken, die zu Opfern wurden.

Nicht jede Geschichte in diesem Buch braucht einen Sicherheitshinweis, aber seien Sie sich bewusst, dass Sie auf Schicksale treffen, die Ihnen zusetzen werden. Manche Geschichten wie zum Beispiel „Ein Freund fürs Leben" und „Der große Bruder" beruhen auf Geschehnissen, die im letzten Jahr in Deutschland wirklich passiert sind.

Einen besonderen Hinweis möchte ich zu der Geschichte „Die Zerbrechlichkeit der Seele" geben. Sie ist sehr hart geschrieben, aber ohne die derbe Wortwahl wäre es mir niemals gelungen, dieser Geschichte Leben einzuhauchen.

Ich danke Ihnen für die Aufmerksamkeit und wünsche Ihnen eine emotionale Reise durch meine Gedanken.

Melanie Gömann
Oktober 2021

Lichter der Großstadt

Lana ging im Schutz der Dunkelheit über den Parkplatz. Sie war froh, dass der Parkwächter die defekte Glühbirne neben ihrem Stellplatz noch nicht ausgetauscht hatte. Niemand sollte ihre verweinten Augen sehen, wenn sie nach der Therapie nach Hause kam. Sie hasste falsches Mitleid, genauso wie neugierige Fragen.

Nach dem Umzug sollte alles anders werden. Lana hatte gehofft, die Anonymität der Großstadt würde sie wie ein Kaschmirmantel sanft umhüllen und beschützen. Doch ihr Optimismus wurde bereits zu Beginn jäh gedämpft. Sie spürte die Blicke der Nachbarn auf ihrem Körper. Hörte, wie sie nach dem aufgesetzten Gruß hinter ihrem Rücken tuschelten.

***

Doch niemand sah ihre Narben. Lana trug immer Handschuhe und ein Halstuch. Auch der Rest ihres entstellten Körpers war stets bedeckt. Kein Blick konnte den Stoff durchdringen. Und dennoch war da dieses Gefühl, als könnte jeder sie sehen. Betrat sie einen Raum, fühlte sie sich hilflos ausgeliefert. Als wäre sie nackt, und alle starrten sie an.

Lana war sich sicher, dass die Menschen um sie herum so dachten. Es lag in ihrer Natur, alles anzustarren, was nicht ins genormte Bild passte. Schönheit reichte nicht aus. Wer im Leben etwas erreichen wollte, musste makellos sein. So, wie sie es früher einmal gewesen war.

Die Ironie an der ganzen Sache war, dass sie das selbst dachte. Wie oft starrte sie den Rollstuhlfahrer aus dem Erdgeschoß oder das kleine Mädchen mit dem Feuermal an, wenn sie ihnen zufällig im Treppenhaus begegnete. Lana fühlte sich erhaben ihnen gegenüber, weil man ihren Makel auf den ersten Blick nicht sehen konnte.

***

Über diese scheußlichen Gedanken redete sie in ihrer Therapiestunde nie. Und das vergiftete Lana innerlich immer mehr. Sie war unfähig, andere Menschen an sich heranzulassen und verlor vollständig das Interesse an ihrer Umgebung. Sie sah nicht, dass der Parkwächter sie jeden Abend anlächelte. Sie wusste nicht, dass der Rollstuhlfahrer ein erfolgreicher Sportler war und das Mädchen mit dem Feuermal die Klassenbeste.

***

Sie hatte inzwischen die Wohnungstür hinter sich verschlossen und schrie die vermummte Gestalt im Garderobenspiegel an:

„Langsam wirst du verrückt! Niemand sieht sie! Du bildest dir alles nur ein. Das Monster ist versteckt, und nur du kannst es sehen!" Und mit diesen letzten Worten warf sie wütend eine Dose Schuhwachs in den Spiegel, der unter der Wucht zersplitterte.

Ein Glas Rotwein dämpfte ihre Wut, und sie nahm ein Fotoalbum in die Hand. Vor einem Jahr war sie noch begehrenswert gewesen. Sie hatte einen Verlobten und große Träume gehabt. Sie strich mit ihrer deformierten Hand über das letzte gemeinsame Foto mit Lars. Es entstand auf einer Party, vier Tage vor dem verhängnisvollen Unfall. Danach hatte sie sich nie wieder freiwillig fotografieren lassen.

Sie dachte an den Unglückstag, der ihr Leben veränderte. Es war ein ganz normaler Arbeitstag gewesen. Niemand ahnte, dass sie heute das letzte Mal gelächelt hatte. Eigentlich erinnerte sie sich auch gar nicht mehr an die Einzelheiten. Sie konnte noch die Sirenen hören und die Schmerzensschreie ihres Kollegen Kurt. Oder waren es ihre eigenen gewesen? Später im Krankenhaus hatte man ihr erzählt, dass es ein Chemieunfall gewesen war, der überall passieren konnte.

***

Kurt, der drei Wochen vor seiner Pensionierung stand, hatte es auf den ersten Blick noch wesentlich schlimmer erwischt. Er war durch die Säure erblindet. Aber er hatte deutlich weniger Verätzungen der Haut davongetragen als sie. Lanas rechter Arm war bis zum Ellenbogen entstellt. Dazu hatte sie Verletzungen am Hals und am Kopf erlitten. Sie war gerade mal 24 Jahre alt gewesen, als in der Klinik ihr langes braunes Haar abrasiert wurde. Von diesem Tag an war sie ein hässliches Monster, das noch Jahrzehnte bis zur Rente arbeiten musste.

Die körperlichen Folgen des Unfalls hatte Lana schnell verkraftet. Ihr Arbeitgeber hatte beide Opfer finanziell mehr als großzügig abgefunden. Aber auf die Rückkehr in das Leben hatte sie niemand vorbereitet. Sie sagte die Hochzeit ab, und schloss Lars aus ihrer Welt aus. Bevor er es tun konnte.

***

Lana verließ das Dorf, in dem sie ihr ganzes Leben verbracht hatte, zwei Wochen nachdem sie aus der Reha zurückgekehrt war. Sie konnte das Getue der Menschen um sie herum nicht mehr ertragen. Jeder behandelte sie wie eine Behinderte. Die Blicke der Menschen und deren mitleidiges Gerede, gingen ihr auf die Nerven. Und als eine neugierige Nachbarin es beim Einkaufen mit den guten Wünschen mal wieder übertrieb, bekam sie einen Wutanfall.

Sie wurde eine Gefangene ihres Elternhauses. Die Mutter verhängte alle Spiegel, und kein Sonnenstrahl konnte sich einen Weg durch die geschlossenen Jalousien bahnen. Lana fühlte sich, als wäre sie lebendig begraben worden. Wenn sie überleben wollte, musste sie hier weg!

***

Sie kaufte sich von der Abfindung ihrer Firma eine Wohnung in der Stadt, und dort saß sie nun. Immer noch war sie ein in Erinnerungen schwelgendes kleines Mädchen, das sich vor der Welt versteckte. Sie arbeitete von zu Hause aus und ließ sich ihre Lebensmittel liefern. Zu ihren Therapiestunden ging sie immer erst spät abends, wenn die Dunkelheit mit ihrem Körper verschmolz und die Lichter der Großstadt nur ihre Schönheit betonten.

Denn das war sie auf den ersten Blick immer noch. Eine schöne Frau. Lanas Augen hatten niemals den Glanz verloren, und ihre Locken waren mit der Zeit nachgewachsen. Niemand ahnte, was sich unter ihrer Kleidung verbarg.

Doch eine Person wusste es. Sie selbst! Und das war der Grund für ihre Tränen. Solange sie ihre Narben nicht akzeptierte, blieb sie das Monster.

Der Eiswolf

Sie saß am Fenster und beobachtete den Vollmond. Die Kälte zeichnete Eisblumen an die Fensterscheiben. Silbrig glänzende Schneeflocken tanzten durch die frostklare Nacht. Ida liebte den Winter. Er machte die Welt so friedlich und still. Die Menschen verzogen sich in den kalten Winternächten in ihre Häuser, anstatt noch spätabends in den Gärten zu sitzen.

Ida arbeitete fast das ganze Jahr über als freie Journalistin. Nahm jeden unangenehmen Auftrag an und bereiste exotische Länder. Sie war 36 Jahre alt und geschieden. Ihr Mann hatte sie während ihrer Auslandsaufenthalte mehrfach mit ihrer besten Freundin betrogen. Und eines Tages war Ida drei Tage früher nach Hause gekommen und hatte die beiden erwischt. Kinder hatten beide nie gewollt, obwohl sich Ida oft einsam gefühlt hatte. Der Rest war ein dunkles Kapitel im Buch ihres Lebens.

Von Ende Oktober bis Mitte März zog sich Ida jedes Jahr auf die kleine Nordseeinsel Pellworm zurück. Das windschiefe Haus war das einzige Überbleibsel der Ehe, die sie eingegangen war, aber nie wirklich gewollt hatte. Ihr Ex-Mann hatte damals laut gelacht, als sie nur die alte Hütte wollte. Er verbrannte sechs Monate später bei einem Unfall mit dem Auto, zusammen mit der Freundin, die sie gerne bespuckt hätte. Die Unfallursache wurde nie ermittelt. Ida wusste aber seit diesem Abend, was damit gemeint war, dass ein Feuer reinigende Wirkung hatte. Nach dieser Sache hatte sie nie wieder Schlafprobleme.

Sie war schon sechs Wochen auf Pellworm, und der Winter war ungewöhnlich rau fürs norddeutsche Flachland. Momentan war sogar der Fährverkehr eingestellt. Ida liebte den Humor der verschrobenen Nordlichter, auch wenn sie Jahre brauchte, um ihn zu verstehen. Sie war stolz, dass sie die Herzen der Bewohner inzwischen erobert hatte. Aber erst seit sie nicht mehr die Frau vom reichen Doktor war, die hier nicht hingehörte. Sie war eine echte Insulanerin, die zum Tee eingeladen wurde und mit der man gerne ein Schwätzchen hielt.

Idas größte Anerkennung blieb aber, dass sie sich in der Dorfkneipe ungefragt an den Männerstammtisch setzen durfte. Jeder Tourist wäre für diese Dreistigkeit haushoch rausgeflogen. Ida mochte das Geschwätz der alten Männer und den Geruch von Bier und Pfeifentabak. Sie vertrug auch mehr Alkohol als mancher Mann, was die alten Herren sichtlich beeindruckte. Ida hatte ihren Vater nie kennengelernt, und ihr Opa Hannes war derjenige, der sie das Leben gelehrt hatte. Genau wie Oma und Mutter war auch er seit vielen Jahren tot.

***

Die Stimmung in der Kneipe war derb humorvoll, als sich Ida an diesem Abend zu den Männern setzte. Sie wollte schnell etwas essen und ein paar Runden mit dem Stammtisch trinken. Da fiel ihr Blick auf einen Mann, den sie hier noch nie gesehen hatte. Sein äußeres Erscheinungsbild ordnete ihr Kleinhirn unbewusst als attraktiv ein. Ida konnte es nicht lassen, ihn anzustarren. Fiel er in einer Kneipe mit angetrunkenen Rentnern doch auf wie ein Einhorn auf einer

Pferdekoppel. Ida aß ihren Fisch, kippte den angereichten Doppelkorn hinunter und setzte sich zu dem Fremden an den Tisch.

***

Ida erwachte am frühen Morgen auf ihrer Couch. Sie musste sich an der Lehne festhalten, weil ihr Kopf sie gerade zu einer Freifahrt Kettenkarussell einlud. Sie tastete umständlich nach dem Schalter der Stehlampe und stöhnte auf, als das grelle Licht auf ihr Gesicht traf. Was war hier passiert? Auf dem Couchtisch standen zwei Schnapsgläser und eine leere Wodkaflasche. Sie ahnte nichts Jugendfreies, als sie ihre Kleidung auf dem Boden verstreut sah. Sie schaute vorsichtshalber unter die Wolldecke, die sie wie ein Ballkleid gerafft am Körper trug.

Ida war nackt und versuchte die vergangene Nacht zu rekonstruieren. Sie hatte den Mann vom Nebentisch noch in der Kneipe wild geküsst und mit nach Hause genommen. Danach erinnerte sie sich nur noch an den Sex. Auf jeden Fall wusste Ida, dass alles mehr als freiwillig gewesen war. Die Kneipe würde sie aber eine Weile meiden, sonst könnten die Stammtischgespräche peinlich werden.

***

Auf einmal wurde Ida hellwach. Wo war der Typ hin? Vor ihrem geistigen Auge sah sie schon durchwühlte Schubladen und den Inhalt ihrer Handtasche auf dem Boden verteilt.

"Du dumme Kuh!" sagte sie im Laufen zu sich selbst. Nackt rannte sie die schmale Treppe zum Schlafzimmer hoch.

Welche Ironie, dass sie gestern nicht so weit gekommen waren. Ida musste sich zwischendurch am Geländer festhalten. Nie wieder Alkohol, schwor sie sich selbst mit stummen Worten. Endlich erreichte sie das obere Stockwerk und griff sich erst mal einen Jogginganzug. Ihre Handtasche stand unberührt auf der Kommode, auch die Kameras im Arbeitszimmer waren vollständig. Das Chaos auf Tisch und Bett entsprach ganz ihrer eigenen Form von Ordnung. Von einem Mann war nirgends etwas zu sehen.

Eine Stunde später hatte Ida geduscht und die Spuren der Nacht beseitigt. Sie saß in der Küche und trank einen Kaffee. Mehr bekam sie nicht runter, ohne sich zu übergeben. Sie brauchte frische Luft und öffnete die weiten Flügeltüren im Wohnzimmer. Es hatte die ganze Nacht geschneit, und ihr Grundstück unweit des Meeres lag unter einer dichten Schneedecke. An der rechts gelegenen Steilküste peitschte der Wintersturm das Wasser zu hohen Wellen auf. Die an den Klippen genauso schnell wieder brachen, wie sie sich aufgetürmt hatten. Ida liebte es, wenn das Meer unruhig war und seine unbändige Kraft präsentierte. Sie verstand nicht, warum die Menschen die Schönheit der Nordsee nur bei Sonnenschein und blauem Himmel bemerkten.

Ida beschloss, eine Runde zu laufen, um den Kopf freizubekommen. Sie wollte gerade die Flügeltüren verschließen, als sie die Spuren im frischen Schnee bemerkte. Es waren keine Fußspuren, sondern riesige Pfotenabdrücke, die vom offenen Teil ihres Gartens bis direkt an ihre Terrassentür führten. Ida schüttelte heftig den Kopf, was urplötzlich das Schwindelgefühl zurückbrachte. Welcher Hund wäre so schlau, in seinen eigenen Abdrücken rückwärts zurückzulaufen? Ida war anscheinend noch betrunken und machte sich irritiert auf den Weg zu ihrer üblichen Laufrunde.

**

Als sie später den Rückweg durch das Dorf nahm, um ein paar Sachen einzukaufen, sah sie den Menschenauflauf vor der Polizeiwache. Die Leute standen aufgeregt um etwas herum, das wie ein menschlicher Körper aussah. Ida trat näher, und ihr Atem stockte. Auf dem Boden lag die durchnässte Leiche des Mannes, mit dem sie in der Nacht zuvor intensiv gefeiert hatte.

Plötzlich bildete sich eine Gasse in der Menschenmenge vor ihr, und die Insulaner starrten sie argwöhnisch an.

"Ida würden Sie mich bitte in mein Büro begleiten? Ich habe ein paar dringende Fragen an Sie." sprach Polizeimeister Hansen sie von hinten an. Ida empfand es als kein gutes Zeichen, dass er sie vor den anderen siezte.

Fünf Minuten später saß Ida gegenüber von PM Ole Hansen, mit einer Tasse Tee in der Hand, und fing an zu erzählen. Von dem Treffen in der Kneipe, dem Weg nach Hause und dem Sex bis hin zu ihrem schmerzerfüllten Aufwachen. Während der gesamten Aussage schaute Ida aus Scham nur auf die kleine, dampfende Tasse vor sich. Sie vermied es Ole, den sie jetzt seit zehn Jahren kannte, in die Augen zu sehen. Er nahm die Aussage digital auf und machte sich zusätzlich handschriftliche Notizen. Als Ida fertig war, räusperte er sich und sagte zu ihr:

"Du hast den Mann also zuletzt auf deiner Couch gesehen und kannst dich nicht an die Uhrzeit erinnern?" Ida ging nicht weiter auf die Frage ein und sagte nur:

"Was ist passiert? Wo habt ihr ihn gefunden?"

Sie erstarrte, als sie erfuhr, dass die Leiche an der Steilküste unweit ihres Hauses gelegen hatte. Für weitere Untersuchungen müsste man auf den Hubschrauber vom Festland warten. Bislang ging man aber nicht von Fremdverschulden aus. Allerdings hatten mehrere Bewohner übereinstimmend ausgesagt, dass Ida mit dem Opfer in vertraulicher Weise die Dorfkneipe verlassen hatte.

Ida stand auf und sagte nur:

"Sofern ich nicht verhaftet bin, gehe ich jetzt nach Hause. Du weißt, wo du mich findest." Sie musste hier raus. So sehr hatte Idas Magen seit dem Aufwachen nicht mehr rebelliert, und kaum war sie aus dem Dorf raus, übergab sie sich hinter einem Busch.

***

48 Stunden waren seit dem Leichenfund vergangen. Tage, in denen Ida nachts immer wieder schweißgebadet aufwachte, weil sie sich Gedanken machte, ob die Insulaner sie für eine Mörderin hielten. Sie war gestern im Dorf gewesen, weil ihre Vorräte zur Neige gegangen waren. Die Leute waren freundlich wie immer, aber sie konnte die argwöhnischen Blicke wie Nadelstiche in ihrem Rücken spüren.

Am nächsten Morgen stand Ida im Bad und schaute sich im Spiegel an. Sie sah verbraucht aus, sämtliche Frische und Jugend waren seit dem Leichenfund aus ihrem Gesicht gewichen. So schlecht hatte sie sich nicht mehr gefühlt, seit sie ihren Mann beim Fremdgehen erwischt hatte. Sie hatte damals sehr ruhig reagiert, um ihr Gesicht nicht zu verlieren, und ihre Tränen runtergeschluckt. Im Hotelzimmer, das sie eilig buchte, ließ sie ihrer Trauer freien Lauf. Sie heulte, trank die Minibar leer und verließ das Zimmer drei Tage nicht. Erst dann wechselte die Trauerphase in Wut, und sie konnte wieder agieren. Am vereinbarten Tag, als sie allein ihre Sachen aus dem ehemaligen gemeinsamen Haus abholte, sollte ihr Ex-Mann herausfinden, was Rache ist. Sie zog seine Zahnbürste durch die Toilette und kippte seine teuren Weine in die Spüle. Sie zertrümmerte in wilder Rage den riesigen Spiegel im Eingangsbereich und verbrannte seine guten Anzüge in der Badewanne.

***

Ida sah wieder in den Spiegel. Sie wusste genau, zu was sie fähig war, wenn man ihr wehtat. Vielleicht hatte es in der Nacht mit dem Fremden eine Situation gegeben, die irgendeine Aggression in ihr ausgelöst hatte. Die vielen Reportagen in Kriegsgebieten waren nicht spurlos an ihr vorbeigegangen. Sie hatte Tod und Teufel direkt in die hässlichen Fratzen geblickt und sich nie die Zeit genommen, die kranken Bilder zu verarbeiten. Vielleicht war sie zu Dingen fähig, die sie nicht ahnte?

Ida verwarf die trüben Gedanken. Schwachsinn, sie war nicht so, sonst würde sie sich daran erinnern. Sie war eine lebenslustige Frau, die sich nur Abenteuern und Alkohol hingab, um ihre Einsamkeit zu vergessen. Ida zog sich eine Jacke an und setzte sich auf ihre Terrasse. Sie musste trotz der Minusgrade das Meer rauschen hören. Der Himmel war frostblau, und die untergehende Sonne erleuchte den Horizont in verschiedenen Violetttönen. Wer brauchte Nordlichter, wenn er so etwas haben konnte?

Und plötzlich sah sie ihn. Er stand wenige Meter vor ihr und schaute zu ihr herüber. Ein riesiger Wolf mit weißem Fell. Das Tier schaute sie traurig aus pechschwarzen Augen an, und Ida erwiderte den Blick. Für Sekunden hatte sie den Eindruck, dass er zu ihr sprechen würde. In einer Sprache, die nur die einsamen Seelen verstehen. Das Telefon klingelte, und Ida war wieder allein.

Ole Hansen war am Apparat. Er teilte Ida mit, dass nicht gegen sie ermittelt würde. Der Gerichtsmediziner hatte beim Toten einen hohen Alkoholgehalt im Blut festgestellt. Er ging nach Abschluss seiner Untersuchungen davon aus, dass dieser auf den vereisten Wegen ins Rutschen kam und die Klippen heruntergestürzt war.

Sie bedankte sich für den Anruf und ging zurück in den Garten. Dort saß wieder ihr weißer Schatten und heulte den inzwischen am Himmel stehenden Mond an. Ida rief ihm leise zu:

"Na mein Freund. Die Wahrheit kennen wohl nur wir beiden".

Der Fleck

Maggie schloss keuchend ihre Wohnungstür auf. Die Einkaufstüte, die ihr eben runtergefallen war, hatte sie jetzt umständlich unter den Arm geklemmt. Die restlichen Taschen standen noch ein Stockwerk tiefer. Sie spürte, wie ihr T-Shirt feucht wurde. Irgendetwas lief in der Papiertüte gerade aus und ihre Hüfte herunter.

Als wäre der Tag nicht schon schlimm genug gewesen. Sie verdrehte die Augen und überlegte, was sie in diese Tüte gestopft hatte. Der Freitag war zweifelsohne ihr liebster Arbeitstag, aber auch der stressigste. Der Arbeitsanfall war genauso hoch wie an den anderen Tagen, aber ihr blieb weniger Zeit, um fertigzuwerden.

In drei Stunden war sie schon mit ihren Freundinnen verabredet. Ein Ding der Unmöglichkeit, dachte Maggie, als sie ihre gedankliche To-do-Liste abhakte. Sie grinste. Am besten sollte sie irgendetwas aus dem Bereich Haushalt auf einen anderen Tag verschieben.

Sie stellte die angerissene Einkaufstasche ab und dann sah sie das Malheur auf ihrer rechten Körperhälfte. Von allen Sachen, die sie übereilt hineingestopft hatte, musste ausgerechnet das Glas mit der roten Beete zerbrechen. Das war wieder typisch. Bei zehn Töpfen aus Gold am Ende des Regenbogens erwischte Maggie grundsätzlich den einen mit Kuhmist.

Sie musste inzwischen über ihr Missgeschick lachen. Sie wäre heute der perfekte Statist beim Tatort, der dunkelrote Fleck erstreckte sich von den Rippen bis an den Oberschenkel. Sie

22

warf ihre Kleidung in die Waschmaschine und sprang unter die Dusche. Sie sollte morgen ihre Mutter fragen, wie sie die Flecken aus ihrem Lieblingsshirt bekam.

Als sie sich im Schlafzimmer das weiße Sommerkleid anzog, fielen ihr die anderen Einkaufstaschen wieder ein. Zu ihrem Erstaunen stellte sie fest, dass ihre Wohnungstür die ganze Zeit offen gestanden hatte. Sie verstaute die restlichen Einkäufe und machte sich auf den Weg zu ihrem Mädelsabend.

Maggie genoss den Abend mit ihren besten Freundinnen und kam erst im Morgengrauen wieder nach Hause. Es hatte geregnet, und sie zitterte in ihrem dünnen Kleidchen, als sie ihre Wohnungstür aufschloss. Sie hatte einige Cocktails getrunken. Vielleicht waren sie der Grund, dass sie den Schatten hinter sich nicht bemerkte.

Aber sie spürte, wie er das Küchenmesser mit voller Wucht in ihre rechte Seite rammte. Ihr Schrei verstummte, als er ihr den Mund zuhielt. Er hatte sie seit Wochen beobachtet. Sie sah immer fröhlich aus. Und heute stand ihre Wohnungstür so lange offen, dass er unbemerkt eintreten konnte. Er hatte sie beobachtet, als sie das weiße Kleid anzog und sich schon auf ihre Rückkehr gefreut.

Maggie sah im Licht der aufgehenden Sonne, wie sich ihr Kleid rot färbte. Sie dachte noch, dass es diesmal kein Rote-Beete-Saft war.

Die Angstjägerin

Ich wusste nie genau, wann die Angst kam. Sie hielt sich nicht an Öffnungszeiten oder Feiertage. Irgendwann spürte ich sie einfach. Und weil sie eine kleine Sadistin war, schlich sie sich grundsätzlich dann an mich heran, wenn ich sie nicht gebrauchen konnte.

Es gab viele Formen der Angst. Das Gefühl, sich vor einer Spinne oder einem Horrorfilm zu fürchten, war mir fremd. Meine Angst attackierte das, was ich mir mühsam aufgebaut hatte, mein Selbstwertgefühl. Wenn ich morgens in den Spiegel sah, lächelte mich wieder eine starke Persönlichkeit an. Der beschwerliche Weg durch meine Therapie hatte mich aufgebaut und gestärkt. Doch sie versuchte weiterhin, meinen Schutzwall zu erklimmen.

Sie war eine lästige Bestie, diese Angst. Sie wusste, dass ich stark genug war, Drachen zu töten. Deswegen kam sie in einem Gewand, das ich nicht sehen konnte. Sie schlich sich in mein Herz und verteilte ihre dunkle Macht über meine Blutbahnen. Sie infiltrierte mich mit dem Bewusstsein, zu versagen. Sie fraß all meinen Mut und meine Entschlossenheit. Und dann hatte sie mich genau dort, wo sie wollte, am Boden.

***

Das größte Problem, wenn man einem Feind gegenübersteht, ist ihn einzuschätzen. Ist das nicht möglich, ist man schutzlos ausgeliefert. Darum war mein höchstes Ziel, meine Angst zu ergründen. Bei dem, was ich durchgemacht hatte, war ängstlich zu sein, eigentlich Normalität. Bildlich gesprochen hatte das Böse mich aufgeschlitzt und dem Tode geweiht liegenlassen. Nur hatte die Dunkelheit mich damals gar nicht besiegt. Ich war längere Zeit in psychologischer Behandlung, und alle Wunden hatten sich in unsichtbare Narben verwandelt.

Was ich überlebt hatte, machte mich stark und scheinbar unzerstörbar. Woher kam also die Angst? Ich stand gefestigt im Leben und überwand alle Hürden mit Leichtigkeit. Ich hatte keine Phobien und bis dahin keine Panikattacken. Ich ging stolz vor die Tür und lebte. Mich unter Menschen zu mischen, erzeugte keine Erstickungsgefühle. Aber dennoch spürte ich genau, dass die Angst da war. Sie machte keine Unterschiede, ob ich allein oder in Gesellschaft war. Aus heiterem Himmel schnürte sie mir die Kehle zu.

***

Diese Emotionen waren schwer zu beschreiben. Meistens fühlte ich mich wie ein Wesen in zu enger Haut. Als hätte mich etwas eingewickelt und versuchte, mich zu zerquetschen. Ich wusste nicht, wie sich eine Rinderroulade fühlte, aber wahrscheinlich erging es ihr ähnlich. Die Reaktion auf diese Attacken war stets vorhersehbar. Egal, was ich gerade tat, ich musste es beenden. Die Ausrede, auf Toilette zu müssen, benutzte ich häufig.

Das Problem war nur, dass eine einfache Flucht nie ausreichte. Ich musste die Gebäude verlassen, um wieder atmen zu können. Und selbst dann gab die Angst keine Ruhe. Ein paarmal verließ ich wortlos mein Büro und lief in irgendeine Richtung, solange bis das Druckgefühl merklich nachließ. Ich muss auch zugeben, dass ich mich auf offener Straße erbrach.

Die Blicke waren mir egal, solange ich damit die Angstattacke abmilderte. Wer in einen solchen Schub gerät, schert sich nicht um die Befindlichkeiten unbeteiligter Personen. Da war ich nicht anders. Mich sprach auch selten jemand an, die Menschen stierten durch mich hindurch. Was mich nicht störte, ich wollte ihr Mitleid nicht.

***

Schlimm waren auch die Wutausbrüche. Wenn die Angst dich so fest umklammert, dass das Ticken einer Wanduhr die Wucht von Hammerschlägen besitzt, kann dich die kleinste, unbedeutende Frage durchdrehen lassen. In der Vorphase einer Angstattacke verspürte ich oft entsetzliche Kopfschmerzen, die mich reizten und zu Ungerechtigkeiten verführten.

Wenn ich allein war, triggerte mich die Angst besonders. Hier waren keine neugierigen Augenpaare auf mich gerichtet, und die Gefahr, Dummheiten zu machen, stieg immens an. Das Thema Suizid hatte ich lange hinter mir gelassen, als ich entschied, dass ich das Leben doch zu sehr liebte. Auch die Tabletten, die mir mein Psychologe regelmäßig für den Notfall verschrieb, ließ ich unberührt. Ich konnte mir keinen Dämmerzustand erlauben, mein Gegner war äußerst stark und widerspenstig.

***

Immerhin kannte ich inzwischen die Quelle meiner Angst. Sie wohnte in mir und wartete nur darauf, eliminiert zu werden. Mein Innerstes musste bekämpft werden, um mich zu heilen. Klingt blödsinnig, aber ich hatte die Angst zu verantworten.

Ich wollte immer alles auf einmal. Job, Familie und Umfeld in einen perfekten Einklang bringen. Alles unter Kontrolle zu haben, erforderte übertriebene Selbstdisziplin. Jede Kursabweichung brachte Panik mit sich, Lösungen mussten um jeden Preis gefunden werden. Und dann war da noch das kleine Wörtchen, was mich fast umbrachte. NEIN zu sagen, war mir unmöglich. Das galt ganz besonders für den Job. Ich konnte mir nie angewöhnen, fünf Minuten vor Feierabend den Stift fallenzulassen. So wie es jeder andere in der Firma tat. Ich war morgens die Erste und abends die Letzte. Wenn kurz vor Feierabend ein Problem winkte, löste ich es. Einfach nur, weil ich es konnte. Ich brauchte zu lange, bis ich bemerkte, dass mir das niemand dankte. Die überfällige Kündigung reichte ich zwei Jahre zu spät ein. Zu einem Zeitpunkt, als mich mein Arzt zwang, aufzuhören.

***

Als ich mich entschied, die Angst zu bekämpfen, war mir bewusst, dass ich eine Waffengleichheit erreichen musste. Deshalb fiel Komasaufen, um sich zu betäuben, ebenfalls aus. Ich wollte nicht gegen die Angst verlieren. Obwohl sie sich bestimmt wünschte, dass ich aufgab und man mich eines Tages von einem Bürgersteig kratzte.

Ich legte mich offen mit ihr an. Brachte sie mich zum Schwitzen, duschte ich kalt. Kam sie mit ihrer Zerquetschungs-Taktik, rannte ich in die Natur, setzte mich unter einen Baum und schloss die Augen. Wenn sich die Panik mit einem übersteigerten Herzschlag näherte, war es indes schwieriger, sich zu wehren. Mein Kopf war einfach zu voll mit negativen Gedanken und übertriebener Sorgen. Allerdings besaß ich die Waffe der Erkenntnis. All diese Klötze an meinem Bein gehörten gar nicht mir.

Ich hatte mir die Unsicherheiten und Bedrohungen anderer Leute aufgehalst. Sie waren wie durch eine imaginäre Nabelschnur mit mir verwachsen, und es gab nur den einen Weg, sie loszuwerden. Ich nahm das unsichtbare Beil der Erkenntnis und hackte die Verbindung durch. Das erwartete Chaos blieb aus. Jedem einmal mitgeteilt, dass man keine Nerven mehr für ihre Unwichtigkeiten hatte, und es wurde still. Man glaubt gar nicht, wie konzentriert Freundschaften und Zuwendungen werden, wenn man den unnötigen Ballast abschneidet.

***

Es ging nicht darum, sich zu verstecken und unnahbar zu sein. Nein, diese Art der Säuberung von negativen Gedanken führte allein dazu, dass mein eigenes Ich und meine Sorgen in den Fokus rückten. Mich ständig aufzureiben, zerstörte mich. Ich begann mein Spiegelbild morgens als Erstes zu fragen: „Was kann ich für dich tun?"

Die Einsicht, dass ich für mich das Kostbarste auf dieser Welt war, imponierte meiner Angst. Die neu erworbene Stille ließ mich zuhören, wenn mein Körper mit mir sprach. Alle seine Warnsignale hatte ich in der Vergangenheit nicht wahrgenommen. Vielleicht hörte ich deswegen auf meinen Arzt und suchte mir ein neues berufliches Umfeld. Depressionen und Angstattacken, die sich in teuflische Umarmung mit einem Burn-out begeben, können tödlich enden.

Wenn du in Angst lebst, bist du nicht selten an dem Punkt, wo du dich freiwillig entscheiden willst, aus dem Leben zu scheiden. Es ist für dich in diesem Augenblick der richtige Weg. Obwohl du ganz genauso weißt, dass es kompletter Schwachsinn ist. Du besiegst die Angst nicht, du rennst vor ihr davon. Und dann hinterlässt man auf dieser Welt einen riesengroßen Scherbenhaufen, den Familie und Freunde wegräumen müssen. Ich gehöre zu den Gewinnern einer solchen Situation, und ich kenne die Schwierigkeit einer solchen Entscheidung. Ich würde jedem raten, den Scheiß sein zu lassen und die richtige Wahl für das Leben zu treffen.

Wenn du deinen Körper jedoch absichtlich zugrunde richtest und die Angst dich dazu noch auffrisst, kann es urplötzlich vorbei sein. Der Tod wird so unerwartet und brutal nach dir greifen, dass du alles bereust. Aber dann wird es zu spät sein. Darum ist es immer der wichtigste Schritt im Kampf gegen die Angst, die Alarmzeichen des Körpers nicht zu ignorieren. Ich weiß, wie leicht es ist, einfach nur zuzuhören.

***

Als ich wieder lernte, meinen Körper zu achten und zu verehren, war die Angst in mir zur Gejagten geworden. Mit schmerzfreiem Kopf und einem kräftigen Herzen konnte meine persönliche Streitmacht nicht nur Siege einfahren, sondern ganze Schlachten gewinnen. Mut zu zeigen, bedeutete Hilfe anzunehmen. Ich ging wieder zur Therapie, nicht mehr so ausführlich, aber ich redete. Jedes Mal ein bisschen mehr. Ich lernte mich zu akzeptieren, zu lieben und zu verstehen. Ich hatte eigene Bedürfnisse, und die mussten ab und zu an erster Stelle stehen. Ich blieb hilfsbereit, aber nicht um jeden

Preis. Die Selbstheilung hatte begonnen und die Angst fand keine Verstecke mehr. Sie musste jeden Angriff auf mich sofort ausfechten, und mein Selbstwertgefühl wuchs mit jedem Sieg wieder. Angst, die sich nirgendwo einnisten konnte, war leichter zu bekämpfen.

Irgendwann war der Krieg gewonnen und die Angst in mir ausgerottet. Sicher gab es danach neue Situationen, die Furcht entstehen ließen. Aber im Gegensatz zu früher habe ich mich ihr fortan immer gestellt und bin niemals wieder davongelaufen. Manchmal wird mir meine Haut heute noch zu eng. In diesem Jahr war es auch einmal passiert, dass mein Körper massiv rebellierte. Aber hierfür fand ich eine Lösung.

Aufgeben sollte für niemanden eine Option sein. Wenn du es allein nicht schaffst, deine Angst zu besiegen, ist sie irgendwo da draußen. Die helfende Hand, die reden und zuhören kann. Und wer es zulässt, wird auch wie ich zu den Gewinnern gehören. Ich wünsche allen, die kennen, was ich fühlte, die entscheidende Kraft, um zu bestehen. Das kann die Selbstheilung genauso wie die helfende Hand sein. Niemand ist allein.

Der Bulle

Schon als kleiner Junge wollte ich Polizist werden. Gerechtigkeit walten lassen und das Böse bekämpfen. Und dieses Ziel habe ich akribisch verfolgt. Ich machte Abitur, damit ich eine höhere Beamtenlaufbahn einschlagen konnte. Jeden Sprung auf meiner steilen Karriereleiter hatte ich durchdacht und jede sinnvolle Fortbildung mitgenommen.

Auch in der Praxis war ich immer ein harter Kerl gewesen, der seelenruhig den schlimmsten Abschaum der Straße hinter Gitter brachte, ohne jemals einen negativen Eintrag in der Personalakte zu erhalten.

Vor mir, Lukas Wegener, zitterte die Unterwelt vom kleinsten Schergen bis zum obersten Boss.

***

Doch nun stand ich vor dem Gebäude des Bundeskriminalamts und wusste nicht, ob ich mich richtig entschieden hatte. Dieser Schritt war ein besonderer auf meinem Weg nach oben. Ich tat es nicht wegen des besseren Gehalts oder um Ruhm zu ernten. Ich wollte mir diese brutalen Schweine holen, die Kinder missbrauchten. Nur aus diesem einzigen Grund hatte ich mich bei der Sondereinheit des BKA beworben.

Ich zündete mir eine Zigarette an, noch zehn Minuten bis Dienstbeginn, und dachte an meine Familie. Ich hatte in den Wochen vor meiner endgültigen Entscheidung lange mit meiner Frau Carola geredet, obwohl ich längst wusste, was sie

empfand. Sie hatte mich als Polizisten kennen und lieben gelernt, aber sie hasste diesen Job. Ich drückte den Rest der Zigarette in den Aschenbecher, atmete tief durch und klingelte
beim Pförtner.

Ich machte mich auf den Weg in die Katakomben des Gebäudes, wo die Sondereinheit ihre Räumlichkeiten hatte. Hier unten, versteckt in den fensterlosen Kellern, würden meine
neuen Kollegen und ich alles tun, um die Täter zu fassen.
Während ich an die Tür von Raum E018 klopfte, holte ich
noch einmal tief Luft, um zumindest äußerlich gefasst und
bereit zu wirken.

Ich ging hinein und vier Augenpaare musterten mich für einen kurzen Augenblick. Den Beamten zu meiner Linken,
EPKH Torsten Mölling, kannte ich bereits aus meinen Vor-
stellungsgesprächen. Er war erster Polizeihauptkommissar
und mein direkter Vorgesetzter. Mölling stellte mir mit sach-
lichem Gesichtsausdruck die Kollegen vor. Die anderen nickten mir teilnahmslos zu und widmeten sich wieder ihren Ak-
ten. Wahrscheinlich hatten sie schon zu viele Beamte gesehen,
die ähnlich wie ich auftraten, aber doch scheiterten. Nun war
meine Entscheidung endgültig, und jede Geste des Zurück-
weichens würde mir als Schwäche ausgelegt werden.

***

Mölling hatte bereits im Bewerbungsgespräch keinen Hehl
daraus gemacht, dass er in dieser Abteilung niemanden mit
Samthandschuhen anfassen würde. Er setzte mir direkt den
Computerfreak Marc Friesen an die Seite, der mir die Tücken

des Darknets erklären sollte. Marc streckte mir die Hand entgegen und sagte:

„Nimm uns die Emotionslosigkeit nicht übel. Die Fluktuation in dieser Abteilung kannst du mit dem U-Bahn-Verkehr in Tokio vergleichen. Halte lange genug durch, und du wirst uns auch schätzen lernen." Ich nickte nur wortlos.

Nach zahlreichen Sicherheitshinweisen und technischen Instruktionen saß ich in der hintersten Ecke an dem mir zugewiesenen Computer und sah mich um. Dies war ein Aktenarchiv gewesen. An den Wänden waren noch die Spuren von angeschraubten Schwerlastregalen zu erkennen. Das kalte Neonlicht verlieh dem Raum eine gespenstische Sterilität, die das perfekte Tor für die grausame Welt bot, in die ich jetzt eintauchen musste.

***

Meine erste Aufgabe war eine der schwierigsten Überwindungen, der ich mich stellen musste. Ich war damit betraut worden, neues Missbrauchsmaterial zu sichten. Kein theoretisches Seminar hatte mich ausreichend auf das vorbereitet, was mich nun erwartete. Mit Marcs letzten Worten in meinem Kopf, dass ich jedes Gefühl rauslassen sollte, öffnete ich den Zugang zum Darknet.

Mein Profil wies mich als „Teenylover1309" aus. Ich studierte weisungsgemäß meine fiktiven Daten und verschaffte mir einen Überblick über die Chaträume. Ich hatte in meiner Laufbahn schon Leichen gesehen, die widerliche Verstümmelungen aufwiesen oder auch Körper, die nur in zerhackten

Einzelteilen vor mir lagen. Wann immer es möglich war, trieb ich mich in der Gerichtsmedizin herum. Blut oder Verwesungsgeruch ließen mich kalt. Einer Obduktion beizuwohnen, war für mich das Gleiche, wie Katzenvideos zu schauen. Ich hielt mich für abgebrüht und kaltschnäuzig, weil ich all dieses Grauen, ohne mit der Wimper zu zucken, ertrug.

Doch schon beim Betreten des ersten Chatraums „Babystuff" stieg der Brechreiz in mir hoch. Ich schluckte meine Abscheu herunter. Diese Blöße wollte ich mir vor den neuen Kollegen nicht geben. Ich versuchte der Welle der Fassungslosigkeit, die in mir überschwappte, mit diversen Atemtechniken und dem Wunsch nach Leere entgegenzuwirken. Was mir nur kurzweilig gelang, bis ich das erste Video öffnete und meine Magensäfte erneut runterschlucken musste.

***

Das Video zeigte zwei vermummte Männer, die nacheinander ein Baby vergewaltigten und dabei johlten, als hätten sie den Jackpot geknackt. Die nächste Welle des Ekels konnte ich nicht mehr aufhalten und erbrach mich in den Papierkorb unter meinem Schreibtisch. Während ich erwartete, Gelächter hinter mir zu hören, klopfte mir nur einer der wortkargen Kollegen auf die Schulter und sagte leise:

„Lass es raus, das haben wir alle durch. Nur wenn wir uns überwinden, sind wir stark genug, es mit den Dreckschweinen aufzunehmen."

Als mein Magen sich wieder beruhigt hatte, stellte ich mich erneut meiner Aufgabe. Der Sinn dieser widerlichen Arbeit

34

bestand darin, die Videos bezüglich relevanter Hinweise auszuwerten. Einzelaufnahmen zu erstellen und auch die Kommentare nach sachdienlichen Auffälligkeiten zu durchforsten. Ich weiß nicht, wie oft ich mir diese Abscheulichkeit ansah. Aber am Ende hatte ich eine auffällige Narbe auf der Hand eines Täters und den kleinen Teil eines Kirchturms entdeckt. Dies offenbarte mir bereits ohne weitergehende Prüfung, dass diese Perversen das Kind am helllichten Tag missbrauchten.

***

Ich nutzte nur jede zweite Pause, um wenigstens eine zu rauchen. Der Appetit war mir längst vergangen. Ich wollte, dass dieser Tag endlich vorbei ging. Ich hatte unzählige Videos und Fotos gesichtet. Und mir wurde langsam bewusst, wie sehr diese Schweine darauf achteten, unerkannt zu bleiben. Ich sah die schmerzerfüllten Gesichter von jungen Mädchen und kleinen Jungs, die auf die schändlichste Art und Weise gequält wurden. Aber nirgendwo tauchte ein Gesicht oder ein anderer Hinweis auf die Täter auf. Mein erstes Video war ein reiner Glückstreffer. Kurz vor Feierabend reichte ich meine Ergebnisse an den Vorgesetzten weiter. Mölling fragte mich nur, ob ich morgen wieder dabei wäre, und ich nickte stumm.

Minuten später stand ich schweißgebadet und mit zitternden Händen in der Herrentoilette. Ich spritzte mir kaltes Wasser in mein aschfahles Gesicht. Ich hatte mich eben mehrfach übergeben, um den Ekel in mir freizusetzen. Was ich heute sehen musste, hatte Spuren in mir hinterlassen. Der Anblick der widerlichen Kreaturen, die Kinder vergewaltigten, hatten

Gefühle unterschiedlicher Art in mir ausgelöst. Jetzt, wo ich allein war, ließ ich meinen Tränen freien Lauf, um meine aufkeimende Wut abzumildern. Die schrecklichen Bilder hatten mich nicht nur zum Weinen gebracht, sondern auch meinen Wunsch bestärkt, sie alle zu kriegen.

***

Ich fuhr ohne weiteren Halt nach Hause, schloss die Haustür auf und ging auf dem direkten Wege in das Zimmer meiner vierjährigen Zwillinge. Ich drückte sie fest an meine Brust und weinte. Sie gaben mir die Kraft, am nächsten Tag wieder ins Büro zu gehen und den Kampf aufzunehmen.

***

Inzwischen arbeitete ich seit mehreren Monaten bei der Sonderkommission. Ich hatte gelernt, die Qualen der Opfer auszublenden und mich auf die Täter zu konzentrieren. Auch konnte ich eine Art der Akzeptanz bei meinen Kollegen spüren, was vieles einfacher machte. Allerdings musste ich mir eingestehen, dass die Sucht nach Rache und Gerechtigkeit meine Ehe langsam ruinierte. Ich verschloss mein Innerstes komplett vor Carola. Inzwischen bereute sie es zutiefst, dass sie mir den Job nicht ausgeredet hatte. Früher hatte ich ihr immer einen kleinen Einblick in meine Arbeit gewährt, um ihre Sorgen zu dämpfen. Doch inzwischen redete ich gar nicht mehr über das, was mir tagtäglich widerfuhr. Ich wollte meine Familie beschützen und entfernte mich damit immer weiter von ihnen.

Nicht weniger widerlich als die Vergewaltigungen selbst waren die geschmacklosen Reaktionen der anderen User. Kommentare, in denen die Schweine nach mehr Gewalt und mehr Perversionen verlangten, trieben mir regelmäßig die Magensäfte nach oben. Sie ließen mein Blut kochen. Meine Berufsehre verbot mir meine tief verwurzelten Gedanken nach Rache, aber sie wucherte in mir. Den eigentlichen Grund, warum ich dieser Sonderkommission beitreten wollte, hatte ich bei meiner Bewerbung verschwiegen.

***

Meine Schwester war selbst Opfer eines Pädophilen geworden und hatte den Missbrauch nie ganz überwunden. Wir sahen uns nur noch selten. Sie ertrug meine Anwesenheit nicht. Es war mein Nachhilfelehrer, der sie im Alter von zwölf Jahren vergewaltigte. Und irgendwie übertrug sie einen Teil der Schuld auf mich. Ich war damals 16 Jahre alt, als man ihn erhängt auf seinem Dachboden fand. Und niemand hatte je erfahren, dass ich dafür verantwortlich war. Ich dachte, dass ich meiner Schwester auf diese Weise die Strapazen eines Prozesses ersparte.

Aber der Tod des Täters änderte gar nichts an ihrem Schmerz. Die Sache wurde als Selbstmord angesehen und die Vergewaltigung seitens unserer Eltern unter den Teppich gekehrt.

Für sie hatte ich mich der Jagd auf diese Schweine verschrieben, denn der Tod ihres Peinigers hatte mir nur kurzzeitig innere Befriedigung verschafft. Ich litt nach einiger Zeit wieder an unkontrollierbaren Wutausbrüchen, die ich an Bäumen ausließ, bis meine Fingerknöchel aufplatzten und das Blut spritzte.

Ich fing in dieser Zeit mit Sport und Atemtechniken an, die es mir ermöglichten, die Ausbildung als Polizist zu beginnen und meine dunkle Seite über Jahre zu unterdrücken. Ich war damals so naiv zu denken, dass mir das auch gelingen würde, wenn ich beim BKA aktiv Jagd auf Kinderschänder machen würde.

***

Ich wurde durch ein Geräusch aus meinen Gedanken gerissen, welches ich während unserer Arbeit selten hörte. Die anderen Beamten verbargen die schwachen Emotionen ebenso tief in sich wie ich selbst. Aber nun konnte der dritte Kollege seine Tränen nicht mehr für sich behalten. Mölling sprach ihn an:

„Hans, was ist denn los mit dir, alter Junge?" Zehn Minuten später saßen wir am Konferenztisch, und Hans schilderte uns, dass er gerade auf diversen Sexfotos die Tochter eines Nachbarn erkannt hatte. Ich erschrak und wurde kreidebleich. Solch eine Situation war mir bislang gar nicht in den Sinn gekommen. Welche Wut würde in mir ausbrechen, wenn ich ein Opfer oder einen Täter erkennen würde? Würde ich wieder töten? Für einen Augenblick wurde mir bewusst, wozu ich fähig war.

Hans erzählte uns, dass dieses Mädchen in den gleichen Sportverein wie seine Tochter ging, und dass er regelmäßig mit ihr sprach. Er schlug mit der Faust auf den Tisch, und ich sah ihn fassungslos an. Wie sollten Mütter oder Lehrer Veränderungen an den Kindern bemerken, wenn nicht einmal ein erfahrener Beamter wie er die Zeichen erkannte?

Die Wut stieg wieder in mir hoch, und ich versuchte tief durchzuatmen, um mich zu beruhigen. Eine Sache zeichnete sich klar vor meinen Augen ab. Wenn ich nicht endlich etwas unternahm, würden meine Rachegedanken mich verschlingen und meinen abgrundtiefen Hass auf Kinderschänder zum Vorschein bringen. Auch wenn mich jeder verstehen würde, wäre das der Todesstoß für meine Karriere.

Mir blieb keine andere Wahl, als die Rachegier in mir zu befriedigen. Sonst würde ich bald durchdrehen. Ich hatte in den nächsten Wochen Urlaub, den ich mit meiner Familie verbringen wollte. Aber nachdem ich anfing, zu Hause immer mehr Alkohol in mich reinzuschütten, waren die Streitereien mit meiner Frau nicht mehr zu vermeiden. Als ich mich eines Abends nicht mehr beruhigen konnte, war eine einzelne Ohrfeige der Grund dafür, dass Carola mit den Kindern zu ihrer Mutter zog. Wahrscheinlich ging mit ihr der letzte Rettungsanker, der das Monster in mir stoppen konnte.

***

Ich war bereit für die Jagd, die mich retten und gleichzeitig zerstören würde. Ich hatte mir in den letzten Monaten unbemerkt eine neue Identität im Darknet geschaffen, und ich würde sie für meine Rache nutzen. Die Wut der Vergangenheit hatte mich nie losgelassen, und die tägliche Begegnung mit sexuellem Missbrauch hatte ihr Übriges getan, meinen Hass zu entfesseln.

Die heimliche Entfernung von Beweismaterial hatte mir die Tür zu einem Zirkel geöffnet, in dem sich der größte Abschaum der Szene traf. Um hier Zutritt zu erhalten, musste man nicht nur Interesse an Kinderpornografie vorheucheln, sondern auch eigenes Material liefern. Ich hatte widerliche Bilder in Umlauf gebracht, die zu einem Fall aus den Niederlanden gehörten. Ich hoffte, dass die Kinder niemand erkannte. So verbrachte ich meine einsamen Urlaubstage im Darknet und verlor immer mehr meine Berufsehre aus den Augen.

***

Am dritten Abend meiner Mission betrachtete ich mich lange im Badezimmerspiegel und versuchte zu realisieren, was aus mir geworden war. Ich war um Jahre gealtert und hatte einen Teil meiner Muskelmasse eingebüßt. Der Alkohol hatte den Sport als täglichen Begleiter ersetzt. Ich musste dringend duschen. Ich dachte unweigerlich an Carola. Sie hatte mir gestern gesagt, dass sie die Scheidung einreichen würde. Das Schlimme war, dass mir auch das inzwischen egal war.

Morgen würde ich das erste Mal persönlich den Zirkel treffen. Bis dahin müsste ich aus dem Wrack in meinem Spiegelbild einen erfolgreichen Geschäftsmann namens Dennis zaubern. Die 5000 Euro Eintrittsgeld hatte ich bereits zu Beginn meiner Recherchen von unserem gemeinsamen Sparbuch abgehoben. Ein weiterer Grund, warum meine Frau mich nicht mehr wollte. Ich war mir sicher, jedes Opfer war es wert, für die Mission erbracht zu werden, sogar meine Ehe.

***

Am nächsten Abend stieg ich am vereinbarten Treffpunkt in den dunklen Van und ließ mir die Augen verbinden. Mein Instinkt riet mir, mich gegen diese Maßnahme zu wehren, aber das hätte nur unnötiges Aufsehen erregt. Ich trug schwere Motorradstiefel und hoffte blindlings, dass die dort versteckten Waffen nicht entdeckt wurden. Ich weiß nicht, ob in mir immer noch ein Fünkchen Naivität steckte, oder ich das, was mich in der Villa erwarten würde, unterschätzt hatte. In der Eingangshalle wurde mir die Augenbinde abgenommen und mein Körper nur oberflächlich abgetastet. Den Peilsender, den ich ebenfalls auf meiner Arbeitsstelle entwendet hatte, brachte ich unauffällig am Briefkasten an. Heute wollte ich nichts dem Zufall überlassen.

Der Gastgeber, ein Firmenmagnat namens Walter, begrüßte mich mit den Worten:

„Dennis, da bist du ja endlich. Das Video deiner Stieftochter hat mir die letzte Nacht versüßt, und ich hatte fast so viel Spaß wie du beim Dreh."

Für einen Augenblick wurde mir schwarz vor Augen. Dieser Widerling hatte mein Video tatsächlich als echt erachtet und sich darauf noch einen runtergeholt. Ich war mir im gleichen Moment sicher, dass ich ihn mit Vergnügen aufschlitzen würde.

Er führte mich in den großen Festsaal, und ich musste mich zusammenreißen, um nicht auf der Stelle durchzudrehen. Zwischen Champagnerpyramiden und einem opulenten Buffet saßen angekettete Mädchen und Jungen. Die Kinder waren so eingeschüchtert oder unter Drogen gesetzt, dass sie nicht mal weinten oder schrien, als gierige Hände nach ihnen grapschten. Überall liefen widerliche Videos. Auf dem Billardtisch wurde gerade ein Mädchen von einem maskierten Perversen vergewaltigt, während ein paar andere Beifall klatschten. Die Wut breitete sich unaufhaltsam in mir aus, und ich sah auf meine Uhr. In weniger als zehn Minuten würde der Kurierdienst meinem Chef ein Handy mit allen Hinweisen zustellen, und ich betete, dass die Reichweite des Senders ausreichen würde.

***

Walter lenkte mich mit vier anderen Männern in einen separaten Raum. Ich begriff zu spät, dass die Türen hinter mir geschlossen wurden. Walter richtete das Wort an mich:

„Dennis, hast du gedacht, wir trauen dir einfach so? Das Video war nicht deine einzige Aufnahmeprüfung. Du musst uns live beweisen, dass du einer von uns bist und mein kleines Geschenk hier vor uns allen ficken." Ich sah aus dem Augenwinkel, wie ein kleiner Junge mit verängstigtem Gesichtsausdruck in den Raum gebracht wurde.

Das war zu viel für mich. Die unaufhaltsame Welle aus Wut und Hass versetzte mich in blinde Rage. Im gleichen Moment, als mir die Perversen den Rücken zudrehten, zog ich das Jagdmesser aus meinem linken Stiefel. Und bevor sich die Schweine bewusst wurden, was passierte, hatte ich Walter und einem zweiten Mann die Kehlen durchgeschnitten. Das spritzende Blut versetzte mich in einen Rauschzustand, der nicht aufzuhalten war. Ich rief dem Jungen zu, dass er laufen sollte, und rammte einem weiteren Mann das Messer tief in den Hals. Ich schlitzte ihn nach unten auf, als mich ein Schuss traf, aber nicht aufhielt. Ich war so vollgepumpt mit Adrenalin, dass ich keinen Schmerz spürte. Erst der dritte Treffer streckte mich nieder, und ich fiel rücklings in die Blutlache, die sich unter den Leichen gebildet hatte.

***

Ich schleppte mich zurück in den Saal und sah, wie meine Kollegen das Haus stürmten. Jetzt war ich bereit zu sterben.

Der kleine Prinz von Antoine de Saint-Exupéry - Buchklassiker neu interpretiert
(gemeinfrei seit 2014)

Zu Hause

Er konnte heute nicht zu ihr gehen. Sein Herz war so schwer von den Gedanken über die Liebe. Er tat alles, um sie glücklich zu machen. Doch sie konnte oder wollte seine Bemühungen nicht sehen. Sie redete ständig davon, was ihr fehlte und was er ihr nicht geben konnte. Er spielte in ihren Träumen nur eine untergeordnete Rolle.

Schwermütig blickte er zu den Sternen. Das war nicht die Liebe, die ihn erfüllte. Er wollte nicht nur geben und dabei selbst leer ausgehen.

Er ging zu seiner Rose. Diesmal nicht, um ihre Eitelkeiten zu ertragen, sondern um seinen Abschied zu verkünden. Und bevor sie ihre Fehler bereuen konnte, war der kleine Prinz bereits verschwunden.

***

Planet der Verbote

Der kleine Prinz war an einem fürchterlichen Ort gelandet. Er stand in einem Wald aus Verbotsschildern und ein Mann sprach ihn an:

"Ich bin hier der Beschützer, und meinen zukünftigen Kindern wird nichts passieren, weil ich alles verbiete."

Der kleine Prinz schüttelte den Kopf und fragte:

"Wie sollen deine Kinder lernen, was richtig oder falsch ist, wenn alles verboten ist?"

Er verstand die Welt der Erwachsenen nicht und hoffte auf dem nächsten Planeten um mehr Einsicht. Doch schon von Weitem konnte er sie sehen und erschrak.

***

Planet der falschen Vorbilder

Der kleine Prinz erblickte eine Frau, die, wie er fand, hübsch aussah. Sie versteckte sich hinter verschiedenen Masken und erzählte der Welt, dass sie die Schönste sei. Der kleine Prinz flog schnell weiter, von der Eitelkeit hatte er genug auf seinem Planeten.

Er fühlte einen starken Schmerz. Wie einen Splitter, der in seinem Herzen steckte, und er dachte wehmütig an zuhause. Er konnte fühlen, dass seine Reise noch nicht beendet war.

***

Planet Teufelskreis

Auf dem nächsten Planeten schüttelte er wieder den Kopf. Der Mann, der dort wohnte, erzählte ihm, dass er trank, um seine Scham zu vergessen. Und sich dabei gleichzeitig schämte, dass er trank.

„Beende deinen Teufelskreis und du wirst keinen Grund mehr haben zu trinken." Diese Botschaft rief er dem Mann zu, mit etwas Anderem konnte er ihm nicht behilflich sein.

***

Planet des Geldes

Die sonderbare Welt der Erwachsenen machten den Prinzen nachdenklich. Warum hatte er seinen Planeten nur verlassen? Das Leben außerhalb seines Planeten verunsicherte ihn, und er befürchtete bereits, dass es noch schlimmer kommen würde.

Er sah einen dicken Mann, der erst arbeitete. Dann mit hochrotem Kopf sein Geld zählte und es nun in einem Tresor verschloss. Der kleine Prinz bekam langsam Migräne vom ständigen Kopfschütteln. Er sah den Mann bedauernd an und sprach:

"Pass auf, dass du später noch gesund genug bist, dein Geld auszugeben."

***

Planet Vergiss dich nicht selbst

So langsam sehnte sich der Prinz nach seiner Rose. Doch auf dem nächsten Asteroiden schien alles normal zu sein. Er sah eine Frau, die kochte, putzte und ihrer Familie alles hinterherräumte. Der kleine Prinz beobachtete sie eine Weile. Sie beklagte sich nicht, aber sie sah sehr gestresst aus.

Er sprach zu ihr:

"Mach eine Pause. Setz dich und genieß die Sonne. Sonst bist du eines Tages nicht mehr da, um deiner Familie zu helfen."

***

Planet der falschen Wirklichkeit

Dem kleinen Prinzen lief eine Träne über das Gesicht. Er beschuldigte ein Sandkorn als Übeltäter. Er war nicht in der Lage, sich einzugestehen, wie sehr er sein Zuhause vermisste.

Ob ihm dieser Planet das Heimweh nehmen könnte? Nach den Erfahrungen, die er bisher gemacht hatte, glaubte er selbst nicht mehr daran.

Er sah einen Mann, der anderen erzählte, wie schön es hier und wie herrlich es dort war. Der kleine Prinz wurde neugierig. Der Mann war ein Reisender, so wie er selbst. Und zum ersten Mal lächelte er. Er sprach ihn freudig an:

"So viele Orte hast du schon bereist. Dein Herz muss wahrlich erfüllt sein mit den Sehnsüchten des Lebens."

Der Mann sah ihn entsetzt an und erwiderte:

"Wovon redest du? Ich war an keinem dieser Orte. Alle denken das nur und bewundern mich dafür. Keiner kontrolliert, was ich sage, und sie glauben mir blind."

Der kleine Prinz wurde wieder traurig. Er konnte diesem Mann nicht sagen, dass es besser wäre, rauszugehen, um alle diese Orte selbst zu besuchen. Er ahnte bereits, dass dieser ihn nicht verstehen würde.

***

Sehnsucht nach Hause

Der kleine Prinz fühlte, dass er zurück nach Hause musste. Er vermisste seine Rose, und vielleicht hatte sie auch ein bisschen nachgedacht.

Doch er konnte nicht ohne Umweg reisen, irgendwo da draußen wartete noch ein Freund auf ihn.

Aber das ist eine andere Geschichte.

Die Traurigkeit einer Baustelle

Martha saß am Küchentisch und malte undefinierbare Muster auf ihren Notizblock. Als Chefsekretärin in einem Verlagshaus arbeitete sie täglich mit To-do-Listen. Doch niemals in ihrem Leben war ihr eine Aufgabe so schwergefallen.

Sie brauchte dringend Koffein. Martha stand auf und legte den Kopf schief. Sie starrte die altmodische Kaffeemaschine an, als wäre sie ein Wesen von einem anderen Stern.

„Tante Hanne, kannst du mir bitte helfen?"

***

Minuten später war der Kaffee aufgesetzt, und unangenehme Fragen prasselten auf sie ein. Beim nächsten Mal halte ich meinen Mund, dachte sie genervt.

„Wie weit bist du denn mit deiner Liste?" Sie sah den strengen Blick ihrer Tante, die längst bemerkt hatte, dass nichts auf Marthas Zettel stand.

„Ich habe alles in meinem Kopf gespeichert", log sie sich überwiegend selbst an. Gar nichts war in ihrem Schädel. Die letzten Tage waren unbemerkt an ihr vorübergezogen.

***

Sie passte nicht mehr in dieses Dorf. Sie war eine Großstadtpflanze, deren Leben überwiegend aus Meetings und After-Work-Partys bestand.

Um weitere Diskussionen zu vermeiden, begann sie mit ihren Notizen. Bereits nach dem zweiten Punkt holte sie ihre Lesebrille aus der Handtasche. Seit Tagen war es nicht mehr richtig hell geworden. Weder in ihrem Kopf, noch in dem alten Haus ihrer Verwandtschaft.

Sie fügte das Wort Katzenfutter ihrer Liste hinzu. Wie unsinnig, dieser Gedanke doch war. Seit Tagen hatte niemand Kater Paco gesehen. Sie schrieb: „4. Tierheim anrufen" auf das schier endlos lange Blatt Papier.

***

Kalter Schweiß stand auf ihrer Stirn. Gerade war ihr bewusst geworden, wie lange sie sich nicht mehr bei ihren Eltern gemeldet hatte. Nun war es hierfür scheinbar zu spät.

„5. Hotline anrufen", stand wie von Geisterhand geschrieben plötzlich auf ihrer Liste. Die Ungewissheit war das Schlimmste an der ganzen Situation. Das Hoffen von Angehörigen, die auf dem schmalen Grat zwischen Leben und Tod wanderten, hatte sie vorher noch nie gefühlt.

Die schrille Stimme ihrer Tante riss sie aus den Gedanken. Es wurde Zeit, zu gehen. Nach drei weiteren absurden Punkten beendete sie ihre Aufstellung.

***

Sie starrte auf die Schuhe, die lautlos ihren Namen riefen. Sie schluckte ihren Stolz hinunter und stopfte ihre nahezu perfekten Beine in die gelben Gummistiefel. Ob bereit oder nicht, sie musste handeln.

Martha öffnete die Haustür und ließ die bizarre Landschaft auf sich wirken. Wo früher eine Straße gewesen war, sah man nur noch Bruchstücke von Asphalt.

Die Schlammlawine hatte alles mit sich gerissen und keinen Unterschied zwischen toter und lebender Materie gemacht. Nicht nur der Kater, auch ihre Eltern wurden vermisst.

Sie ging schnellen Schrittes auf die andere Seite der ehemaligen Sonnenstraße. Die Gartenpforte war noch immer intakt. Was einer Kuriosität glich, da Jägerzaun und Vorgarten nicht mehr vorhanden waren. Irgendwer drückte ihr noch einen Schutzhelm in die Hand.

***

Und dann betrat Martha die schrecklichste Baustelle ihres Lebens. Das Hochwasser hatte aus ihrem Elternhaus binnen Minuten eine baufällige Ruine gemacht.

Dazu Erinnerungen zerstört und Menschen fortgerissen, die sie tief in ihrem Herzen liebte.

Das Versprechen

„Opa, kannst du mir sagen, warum die Menschen so gemein zueinander sind?"

Die 10-jährige Sophie stand mit verschränkten Armen vor ihrem Großvater. Er konnte deutlich in ihrem Gesicht lesen, dass seine Enkelin auf eine Antwort bestand.

„Wie kommst du denn jetzt darauf? War jemand gemein zu dir?"

„Nicht wirklich, aber die Jungs ärgern uns manchmal in der Schule. Aber überall sind die Menschen garstig zueinander. Sie denken nur an sich selbst und nicht an die Schwächeren. Oder warum leben manche Leute auf der Straße? Gestern war ich mit Mama einkaufen, und die Leute drängelten und schimpften, weil es an der Kasse etwas länger dauerte. Du kannst es täglich sehen, Opa! Menschen sind unhöflich und hartherzig."

Und während sie redete, stampfte sie energisch mit dem linken Fuß auf.

***

„Sophie, beruhige dich! Nicht alle Menschen sind so. Ich werde dir ein paar Geschichten erzählen, und danach wirst du verstehen, was ich meine."

Sophie nahm auf dem Gartenstuhl neben ihrem Opa Platz und lauschte seinen Worten. Er erzählte ihr vom Ende des

Zweiten Weltkriegs, als die Menschen gemeinsam ihre zerbombten Städte wieder aufbauten. Sie strahlte ihn an, als er von der Berliner Luftbrücke und den Rosinenbombern berichtete. Und Opa erzählte von seiner ehrenamtlichen Arbeit für die Kirche und die Obdachlosenhilfe. Am Ende erklärte er Sophie das Wort *Solidarität*, und dass sie der Kleber der Gesellschaft sei.

***

Als die beiden von der Oma an die Kaffeetafel gerufen wurden, hatte das Mädchen viele Beispiele dafür gehört, wie freundlich die Menschen sein können. Der Großvater war sich sicher, dass seine Enkelin inzwischen vom Gegenteil überzeugt war. Doch als Sophie das erste Stück Käsekuchen gegessen hatte, sah sie ihn streng an.

„Opa, du hast Glück, dass du all diese Dinge erlebt hast und auch die Bedeutung von diesem komischen Wort *Solidarität* kennst. Aber wie sagt Oma immer? Früher war alles besser! Und ich glaube, sie hat recht. Heute interessieren sich die Menschen nicht mehr füreinander. Da bin ich mir ganz sicher!"

Und während das kleine Mädchen ein zweites Stück Kuchen nahm, sahen sich die Erwachsenen fragend an. Wie konnte eine 10-Jährige schon so abgestumpft sein und sich Gedanken über solch ein Thema machen?

„Sophie, hör mir zu! Deine Meinung erscheint dir jetzt im Augenblick richtig. Aber ich weiß, dass du unrecht hast. Die Menschen helfen einander in der Not. Und sie respektieren sich tief in ihrem Herzen. Ich verspreche dir, eines Tages wirst du erfahren, wie solidarisch die Menschen sind."

***

Fünf Jahre später war aus Sophie ein rebellischer Teenager geworden. Und ihr Weltbild war düsterer als jemals zuvor. Ihre Großeltern waren nacheinander verstorben, und sie dachte schon lange nicht mehr an jenen Nachmittag im Sommer.

Sie hatte ihre Einstellung niemals geändert, obwohl es ein Leichtes gewesen wäre, sich vom Gegenteil überzeugen zu lassen. Doch Sophie war derart in sich gekehrt, dass sie immer nur das Schlechte in den Menschen sah. Sogar in ihrem eigenen Umfeld.

Die Kinder ihrer Schule solidarisierten sich und gingen für ein besseres Klima auf die Straße. Für eine bessere Welt, für eine gesündere Umwelt.

Doch Sophies Meinung war zu festgefahren. Sie hatte stets die Antwort parat, dass diese Jugendlichen freitags nur an den Demonstrationen teilnahmen, weil sie nicht zur Schule wollten.

***

Das Mädchen kapselte sich auch in der Zeit der Pandemie immer mehr ab. Der Distanzunterricht zuhause kam ihr sehr gelegen. So konnte sie ihren Mitschülern aus dem Weg gehen.

Die Zeit verging, und eines Tages, mitten im Sommer, saß Sophie gelangweilt vor dem Fernseher. Sie sah einen Bericht über die schweren Unwetter und das Hochwasser in Deutschland. Sie war erschrocken über all das Leid. Menschen mussten ohne Hab und Gut ihre Häuser verlassen. Viele wurden von den Wassermassen überrascht und überlebten diese nicht. Sophie war angesichts der Bilder verzweifelt und unfähig, ihre Emotionen zu verarbeiten.

In den nächsten Tagen verfolgte sie immer wieder die Sendungen über die Flutkatastrophe und fühlte sich allein und hilflos. Bis sie sah, wie eine Welle der Hilfsbereitschaft und *Solidarität* Deutschland erfasste.

Menschen, die alles verloren hatten, kämpften dennoch tapfer um ihre Häuser. Fremde reichten einander die Hand. Sie halfen selbstlos dort, wo die Not am größten war. Ohne Rücksicht auf ihre eigenen Sorgen und Belange. Die anderen, die nicht vor Ort sein konnten, halfen mit Geld- und Sachspenden.

***

Sophie weinte, als sie diese Bilder sah. Endlich begriff sie, was ihr Opa gemeint hatte.

Die Menschen hetzten im Alltag aneinander vorbei. Scheinbar riskierte niemand einen Blick auf das Glück oder Unglück der anderen. Doch immer dann, wenn es eine wirkliche Krise gab, hielt die Menschheit zusammen. Und die Herzen öffneten sich.

Sophie wurde bewusst, wie sehr sie im Unrecht gewesen war. Sie stand auf und tat, was ihr Großvater sich gewünscht hätte.

Sie bot Menschen, denen es schlecht ging, ihre Hilfe an.

Der letzte Schultag

Elli saß auf ihrem Bett und starrte ihren Wecker an. In zwei Stunden würde diese unheilbringende Höllenmaschine klingeln. Sie richtete den Blick auf ihren linken Unterarm. In den letzten Stunden hatte sie sich wieder geritzt. Sie war nicht mehr zu feige, die Schnitte tiefer anzusetzen. Während sie anfangs noch ein Kartoffelschälmesser benutzte, das eher in die Haut drückte als schnitt, hatte sie das Ganze inzwischen durch Rasierklingen perfektioniert. Tiefe, gerade Schnitte brachten ihr das einzige Gefühl, das sie herbeisehnte. Den glühenden Schmerz, um zu vergessen. Mit Glasscherben war das Ergebnis genauso befriedigend, aber die ausgefransten Wundränder entzündeten sich regelmäßig.

***

Als sie kleiner war, weckte ihre Mutter sie morgens liebevoll noch mit den Worten:

„Elli, mein Engel, steh auf, du darfst zur Schule." Diesen Satz hatte sie schon lange nicht mehr gehört. Ihre Mutter würde in 20 Minuten zu ihrer ersten Arbeitsstelle aufbrechen. Elli war den Rest des Tages auf sich allein gestellt, bis ihre Mutter spätabends von ihrem Zweitjob zurückkehrte. Dann aß sie noch eine Kleinigkeit und schlief Minuten später erschöpft auf der Couch ein. Wann sollte Elli ihrer Mutter erzählen, dass sie es inzwischen hasste, wenn sie zur Schule musste?

Erwachsene bemerkten ohnehin nicht besonders viel von der Welt, die außerhalb ihres eigenen Tellerrands lag. Davon war Elli fest überzeugt. Ihre Klassenlehrerin hielt regelmäßig

Vorträge über Mobbing und Ausgrenzung. Aber hatte keinen blassen Schimmer davon, welche Abscheulichkeiten direkt vor ihrer Nase abliefen. Wie oft hatte Elli Hilfe beim Vertrauenslehrer gesucht. Aber vor seiner Tür saßen schon fünf oder mehr traurige Gestalten, die versuchten, ihrem eigenen Teufelskreis zu entkommen. Elli starrte wieder auf die Zeiger ihres Weckers, die zu rasen schienen wie ein Ferrari bei freier Strecke auf der Autobahn. Ihr Magen verkrampfte sich. Sie näherte sich bereits dem Höhepunkt ihrer Panikattacke. Jetzt würde ihr nicht mal die wohltuende Glut der Rasierklinge helfen.

***

Sie hörte, wie die Wohnungstür ins Schloss fiel. Ihre Mutter bemühte sich, immer leise zu sein. Elli stand auf und ging ins Bad. Während sie sich erleichterte, kam die Erinnerung wie eine Flutwelle über sie. Sie sah sich plötzlich wieder auf dem Boden des Umkleideraums liegen, nur mit ihrer Unterwäsche bekleidet und aufgelöst in Tränen. Sie konnte die Nässe auf ihrer Haut spüren und den Urin riechen. Sie schluckte, als unsäglicher Ekel in ihr aufstieg und ihre Kehle zuschnürte. Wenn sie sich jetzt übergeben müsste, würde sie ersticken.

Die Bilder in ihrem Kopf waren so real, als würde sich die Tat wiederholen. Vier Jungs aus ihrer Klasse hatten ihr aufgelauert. Wie immer war sie die Letzte nach dem Sportunterricht, weil sie sich vor den anderen Mädchen schämte. Elli war vierzehn Jahre alt, aber oben herum flach wie ein Brett. Kein Ansatz einer Brust war zu sehen, und die anderen verspotteten sie dafür. Inzwischen tat das die ganze Klasse, weil Britta heimlich ein Nacktfoto von ihr gemacht und es verteilt hatte.

Und letzten Donnerstag war es dann passiert. Die Jungs drückten sie auf den Boden und urinierten unter wüsten Beschimpfungen auf ihren Körper. Elli kam diese Erniedrigung wie Stunden vor. Sie konnte sich haarklein an jede Beleidigung und jedes Lachen erinnern, aber sie hatte keine Ahnung, wie sie nach Hause gekommen war.

Am Freitag hatte Elli die Schule geschwänzt und ihrer Mutter abends Bauchschmerzen vorgegaukelt. Aber hatte sie gelogen? Was wusste ihre Mutter denn schon über seelische Schmerzen, die eine derartige Demütigung auslöste? Elli wurde seit Monaten gemobbt, anfangs grundlos oder einfach deswegen, weil sie lebte. Sie hatte zahlreiche Hämatome, die nur sichtbar wurden, wenn Elli nackt war. Diese Jugendlichen waren erfahren bei ihren Misshandlungen. Niemals schlug sie jemand ins Gesicht. Zigaretten brannten sie auf ihrem Rücken aus, und dabei waren die Mädchen grausamer als die Jungs. Überhaupt schien die Clique um Britta sie regelrecht zu hassen. Wahrscheinlich ging auch der widerliche Angriff in der Umkleidekabine auf ihr Konto.

***

In der Ferne hörte Elli ihren Wecker klingeln. Ein Geräusch, das schlimmer als ein Zahnarztbohrer in ihrem Kopf widerhallte. Sie wusste, dass sie heute nicht zu Hause bleiben konnte. Die Mathearbeit stand an, und der Lehrer würde sofort ihre Mutter informieren, wenn sie schwänzte. Sie war innerhalb von ein paar Monaten von Note zwei auf fünf abgerutscht. Eigentlich war Elli gut in Mathe, der Stoff fiel ihr leicht. Aber sobald sie sich der Schule näherte, waren in ihrem

Kopf nur noch die Bilder der Gewalt, und die Gedanken, was ihr heute widerfahren würde.

Sie zog sich an und machte sich auf den Weg zur Schule. Je näher sie der Hauptverkehrsstraße kam, an der das Gebäude lag, umso schlechter fühlte sie sich. Der Schmerz in ihrem Inneren kam in Wogen. Ihr Magen verkrampfte, und die Bilder des Mobbings schossen ihr in den Kopf. Sie dachte darüber nach, dass sie an allem schuld sei. Ihre Mutter arbeitete sich krumm, um Elli ein schönes Leben zu ermöglichen. Und auch ihre Klassenkameraden hätten viel mehr Zeit zum Lernen, wenn sie nicht andauernd mit dem Mobbing beschäftigt wären.

Als die nächste Panikattacke sie überkam, war Elli nicht mehr in der Lage, das Absurde ihrer Gedanken zu begreifen. Sie glaubte fest daran, dass die Welt ohne sie viel schöner wäre. Sie schloss die Augen und blieb mitten auf den Gleisen stehen. Sie hörte keine Rufe. Und auch nicht das Signal der Straßenbahn, in der ein Familienvater verzweifelt versuchte, die Geschwindigkeit des Kolosses abzubremsen.

Das Einzige, was Elli hörte, war Stille.

Der große Bruder

Linda und Jens Berger saßen im Sitzungssaal des Landgerichts Köln. Hier fand der Prozess gegen die Eltern des Mädchens statt, das sie als Pflegetochter aufnehmen wollten.

Fassungslos und mit Tränen in den Augen verfolgten sie die Verlesung der Anklageschrift. Wie konnten Eltern ihrem Kind so etwas antun?

Aufgewühlt verließen die Eheleute Berger das Gericht. Linda weinte, sie konnte nicht glauben, was dieses Mädchen ertragen musste. Ihr Mann hielt sie am Arm fest und fragte sie:

„Bist du dir sicher?" Sie nickte nur stumm.

***

Drei Monate später zog Kelly zu Familie Berger. Sie hatten ihrem zwölfjährigem Sohn Lukas nur erzählt, dass die leiblichen Eltern Kelly nicht mehr wollten.

Lukas bemühte sich sehr um das Mädchen. Er hatte sich immer Geschwister gewünscht. Er ließ Kelly sogar in seinem Zimmer spielen. Doch irgendwie verhielt sich die Kleine merkwürdig.

Entweder saß sie nur regungslos in der Ecke, oder sie warf alle Spielsachen sinnlos durcheinander.

Lukas konnte schon verstehen, dass sich seine Eltern mehr um Kelly kümmern mussten. Als er heute stolz mit seiner

Zwei in Mathe nach Hause kam, hatte er sich aber selbst mehr Aufmerksamkeit gewünscht.

Doch seine Mutter beschäftigte sich nur mit Kelly, die sich in die Hose gemacht hatte.

***

Lukas wurde wütend. Er wollte gerne ein großer Bruder sein. Aber das hatte er sich anders vorgestellt. Es tat ihm weh, zu sehen, wie liebevoll sich seine Eltern um die Kleine kümmerten. Heute passte es ihm gar nicht, dass sie mit seinen Autos spielte.

Er wusste nicht, welches Gefühl in ihm brodelte. Aber er ging auf das Mädchen zu und schrie sie an:

„Verschwinde hier, ich hasse dich!"

Am Abend saß die Familie angespannt beim Abendbrot. Lukas war nicht mehr wütend, das Ganze tat ihm leid. Aber seine Worte ließen sich nicht zurücknehmen. Kelly hatte sich danach stundenlang in ihrem Kleiderschrank verkrochen.

Die Mutter brachte die Kleine ins Bett. Sie hatte begriffen, dass es von Anfang an falsch war, Lukas zu belügen.

***

Sie nahm ihren Sohn in den Arm und fing an zu erzählen:

„Kelly wurde von ihren Eltern wie ein Tier behandelt. Sie bekam keine Liebe und auch sehr wenig zu essen."

Lukas wurde traurig, so etwas hatte er nicht erwartet. Er sah, dass seine Mutter bereits weinte, aber er bat sie, weiterzureden.

„Kelly musste in einem abgedunkelten Zimmer leben. Sie lag auf Kot und Erbrochenem. Lange hat niemand etwas gemerkt. Das Gericht hat Kellys Eltern zu Gefängnisstrafen verurteilt. Aber die Kleine wird ein Leben lang mit den Folgen leben müssen. Dein Vater und ich dachten, wir sind die richtige Familie, um ihr dabei zu helfen."

Seine Mutter umarmte ihn:

„Verzeih mir Lukas, ich habe dich nur belogen, um dich vor der Wahrheit zu schützen. Du darfst niemals vergessen, wir sehr wir dich lieben."

Jetzt weinte auch ihr Sohn:

„Mama, es tut mir leid, dass ich so wütend war. Ab sofort bin ich der beste große Bruder auf dieser Welt."

Der Rosengarten

Luisa stieg an der Bushaltestelle auf der gegenüberliegenden Straßenseite aus. Sie überquerte zögerlich den Zebrastreifen. Sie konnte nicht begreifen, was seit gestern Nachmittag passiert war. Erst erhielt Luisa den Anruf eines Notars. Und dann teilte ihr dieser mit, dass sie Alleinerbin einer alten Dame war, deren Namen ihr völlig unbekannt war. 24 Stunden vorher war Luisa noch eine verschuldete Frau mit zwei schlecht bezahlten Arbeitsstellen gewesen. Nun stand sie vor einer gewaltigen Steinmauer und drückte einen Schlüsselbund an ihre Brust.

Luisa fror in ihrem alten Mantel, während sie vor dem schmiedeeisernen Tor stand. Die Frau drückte ihr Gesicht an die Gitterstäbe, in der Hoffnung, irgendetwas zu erkennen. Doch sie konnte dahinter nur einen Halbkreis von Tannen erspähen, welche ihr die weitere Aussicht versperrten. Meterhoch ragten die Bäume wie Soldaten in die Höhe, und Luisa fühlte sich heimlich beobachtet. Wenn ihre Eltern doch bei ihr wären. Sie würden ihr Mut zusprechen und die Angst nehmen. Doch beide waren tot, verstorben vor fünf Jahren bei einem Verkehrsunfall.

***

Luisa überlegte, welcher Schlüssel ihr wohl Zutritt gewähren würde. Sie entschied sich für einen antik aussehenden Hohlschlüssel und steckte ihn zaghaft in das Schloss. Das Tor öffnete sich ohne großen Widerstand, und Luisa betrat das unheimliche Spalier der Tannenbäume. Sie erschrak, als das

Tor scheppernd hinter ihr zufiel. Sie schlüpfte zwischen den beiden höchsten Soldaten hindurch.

Luisa bekam weiche Knie, als sie den versteckten Garten in seiner ganzen Schönheit einsehen konnte. Sie blickte auf Hunderte von Rosen in den verschiedensten Farben, umrahmt von einer frostigen Winterlandschaft. Es erschien ihr, als hätte der Frosthauch jede einzelne Rose in voller Blüte berührt und in Eisblumen verwandelt. Sie trat näher heran und entdeckte einige schwarze Rosen, die aussahen, als wären sie mit Diamanten besetzt.

Dann sah Luisa das Haus. Es war aus Ziegelsteinen gebaut und mit einem Dach aus roten Schindeln. Das Gebäude wirkte, im Gegensatz zu dem weitläufigen Garten, fast verloren in der winterlichen Landschaft. Sie beobachtete das Haus von Weitem. Unsicherheit machte sich in ihren Gedanken breit. Ob sie hier allein war? Sie verwarf ihre Bedenken und trat näher heran. Die Fensterläden waren geschlossen, und aus dem kleinen Schornstein stieg kein Rauch auf. Sie spürte die Zuversicht in ihrem Herzen wachsen und suchte nach dem passenden Schlüssel. Beim dritten Versuch öffnete sich knarrend die Tür, und sie trat mutig in die gespenstische Dunkelheit.

***

Luisa tastete nach einem Lichtschalter. Im gleichen Augenblick erhellte ein Kronleuchter den Raum, der mit seinem Kamin und dem roten Kanapee an einen feinen Salon erinnerte. Auch die anderen Möbelstücke und Bilder an der Wand zeugten von einem gehobenen Geschmack des Einrichters.

Das Einzige, was die Schönheit des Raumes unpassend unterbrach, war ein mitten im Raum abgestellter Rollcontainer. Auf ihm stand ein Laptop, auf dessen Bildschirm eine Videodatei pausierte. Sie startete den Film und nahm auf dem Sofa Platz.

***

Schon nach Sekunden liefen Luisa die Tränen. Sie konnte mit dem Namen ihrer Gönnerin nichts anfangen, aber sie erkannte sofort ihr Gesicht. Die Frau saß während des Prozesses gegen den Mann, der den tödlichen Unfall ihrer Eltern verschuldet hatte, im Gerichtssaal. Sie versuchte, sich zu beruhigen. Sie musste hören, was die Frau ihr zu sagen hatte. Luisa erfuhr, dass der Unfallfahrer ihr Sohn gewesen war. Er hatte sich am Tag seiner Haftentlassung das Leben genommen. Frau von Keller wollte die Schuld ihres Sohnes lindern, indem sie die Tochter der Opfer als Alleinerbin einsetzte. Das meiste Vermögen war in Aktien angelegt oder lag auf Sparkonten. Zum Erbe gehörte auch das Haus mit dem Rosengarten, und es sollte fortan Luisa gehören. Mit diesem Satz endete das Video.

Luisa öffnete die Tür und sah hinaus in den zauberhaften Garten. Eisige Tränen liefen über ihr Gesicht, und sie blickte in den wolkenlosen Himmel. Als wollte sich Luisa das Einverständnis ihrer Eltern holen, sprach sie ein leises Gebet, und Sekunden später lächelte sie.

Flucht aus der Vergangenheit

Heute

Mia bleibt regungslos liegen, obwohl die Schmerzen mehr als unerträglich sind. Sie spürt das warme Blut, das ihre Haut an unzähligen Stellen benetzt. Die Glassplitter, auf denen sie unbequem gebettet ist, bohren sich unaufhörlich in ihren Körper. Er hatte sie mit massiver Brutalität durch die Scheibe der Wohnzimmertür geschleudert, und sie dann unbeeindruckt liegen lassen.

Wie hat er sie nach all der Zeit nur gefunden?

Mia betet still, dass die winzigen Scherben keinen weiteren Schaden anrichten. Sie bemerkt die pulsierende Verletzung an ihrer linken Hüfte. Diese Scherbe sitzt tief in ihrem Fleisch. Sie kann hören, dass er Schränke und Schubladen durchwühlt. Während Mia darüber nachdenkt, was er mit ihr anstellen wird, verliert sie das Bewusstsein.

Früher

Mia strahlte über das ganze Gesicht. Das Vorstellungsgespräch war hervorragend gelaufen. Sie hatte alle anderen Bewerber ausgestochen, und bereits am Montag konnte sie ihr neues Büro in der besten Werbeagentur der Stadt beziehen. Benebelt vor Glück fiel sie an der Rezeption dem freundlichen Mitarbeiter um den Hals, der sie während des Bewerbungsmarathons ständig motiviert hatte. Mia hatte sich ihm anvertraut, wenn sie zweifelnd im Warteraum saß. Er hieß Martin

Lehman, wie sein Namensschild verriet. Er lächelte sie an und sagte:

„Ich habe Ihnen die Daumen gedrückt. Und das ist für Sie. Herzlich willkommen in der Firma." Er überreichte ihr einen Blumenstrauß, und sie freute sich auf ihren ersten Arbeitstag.

Am Montag betrat Mia etwas verschüchtert das Bürogebäude und hielt an der Rezeption Ausschau nach Martin. Doch heute konnte sie ihn nicht entdecken. Sie lächelte, als sie auf ihrem Schreibtisch wieder einen Strauß Blumen bemerkte. Eine kleine Karte verriet ihr, dass die Aufmerksamkeit von Martin kam.

In den folgenden Monaten wurden Martin und Mia Freunde. Er unterstützte sie in der Firma, und auch privat verbrachten sie Zeit miteinander. Ihr Aufstieg in der Firma war raketenhaft. Mia wurden immer die besten Aufträge zugeteilt, oder die Kampagnen der Kollegen enthielten Fehler. Und jede Woche stellte Martin ihr einen frischen Strauß Blumen auf den Schreibtisch.

***

Eines Abends, nach einem wichtigen Geschäftsabschluss, ging sie mit Martin feiern und trank zu viel. Mia nahm ihn zum ersten Mal mit in ihre Wohnung, und die Situation geriet außer Kontrolle. Martin versuchte Mia zu küssen, und sie wies ihn schroff zurück.

Nach diesem Abend hatte sich das Verhältnis zu Martin verändert. Er war einerseits distanziert und ließ andererseits keine Möglichkeit aus, ihr Vorhaltungen zu machen. Mia konnte sich nicht erklären, was er damit meinte, dass sie ihm alles zu verdanken hatte. Eines Tages stellte sie ihn zur Rede.

Martin gestand Mia, dass er sich auf den ersten Blick in sie verliebt hatte. Während sie sich anfangs noch geschmeichelt fühlte, breitete sich im Verlauf des Gesprächs Entsetzen in ihr aus. Martin gestand ihr, dass er die Unterlagen anderer Bewerber genauso manipuliert hatte wie die Kampagnen der Kollegen. Und das hätte er alles nur für sie getan.

***

Mia wusste gar nicht mehr, was sie zu ihm sagte. Auf jeden Fall ließ er Mia gehen, und sie kündigte umgehend die Arbeitsstelle. Sie zeigte Martin nicht an und verriet ihn auch nicht bei den Vorgesetzten. Irgendwie hielt es Mia für eine gute Idee, Martin nicht noch mehr gegen sich aufzubringen.

***

Als Mia einige Wochen später ihre neue Arbeitsstelle in einer anderen Stadt antrat, dachte sie schon gar nicht mehr an Martin. Zwei Monate später stellte sie fest, dass ein einfaches Vergessen bei einem Mann wie Martin unmöglich war. Zuerst kamen nur E-Mails an ihre neue Firmenadresse. Martin überschüttete sie mit Liebesschwüren, auf die sie abweisend reagierte. Sie vermutete, dass er die Abfuhr endlich akzeptiert hatte, bis er seinen Telefonterror startete. Dutzende Mal am Tage belästigte er sie und ihre Kollegen, bis sie die Nerven verlor und ihn anbrüllte und bloßstellte. Danach rief er sie nie wieder an.

Heute

Mia ist längere Zeit bewusstlos gewesen und hofft, er hat ihre Wohnung verlassen. Leider ist dies ein fataler Irrtum. Martin ist noch lange nicht mit ihr fertig. Sie hat kein Geräusch vernommen, als er unvermittelt in der Tür steht. Er lacht, als er sie an ihren Haaren über den Boden schleift.

„Ich habe dich geliebt und alles für dich getan. Und du Hure, hast mich wie Dreck behandelt und verlassen. Dafür wirst du mit deinem Leben bezahlen." Er hebt sie auf die Couch, deren cremefarbener Bezug augenblicklich mit ihrem Blut getränkt ist.

Bei seinen letzten Worten hört sie schon gar nicht mehr hin. Sie versucht, ihre Schmerzen auszublenden, um wieder einen klaren Gedanken zu fassen. Martin ist wahnsinnig, und wenn sie überleben will, muss sie ihre Kräfte fokussieren. Sie ist niemand, der einfach so aufgibt. Eine simple Flucht erscheint ihr allerdings unmöglich. Mit ihren schweren Verletzungen wird sie nicht einmal bis zur Wohnungstür kommen. Ihr einziger Ausweg ist, diesen Kampf mit weiblicher List zu führen.

***

Mia verdrängt ihre Angst und spricht ihn an:

„Martin, lass uns doch noch einmal miteinander reden. Es tut mir leid, ich wollte dich nicht verletzten." Ihre ruhige Stimme scheint ihn zu erreichen. Er hält inne und sieht in ihre Richtung.

70

„Wolltest du nicht? Das hast du mir in den letzten Wochen aber ganz anders präsentiert. Du hast mich vor deinen Kollegen als impotenten Versager bezeichnet. Spricht so eine Frau, die liebevolle Gefühle hat? Jetzt, wo du am Boden bist, zeigst du Sympathie für mich. Wer spricht zu mir? Dein Herz oder nur deine falsche Zunge?"

Es fällt ihr schwer zu lügen und ihm zu widersprechen. Aber sie weiß längst, dass ihr keine andere Wahl bleibt. Sie kramt alle Entschuldigungsfloskeln hervor, die sie jemals gehört hat. Sie hasst sich selbst, als sie den leblosen Vortrag aus ihrer Kehle quetscht. Während sie redet, beobachtet sie ganz genau seine Körpersprache. Seine Anspannung und Wut sind ehrlicher Aufmerksamkeit gewichen. Sie kann kaum glauben, dass er auf Süßholzgeraspel anspringt.

***

Mia schließt ihre Lügen mit einem deutlichen Hinweis auf ihre Verletzungen.

„Martin, mein Schatz. Bitte ruf einen Krankenwagen. Ich habe sehr viel Blut verloren. Wenn du nichts unternimmst, können wir nicht gemeinsam alt werden." Sie lächelt müde, als er tatsächlich den Notruf wählt. Mia redet weiter auf ihn ein, und als sie endlose Minuten später die Sirenen hört, lockt sie ihn zu sich herüber.

***

Es ekelt sie an, ihn zu berühren. Die falschen Küsse schmecken wie verdorbenes Fleisch und die Galle steigt in ihr hoch.

71

Sie berührt ihn mit der linken Hand, während die Finger der anderen nach der Weinflasche tasten. Sie freut sich, dass sie gestern Abend vergessen hat, diese wegzuräumen. Als Mia die die Türklingel hört, schlägt sie ihm ihre Waffe mit voller Wucht auf den Schädel.

Der Lauf des Lebens

Er saß, wie jeden Tag, auf der verwitterten Bank unter dem alten Kastanienbaum. Er strich sich mit der linken Hand die pomadigen Haare zurecht und lächelte der Frühlingssonne zu. Mit den gewienerten Lederschuhen, dem schwarzen Kaschmirmantel und seinem versilberten Spazierstock wirkte er in dem öffentlichen Park so deplatziert wie eine Softeismaschine am Nordpol.

Dennoch beachtete ihn kaum jemand. Fast schien es so, als wäre er unsichtbar. Vielleicht lag es an der Hektik, mit der viele Menschen unterwegs waren. Die wenigsten nahmen sich noch Zeit für die kleinen Dinge des Lebens. Aber zu seiner Freude gab es auch die anderen, denen jede Sekunde ihrer Lebenszeit kostbar erschien. Und für diese Menschen saß er täglich auf seiner Parkbank.

***

Er war froh, dass er seinen Mantel trug. Die Eisheiligen wurden dieses Jahr ihrem Namen gerecht. Der Wind zog mit einem Hauch von Frost durch den Park und nahm für endlos wirkende Augenblicke der Sonne die Kraft. Den Vögeln schien dies nicht viel auszumachen. Sie sangen munter ihre Lieder und kümmerten sich um ihren Nachwuchs.

Es wurde Zeit fürs Frühstück. Er nahm sein Pastrami-Sandwich und die Thermoskanne aus seiner Aktentasche und legte sich eine Stoffserviette auf den Schoß. Er liebte schwarzen Kaffee und gutes Essen. Er hatte immer Zeit, beides zu genießen. Ihm gegenüber hatte pünktlich das alte Ehepaar aus der Gartenstraße Platz genommen. Sie waren beide über siebzig und noch verliebt.

Er lächelte ihnen jeden Tag zu, und der Mann hob seinen Cordhut zum Gruße. Er mochte die beiden sehr, und wenn er sie ansah, hasste er seinen Beruf umso mehr. In 19 Tagen würde er kommen und dem Mann mit dem Hut nach über 50 Jahren Ehe die Frau entreißen. Und bis dahin genoss er jede Sekunde, in der er die beiden lebendig sah.

Inzwischen hatte es angefangen zu regnen, und die meisten Menschen suchten hastig einen Unterschlupf. Er liebte den Regen, egal wie kalt es war. Das Wunderbare war für ihn der Geruch. Die Luft war schwanger von feuchter Erde und Blütenduft. Das Dach aus Kastanienblättern bot ihm zudem genügend Schutz vor den Wassertropfen. Er lächelte erneut, als sich ein Regenbogen zwischen den Wolken zeigte.

***

Sein Beruf war die Geißel seines Lebens. Er hatte ihn sich niemals ausgesucht oder ihn erlernt. Was er tat, war seine Bestimmung und zugleich sein Verhängnis. Er war der Bote, der dem Leben sagte, dass der Lauf der Zeit für den jeweiligen Menschen zu Ende war. Er war sich der Notwendigkeit seines Handelns jederzeit bewusst gewesen. Und dennoch versetzten ihm die meisten Aufträge winzig kleine Nadelstiche in sein Herz.

In seinem Job ging man auch nicht in Rente. Er war auf ewig zu dieser Arbeit verdammt oder er zahlte einen hohen Preis. Er hatte inzwischen ein weltweit fluktuierendes

Unternehmen und Tausende von Angestellten. Schließlich konnte er allein nicht überall sein. Eine Träne aus schwarzem Blut rann über die linke Wange des Sensenmannes, als er an seinen letzten Auftrag dachte.

***

Er war gestern zu einer Familie gekommen, um ein achtjähriges Mädchen zu holen, dessen kleiner Körper von Krebszellen zerfressen war. Er kannte sie bereits. Vor einem halben Jahr war er beauftragt worden, ihre Mutter mitzunehmen. Sie war in einem Badesee ertrunken, doch irgendetwas holte sie in das Leben zurück. Sie stand ihm für wenige Momente gegenüber und schaute ihm direkt in die eiskalten Augen. Und genau diesen flehenden Blick sah er auch jetzt wieder.

Er wusste nicht, ob es an der Nahtoderfahrung der Mutter gelegen hatte, aber er spürte, dass sie ihn sehen konnte. Sie schrie ihn an:

„Bitte lass meine Tochter hier. Nimm mich, meine Zeit war schon einmal abgelaufen." Die Frau warf sich vor ihm auf den Boden und flehte ihn erneut auf Knien an, das Leben des Mädchens zu verschonen. Er erlebte solche Situationen nicht zum ersten Mal, und eigentlich schockierten sie ihn selten. Er wusste, dass die Welt auf Dauer zerstört würde, wenn er bei seiner Arbeit Rührseligkeit zuließ. Der Tod konnte sich Mitleid nicht erlauben, wenn das Leben weitergehen sollte.

Die Frau war mittlerweile aufgestanden und brüllte ihn wieder an. Sie bewegte sich wie in Zeitlupe auf ihn zu und versuchte es mit körperlicher Gewalt. Doch ihre Fäuste schlugen ins Leere. Ihn zu sehen, war die eine Sache. Anfassen konnten sie ihn nur, wenn er in irdischer Gestalt auf seiner Parkbank saß. Er wich ihr aus, berührte das kleine Mädchen, wie es ihm aufgetragen wurde, und begleitete ihre Seele zu dem ihr vorbestimmten Ort. Doch diesmal war etwas anders. Er ging zurück und sah den verzweifelten Eltern einige Minuten bei ihrer Trauer zu.

***

Und heute, auf seiner Parkbank, dachte er wieder darüber nach. Es gab etwas, was er in seinem langen Leben noch nie gespürt hatte. Der Tod war niemals frei. Er trug eine unsichtbare Kette um den Hals, und sowohl Himmel als auch die Unterwelt zerrten an ihm. Jede Seele, die er begleitete, war ein Auftrag und niemals seine eigene Entscheidung. Es tat ihm nicht leid, einen Mörder oder Kinderschänder in die Hölle zu sperren. Im Gegenteil: Er verspürte Genugtuung dabei. Doch gestern die Verzweiflung der Mutter zu sehen, war die Schattenseite an seinem Beruf.

Das alte Ehepaar hatte sich nach dem Regenguss wieder auf die gegenüberliegende Bank gesetzt. Auch jetzt grüßten sie wieder zurück. Er holte das schwarze Notizbuch aus seiner Aktentasche und schlug die Seite mit den Daten des Ehepaars auf. Der Sensenmann wusste immer zwölf Monate im Voraus, wen er holen sollte. Die alte Dame würde am zweiten Juni einen Herzinfarkt erleiden und friedlich einschlafen. Drei Wochen später würde er ihren Mann ebenfalls holen, der an gebrochenem Herzen sterben würde. Es tröstete ihn ein wenig, dass sie nicht lange getrennt sein würden.

Für heute war es Zeit zu gehen. In dreißig Minuten musste er bei einem tödlichen Verkehrsunfall sein. Er wünschte sich sehr oft, er könnte auf seiner Parkbank sitzen bleiben. Er wusste nicht, woher diese Gedanken kamen. Er war immer pflichtbewusst und zuverlässig gewesen. Er erledigte alle Aufträge, ohne nach dem Grund zu fragen. Es gab auf dieser Erde schon immer Gewalt und Kriege, und es stand ihm nicht zu, die Entscheidungen von Himmel und Hölle infrage zu stellen.

***

Einer Sache war er sich schmerzlich bewusst: In den letzten Jahrzehnten war die Menschheit zusehends verroht und auch gefühlskälter geworden. Kinder starben nicht mehr an Krankheiten, sondern immer öfter durch die Hand der eigenen Eltern. Vor zwei Wochen holte er einen Säugling, der einsam und allein auf einem Feld gestorben war. Ein kleines Wesen, das nichts von der Schönheit des Lebens erfahren hatte, wurde entsorgt wie Müll.

Es gab auf den Computern seines Unternehmens diese eine Datei, die kein einziger Sensenmann jemals anklickte. Denn dort standen die Namen aller Kinder dieser Erde, die durch sexuellen Missbrauch oder Misshandlung gestorben waren. Seine Augen füllten sich wieder mit der Dunkelheit seines Blutes, und er schaute nachdenklich auf den Boden.

***

Am nächsten Tag saß er wieder auf seiner Parkbank und frühstückte. Der Verkehrsunfall vom Vortag war erneut eine schlimme Erfahrung für ihn gewesen. Als Sensenmann kam er stets dazu, wenn die Opfer noch lebten. Und so musste er mitansehen, wie ein Familienvater und seine drei Kinder in ihrem Auto verbrannten, während der volltrunkene Unfallverursacher mit dem Schrecken davonkam. Langsam fragte er sich, ob Himmel und Hölle um die Menschenleben würfelten. Es konnte nicht an der Tagesordnung sein, dass so viele Unschuldige ihr Leben ließen.

Er hatte das Gefühl, als würde sich bei diesen Gedanken die Kette um seinen Hals noch enger zusammenziehen und ihm die Luft abschnüren. Er spürte, dass sich das Mitgefühl bereits zu sehr in ihm vergraben hatte. Mit einem derart befallenden Herzen wäre seine Arbeit unmöglich. Doch war er bereit, den Preis dafür zu zahlen, dass er seine Bestimmung aufgab?

***

Einige Tage später hatte er seine Entscheidung getroffen. Er saß wieder auf seiner Parkbank und schaute dem Leben zu, doch diesmal als Mensch. Er hatte seiner irdischen Hülle an diesem Frühlingstag ein neues Aussehen verpasst. Die schwarze Kleidung war bunten Farben gewichen, und seine langen Haare wehten im sanften Wind. Das alte Ehepaar lachte ihn an, und er war froh, dass er sie so in Erinnerung behalten konnte.

Er würde heute zum letzten Mal auf seiner Parkbank sitzen, denn er hatte den Preis für seine Kündigung bezahlt. Von heute an blieb ihm ein Jahr, um die Schönheit des Lebens auszukosten, bevor seine Lebensfrist als Mensch auslief.

Doch er lächelte.

Die Kette um seinen Hals war verschwunden, und er würde jeden Tag seiner neu gewonnenen Freiheit genießen. Endlich konnte er selbst am Lauf des Lebens teilnehmen.

Für die Freiheit
(Im respektvollen Andenken an Hans und Sophie Scholl)

Sophie kaute nervös auf ihrer Unterlippe. Wie sie diese Ungewissheit hasste. Alexander, Hans und Willi waren jetzt schon viel zu lange weg. Sie hatte darauf bestanden, in der Nacht des 15.02.43 dabei zu sein, aber die jungen Männer hatten gemeinschaftlich dagegen gestimmt.

Hans hatte der enttäuschten Schwester seine Armbanduhr anvertraut, damit sie sich sicherer fühlte. Doch genau das Ticken dieser Uhr machte Sophie jetzt nervös. Die Mission war gefährlich genug. Innerhalb weniger Stunden sollten Tausende von Flugblättern verteilt werden. Sophie ahnte nicht, dass die anderen eine besondere Aktion geplant hatten und sie deswegen zu Hause bleiben sollte.

Sophie öffnete ihr Fenster einen Spalt und lauschte in die Nacht hinein, bis sie Schritte auf dem Kopfsteinpflaster hörte. Endlich, dachte sie und öffnete das Fenster vollständig, um ihren Bruder ins Haus zu lassen.

"Sei leise, die anderen schlafen längst.", sagte Sophie und ließ sich dann von den Heldentaten der Nacht berichten.

***

Am Abend des 17.02.43 trafen sich Hans, Sophie und die anderen Mitglieder der Weißen Rose, um die Maßnahmen des nächsten Tages abzusprechen. Die Aktion der vorletzten Nacht hatte trotz des Farbanschlags auf die Staatskanzlei nicht die gewünschte Wirkung erzielt. Sie trafen sich regelmäßig im Atelier von Christophs Schwiegervater, der die Gruppe aus Rücksicht auf seine Familie nur aus dem Hintergrund unterstützte.

Am nächsten Morgen betraten Hans und Sophie Scholl, mit Koffer und Aktenmappe ausgestattet, das Universitätsgebäude. Sie waren festen Willens, heute ein wirkungsvolles Zeichen im Namen der Freiheit zu setzen. Deutschland musste erwachen und dem abgrundtief Bösen, das ihr Land regierte, tief in das dunkle Herz blicken. Die Geschwister hatten keine Ahnung, dass die Bluthunde der Gestapo bereits ihre Fährte aufgenommen hatten.

Die Botschaft des sechsten Flugblatts, das die beiden eilig vor den Hörsälen verteilten, war mehr als eindeutig. Die Jugend sollte sich erheben und mit dem widerlichen Tyrannen abrechnen. Dieser Staat hatte ihnen das kostbarste Gut genommen, ihre Freiheit. Das Volk musste sich endlich wehren gegen die Unterwerfung durch die Nationalsozialisten. Ansonsten wäre der Name Deutschlands auf ewig geschändet.

Der Großteil der Flugblätter war bereits verteilt, als die Geschwister die Stufen zum Lichthof erklommen. Den letzten Stapel wollten sie direkt von hier oben auf ihre Kommilitonen regnen lassen, ohne sich der Gefahr bewusst zu sein, in der sie schwebten. Der Hausmeister erwischte sie auf frischer Tat und sorgte dafür, dass Hans und Sophie verhaftet wurden.

***

Die tagelangen Verhöre hatten Hans und Sophie nur in ihrem Glauben gestärkt, dass ihr Handeln der Freiheit aller dienen würde. Sie versuchten, ihre Freunde mit aller Macht zu schützen und nahmen jede Schuld auf sich. Trotz dieses Zusammenhalts der Geschwister konnten sie nicht verhindern, dass Christoph, wie sie selbst, zum Tode verurteilt wurde.

Der Gefängnispfarrer betrat am 22.02.43 mit bebendem Herzen die Zelle von Hans Scholl. Die Urteile der Geschwister waren erst vor Kurzem gesprochen worden. Und ihm waren bereits beim Abendmahl mit Sophie nicht genügend tröstende Worte eingefallen. Hans würde seiner Schwester nun in den Tod durch das Fallbeil folgen. Und selbst in diesem düsteren Moment hatte er seine Botschaft noch auf den Lippen:

"Es lebe die Freiheit!"

Regentag

Erwartungsfroh hatte sie den Wetterbericht verfolgt. Der Frühling hatte die Welt längst aufgeweckt und seine Duftmarken hinterlassen. Die Kraft der Sonnenstrahlen hatte mühelos den Nachtfrost aus dem Boden gesaugt. Die Luft in ihrem Garten roch intensiv nach Flieder. Sie zerrieb ein paar Minzblätter und atmete tief ein, als ein Windstoß ihre Haut berührte.

Sie war heute eindeutig in Regenlaune, und das Glück schien ihr hold zu sein. Die ersten grauen Wolken versuchten sich am Firmament zu behaupten, und sendeten ihr Dämmerlicht Richtung Erde. Es wurde Zeit, zu gehen. Schon nach wenigen Schritten hatte sie den erdigen Geruch des Waldes in der Nase. Der Sonnenschein hatte den Nebel längst verjagt und ließ das satte Grün der Bäume erstrahlen.

**

Sie erklomm gerade die letzte Anhöhe, als sie die ersten Regentropfen spürte. Sie rannte auf das freie Feld, um den magischen Moment nicht zu verpassen. Die Sonnenstrahlen hatten sich demütig dem Druck der Wolkenpracht untergeordnet. Sie schimmerten nur noch vereinzelt durch die Dunstwand. Doch ihre wärmende Kraft war spürbar, als sich die Regenflut unaufhaltsam ihren Weg bahnte.

Sie verschwendete keinen Gedanken an eine Erkältung, als der Regen auf ihren Körper prasselte. Nach wenigen Minuten war sie durchnässt bis auf die Haut. Sie schloss die Augen und spürte die Naturgewalt in ihrer reinsten Form.

Sie lauschte einer Symphonie von fallenden Tropfen. Jeder Untergrund um sie herum gab einen anderen Ton von sich. Manchmal dumpf und fast lautlos, wenn die Regentropfen den Erdboden berührten. Dann wieder wild und trommelnd, wenn sie auf härteren Widerstand trafen. Sie dachte an ihre Jugend, die Ferien in den Vogesen. Regen, der auf Zeltplanen tropfte. Wie sehr liebte sie dieses Geräusch.

***

Sie hielt inne. Der Platzregen ließ sich viel zu schnell wieder von der Sonne verdrängen. Sie öffnete die Augen. In ihr keimte die stille Hoffnung auf einen Regenbogen. Doch sie erfreute sich nur kurzzeitig an der bunten Himmelspracht, um sich auf ihr eigentliches Ziel zu konzentrieren.

Der Petrichor lag bereits in der Luft, und seine klare Frische begann Besitz von ihr zu ergreifen. Sie liebte diesen Geruch schon seit ihrer Kindheit. Sie kannte diese besondere Liaison aus den Molekülen des Erdbodens, dem Steinstaub und den ätherischen Ölen des Waldes.

Die Welt um sie herum war so friedfertig. Sie fühlte ihren eigenen Herzschlag im Einklang mit dem Puls der Erde. Sanftmütig trat sie den Heimweg an. Sie lächelte. Die Natur war wirklich ein Wunder, das es zu entdecken galt.

Die Zerbrechlichkeit der Seele

Prolog

Wenn man alt und grau ist, möchte man im besten Fall zufrieden auf einer Parkbank sitzen und an seine glücklichen Momente im Leben zurückdenken. Etwas, von dem auch ich träume. Aber was tut man, wenn das ganze Leben eine Schlammgrube mit widerwärtigen Abscheulichkeiten war?

Welche schönen Erinnerungen sollen mir einfallen? Bin ich stolz auf das Leben, das ich führte? Wahrscheinlich nicht, denn ich stehe hier unweit eines Abgrunds, und das Beste, was mir passierte, war zu überleben. Obwohl es viele Zeiten gab, in denen ich lieber tot gewesen wäre.

Ich habe zugelassen, dass dreckige Schweine mich erniedrigt und beschmutzt haben. Sie haben meinem Körper unvorstellbare Dinge angetan, zur reinen Befriedigung ihrer perversen Neigungen. Und ich habe das Geld genommen und geschwiegen. Ich war schwach und wusste keinen Ausweg. Immer habe ich die Schuld für mein Versagen bei anderen gesucht. Meinen Eltern, den Drogen oder der Gesellschaft, die mich im Stich gelassen hatte.

***

Aber was wussten die schon? Sie dachten, es hatte mir Spaß bereitet, eine Hure zu sein. Aber sie hatten keine Ahnung, welche Demütigungen ich erlebte und wie kaputt meine Seele war. Wie ekelhaft es war, auf einem schäbigen Parkplatz zu stehen und für ein paar Scheine den Schwanz eines Mannes ins Maul zu nehmen, der sicher nur zu Weihnachten duschte. Die Scham, der Geruch, das Würgen, all das versteht nur jemand, der es selbst erlebt hat.

Ich war fast mein ganzes Leben lang eine Hure, ich habe meinen Körper und mich selbst verkauft. Mein Name ist Charlie und dies ist meine Geschichte.

Erstes Kapitel
Als das Grauen begann

I.
Meine Wange schmerzte immer noch. Die Ohrfeige meines Vaters hatte gesessen. Vielleicht war ich diesmal zu weit gegangen, doch für diese Erkenntnis war es eindeutig zu spät. Meine Mutter schrie meinen Vater an, und ich war so sturzbetrunken, dass ich meine Umwelt wie durch eine Nebelwand sah. Zu allem Überfluss hatte ich meinem entsetzten Vater auf die Hausschuhe gekotzt. Ich konnte ihren Gesichtern ansehen, wie sehr meine Eltern mich hassten. Vor sechs Monaten war ich noch ihr kleines Mädchen gewesen, und jetzt schwänzte ich die Schule und trieb mich in der Dunkelheit der Nacht herum.

Ich hatte keine Ahnung, welche Strafe mich erwarten würde. Über den zuvor verhängten Hausarrest hatte ich mich müde lächelnd hinweggesetzt. Außerdem liebte mich meine Mutter aus tiefstem Herzen, und sie stellte sich immer beschwichtigend auf meine Seite.

Zudem war die Party letzte Nacht einfach zu gut gewesen. Wir hatten Marihuana geraucht und uns heillos betrunken.

Und die Nummer mit dem Typen aus der Oberstufe war auch nicht schlecht gewesen. Ich war fünfzehn Jahre alt und konnte tun und lassen, was ich wollte.

Mein Vater war zuletzt so wütend gewesen, als ich vor Wochen die Schule geschmissen hatte. Aber diesmal hatte er mich geschlagen, und sein Gesichtsausdruck danach glich eher Gleichgültigkeit als echter Besorgnis. Ich hörte meine Eltern unten streiten. Meine Mutter versuchte sonst immer die Wogen zu glätten, aber diesmal fiel kein verteidigendes Argument. Vielleicht hatte ich den Bogen wirklich überspannt.

***

Ich war schon immer ein wildes und dickköpfiges Kind gewesen. Aber mittlerweile war aus mir eine unbelehrbare Rebellin geworden. Ich experimentierte mit Sex, Drogen und Alkohol, und meine Eltern hatten längst die Kontrolle über mich verloren. Vielleicht war es an der Zeit, meinen großen Plan in die Tat umzusetzen und endlich aus diesem Kaff zu verschwinden. Ich war mir damals so sicher, dass die Welt nur auf mich warten würde.

Meine Eltern waren gläubige und einfache Leute, die immer alles für mich getan hatten. Aber vielleicht war das der Fehler. Wer niemals auf Grenzen trifft, kann auch nicht lernen, wann es Zeit ist, aufzuhören. Ich wollte dieses Spießerleben nicht. Ich wollte beliebt und auffällig sein. Ich musste hier raus, wenn ich nicht so werden wollte wie meine Eltern. Die Ohrfeige würde ich meinem Vater ohnehin nicht verzeihen.

Meine Eltern stritten noch immer, bis ich hörte, wie die Haustür ins Schloss fiel. Mein Vater war gegangen, und keine fünf Minuten danach klopfte es an meiner Tür. Ich hörte meine Mama mit schwerer Stimme sagen:

„Bitte, geh jetzt schlafen, Kind. Ich rede später noch mal mit Papa." Das waren für viele Jahre die letzten Worte meiner Mutter.

***

Ich stopfte ein paar Klamotten in meine Reisetasche und plünderte mein Sparschwein. Die paar Hundert Euro, die ich für meinen Führerschein sparte, würden mich auf jeden Fall erst mal vom Kleinstadtmief wegbringen. Ich nahm noch das Foto von der letzten Familienfeier aus dem Regal und hinterließ meinen Eltern ein paar Zeilen. Ganz ohne Erinnerung an mein altes Leben wollte ich dann doch nicht gehen.

Ich kletterte am Baum vor meinem Fenster hinunter und verschwand im kalten Dunst des Novembertages. Vielleicht wäre alles anders gekommen, wenn ich es damals schon gewusst hätte. Meine Eltern wollten mir nicht nur verzeihen, sondern auch professionelle Hilfe in Anspruch nehmen. Doch ich ahnte nichts davon und nahm den ersten Zug nach Berlin. Einem Ort, wo genau das Leben tobte, das ich führen wollte.

***

In der Großstadt angekommen, merkte ich schnell, dass einer Minderjährigen die Welt doch nicht so offenstand, wie ich gehofft hatte. Ich konnte ohne Ausweis kein Hotelzimmer buchen, und der Nachtfrost machte sich bereits bemerkbar. Ich verbrachte die Nacht in einem Fast Food-Restaurant, während 380 Kilometer entfernt für zwei andere Menschen eine Welt zusammenbrach.

Die Romantik meiner Flucht hatte mit der harten Realität des Lebens den Platz getauscht. Ich sehnte mich nach einer Dusche, und geschlafen hatte ich auch nicht. Aber eine Rückkehr in mein altes Leben kam auf gar keinen Fall infrage. Diese Blamage wollte ich mir ersparen. Ich dachte auch nicht besonders viel an das Leid meiner Eltern. Ich fand es in Ordnung, dass sie mal merkten, wie es ohne mich ist. Sie sollten sich ruhig ein paar Sorgen um mich machen. In einigen Tagen würde ich sie anrufen.

II.
Dennoch musste ich mir überlegen, wie es weiterging. Eine weitere Nacht ohne Schlaf erschien mir unmöglich. Ich nahm in einem Café unweit des Hauptbahnhofs Platz und bestellte mir ein ordentliches Frühstück. Eine junge Frau riss mich aus meinen Gedanken:

"Lass mich raten, du bist auch von zu Hause abgehauen?" Dieser Satz ließ mich augenblicklich alle Scheu und Vorsicht vergessen, und wir kamen sofort ins Gespräch. Es tat gut, sich mit jemandem zu unterhalten, der genau die gleichen Sehnsüchte hatte wie ich selbst.

Lilly, wie das Mädchen hieß, war bereits volljährig und sofort bereit, mir zu helfen. Sie musste mir nicht lange von der großartigen WG und dem Job als Kellnerin vorschwärmen. Es wäre auch kein Problem, dass ich noch minderjährig sei. Ihr

Chef sei bei so was nicht so streng und würde alles regeln. Die Aussicht auf ein warmes Zimmer und einen eigenen Job passte schon viel besser zu meiner Vorstellung von einem aufregenden Leben.

***

In der WG gab es noch drei andere Mädchen. Sie waren etwa in meinem Alter und teilten auch ansonsten mein Schicksal. Ich nahm an, dass sie schon länger in Berlin lebten, da sie sehr viel stylisher als ich selbst rumliefen. Meine Eltern würden es verrucht nennen. Ich steuerte einen Hunderter für die Haushaltskasse bei und wollte mir erst mal mein Zimmer anschauen. Natalie, eins der Mädchen, brachte mir noch einen Karton mit Kleidung, die ihr nicht mehr passte.

Mein Zimmer war spärlich möbliert, aber ich wusste schon ganz genau, welche Deko ich mir von meinem ersten Lohn kaufen würde. Auch wenn ich jetzt im großartigen Berlin wohnte, so mochte ich noch immer Hunde und Boybands. Im Kleiderschrank fand ich frische Bettwäsche und Handtücher. Morgen würde ich auf jeden Fall die Badewanne ausprobieren. Das Haus, in dem wir wohnten, lag sehr abgelegen. Hier konnte man lautstarke Partys feiern. Mein Traum schien schon am zweiten Tag in Erfüllung zu gehen.

Lilly schloss zu unserer Sicherheit die Haustür ab, zumindest war ich damals so naiv, das zu glauben. Wir feierten an diesem Abend eine Willkommensparty, und ich fühlte mich so lässig und erwachsen wie noch nie zuvor.

Ich lag in dieser Nacht glücklich in meinem Bett und dachte an meine Kindheit. Mit dem Gedanken an meine Eltern schlief ich friedlich ein, und in meinen Träumen servierte ich meinen zukünftigen Gästen bereits die ersten Cocktails.

Ich weiß nicht, ob ich jemals aus einem guten Traum aufgewacht bin, aber in dieser Nacht passierte es. Während ich schlafend lächelte, wurde meine Bettdecke weggezogen und jemand hielt meine Arme über dem Kopf fest. Es war dunkel in meinem Zimmer. Ich hörte Stimmen und konnte eine ekelerregende Mischung aus Alkohol und Rasierwasser riechen. Ich erinnere mich noch heute daran: Für mich war dieser Geruch damals der Inbegriff des Verderbens.

Jemand leuchtete mir mit einer Taschenlampe ins Gesicht und sagte:

"Hallo Prinzessin, es wird Zeit, ein bisschen Spaß zu haben."

Die Männer vergewaltigten mich stundenlang, und was von mir übrig blieb, glich nach dieser Nacht einer leeren Hülle. Diese beiden Worte hatten für Außenstehende etwas Theatralisches, aber es war tatsächlich die einzig wahre Bezeichnung.

Diese Männer gingen mit einer derartigen Brutalität vor, dass ich heute noch nicht weiß, wie mein junger Körper es damals überlebte. Ich hatte schon Sex gehabt und er gefiel mir auch, aber diese Männer zerrissen mich in Stücke. Sie vögelten mich auf brutalste Weise in alle Löcher, mit Sicherheit gleichzeitig. Irgendwann konnte ich es nicht mehr unterscheiden und ertrug es nur noch. Ich hatte meinen Freunden schon oft einen geblasen, aber Analverkehr hatte nie einer verlangt. Meine Vorstellung darüber ließ sich am besten mit Ekel und Ablehnung beschreiben. Irgendwie war ich mir sicher, dass nur Schwule auf solche Praktiken stehen. Wenn ich so etwas für einen Mann machen würde, dann sicher nur mit Liebe und Hilfsmitteln.

Aber diese Männer fragten nicht nach meinen Gefühlen. Sie fickten meinen jungfräulichen Arsch und ignorierten jeden meiner verzweifelten Schreie. Sie benutzten mich, und ich lag wie Müll am Boden, getränkt in ihr Sperma und mein Blut. Nach der ersten Nacht war Sex für mich das Widerlichste, was ich mir vorstellen konnte.

Aber wie immer im Leben waren die körperlichen Beschwerden das kleinere Übel. Das Blut konnte ich abwaschen und die Schmerzen mit einem Trip in eine andere Dimension transportieren, zumindest für kurze Zeit. Das Schlimmste war, dass sie mein Innerstes brachen, meinen Willen, meine Seele und mein Handeln.

Nach der zweiten Nacht fühlte ich, dass ich Dreck war. Sie hatten mir eingetrichtert, dass ich ein Nichts war und ihnen gehörte. Ich würde immer das tun, was sie von mir verlangten. Angesichts ihrer körperlichen Übermacht hätte ich niemals gewagt, mich zu wehren. Ich hing an meinem Leben. Aber in mir keimten immer noch die rebellischen Ansichten an Flucht, Freiheitsdrang und Selbstbestimmung. Gedanken, die mir Stärke vermittelten und die Hoffnung, dass ich hier rauskam. Doch nach der dritten, vielleicht auch vierten Nacht, war es damit vorbei.

Sie urinierten auf meinen Körper und lachten dabei. Ich versuchte wegzukriechen, der Hölle zu entkommen, aber jede Weinbergschnecke wäre schneller gewesen.

***

Und dann war ich geschlagen. Die rebellischen Gedanken lösten sich auf, als hätte es sie nie gegeben. Ich wollte nur noch, dass sie aufhörten, und ich würde alles dafür tun, dass sie es nie wieder taten. So naiv dachte ich zumindest damals. Ich bereute jede Kleinigkeit, die ich meinen Eltern jemals angetan hatte, und ich wünschte mich zu dem Moment zurück, als mir mein Vater die Ohrfeige verpasste. Ich hatte sie verdient, davon war ich in diesem Augenblick überzeugt.

Ich bettelte die Männer auf den Knien rutschend an, endlich aufzuhören. Doch es kamen nur ein paar stammelnde Worte aus meinem Mund, der immer noch ihr Sperma schmecken konnte. Ich wollte ihnen sagen, dass ich es verstanden hatte. Ihr Eigentum war und alles tun würde, was sie verlangten. Aber ich konnte keine klaren Sätze formulieren. Doch weil ich nicht das erste Mädchen war, dass die Einführungsprozedur ertragen musste, wussten sie die schwachen Zeichen ihres Sieges zu deuten und ließen von mir ab. Die leere Hülle war programmiert und zugeritten.

***

Ich erwachte in einer Ecke des Zimmers mehr tot als lebendig. Aber geprägt von dem Gedanken, dass ich bereit war. Ich hatte keine Ahnung, wie viel Zeit seit meinem Einzug in die WG vergangen war. Ich versuchte, mich auf die Teile meines

Körpers zu konzentrieren, die keinen Schmerz empfanden. Doch allein bei diesem Versuch wurde mir schwarz vor Augen. Mein Mund war ausgetrocknet, und ich verspürte einen brennenden Durst und ein beklemmendes Gefühl in meinen Eingeweiden. Auch wenn der Vergleich unwirklich erschien, kam es mir so vor, wie im Sommer einen Eisbecher auszukratzen. Ich fühlte mich leer und war mir sicher, dass sich alle meine Organe verflüssigt hatten. Surreal grinsend stellte ich mir vor, wie ich auslaufen würde, wenn ich aufstehe. Selbst dieses unwirkliche Lachen tat mir weh. Meine Kiefer schmerzten, und ich würgte unsichtbaren Schlamm aus meinem Hals.

Ich hatte das Erlebte nicht nur in Bildern in meinem Kopf. Es floss wie ein Fremdkörper durch mein Blut und war als Signatur in jeden Knochen meines Körpers geschnitzt. Ich verspürte eine ekelerregende Abscheu vor mir selbst. Sofort zu sterben, müsste ein glückliches Gefühl von Erlösung sein. Ich zuckte zusammen, als die Tür geöffnet wurde. Ich zitterte vor Angst, doch mein Fluchtinstinkt war ausgemerzt. Ich schaute im Halbdunkel nach oben. Doch dort stand nur Lilly, die es vermied, mir in die Augen zu sehen.

***

Sie hielt ein Tablett in der Hand, setzte sich zu mir auf den Boden und flüsterte mir leise zu:

"Es tut mir leid. Ich habe dich nur in die Falle gelockt, um mich selbst zu schützen. Ich musste jahrelang als Hure arbeiten. Erst als ich neue Mädchen beschaffte, ließen sie mich in Ruhe. Sei nicht dumm. Mach, was sie dir sagen, und du wirst leben. Ich habe schon gesehen, was sie Mädchen antun, die nicht spuren." Ich versuchte sie zu unterbrechen, aber meine Kehle war wie zugeschnürt, und Lilly sprach weiter:

"Sie werden dich jetzt ein paar Tage in Ruhe lassen. Dein Körper wird sich erholen, und dann wirst du mit den anderen Mädchen auf den Babystrich gehen. Ich sage es dir noch mal: Sei schlau und befolge ihre Anweisungen."

In diesem Augenblick, als sie mir Toast und Orangensaft reichte, hasste ich Lilly abgrundtief. Wäre dies ein Rachefeldzug, hätte ich ihr eine Waffe an den Kopf gehalten und eiskalt abgedrückt. Sie allein war schuld an meiner Situation. Sie hatte mich angelockt und an diese Schweine ausgeliefert.

Erst viel später verstand ich, in welcher Misere Lilly all die Jahre steckte. Sich selbst zu erniedrigen war die eine Sache. Aber andere unschuldige Mädchen ohne Skrupel in diesen Teufelskreis zu ziehen, war unverzeihlich. Lilly war noch gebrochener als ich selbst. Das wurde mir schmerzlich bewusst, als ich Jahre später an der Reihe war, ihre Stelle einzunehmen. Lilly landete danach auf dem Straßenstrich. Sie vegetierte dahin, bis die Drogen sie erlösten.

III.

Ich kotzte mir nach meinem ersten Arbeitstag die Seele aus dem Leib, weil das einzige Gefühl in mir Selbsthass war. Ich war die Neue und musste mich meinen Eigentümern beweisen. Ich hatte anfangs noch nicht den Killerinstinkt, mich gegen die Konkurrenz der anderen Mädchen durchzusetzen. So blieben mir an diesem Tag nur die perversen und ekligen Kunden. Aber ich ertrug sie, benebelt von Ecstasy. Doch klar genug, um an den richtigen Stellen zu stöhnen oder den Hengst zu loben. Ich schaffte das Pensum, aber ich wünschte mir, dass ich keinen dieser schmierigen Typen wiedersehen musste. Schon nach meinem ersten Arbeitstag lernte ich, wie wichtig Ellbogen und Durchsetzungsvermögen waren. Doch so steril meine Gedanken waren, so sehr schämte sich mein Körper. Ich schrubbte mir mehrfach den Dreck und Geruch der ekelhaften Männer herunter und weinte mich in den Schlaf. Ich war gebrochen, aber immer noch ein Kind, das sich wünschte, dass der neue Tag niemals anbrechen würde.

***

Bereits am nächsten Tag fuhr ich die Krallen aus. Ich weiß gar nicht, woher meine Durchtriebenheit kam, meine kleinen Siege immer direkt vor den Augen unserer Aufpasser zu zelebrieren. Sie sollten sehen, dass ich mich durchsetzen konnte und denken, dass mir die Arbeit Spaß machte. Ich erwischte an diesem Tag Hermann, einen Kunden, den jedes Mädchen wollte. Er war ein pädophiles Schwein, wie alle anderen auch, doch er war nicht pervers. Er wollte oft nur, dass das Mädchen ihm einen runterholte und sonst nur reden. So konnte er seine Einsamkeit vergessen und zahlte gut dafür. Ich begriff, was er wollte, und nutzte es zu meinen Gunsten. Für eine ganze Weile wollte Hermann nur mich, und der Neid der anderen Mädchen machte mich fast stolz. Irgendwann kam er nicht mehr zum Babystrich. Es gab verschiedene Gerüchte, aber ich habe nie wirklich erfahren, was aus Hermann geworden ist.

Auch Bernhard war ein dankbarer Kunde. Wenn man sich überreden ließ, das mitgebrachte Zimmermädchen-Outfit anzuziehen und ihn sprichwörtlich beim Vögeln wie einen Hotelgast behandelte, ließ er einen Zwanziger extra rüberwachsen. Ich habe versucht, ihn mindestens einmal die Woche zu erwischen, damit ich etwas zum Sparen hatte. Ich versteckte dieses Geld unter einer losen Diele in meinem Zimmer und erzählte niemandem davon. Doch irgendwann war es aus mit dem Extrageld, weil irgendeine Neue ihr Maul nicht halten konnte.

***

Die Tage kamen und gingen. Ich spurte wie ein perfekt trainiertes Zirkuspferd. Ich hatte mehr als einmal gesehen, was passiert, wenn ein Mädchen versuchte, zu flüchten. Diese Bilder sind bis heute in meine Augenlider gebrannt, damit sie mich in den Träumen verfolgen. Ich verlor aufgrund meines eiskalten Denkens jegliches Zeitgefühl. Kunden zu vögeln war nichts anderes mehr, als Briefe abzustempeln. Ich konsumierte alles an Drogen, was sich ergab, und stumpfte täglich mehr ab. Und diese Kaltschnäuzigkeit brachte mir Stammkunden, denn ich funktionierte perfekt wie ein Uhrwerk. Die Erinnerungen an mein altes Leben verblassten wie ein Hoffnungsschimmer in weiter Ferne. Aus einem rebellischen Teenager war binnen Monaten ein seelenloser Roboter geworden, der nur noch agierte, um sich vor Bestrafungen zu schützen.

IV.
Was mir nahe ging, waren die Schicksale der anderen Mädchen. Von der einstigen WG waren nur noch Lilly und ich übergeblieben. Zwei Mädchen wurden zu alt und weiterverkauft, und eine fand man erhängt in einer Bahnhofstoilette.

Ich weiß nicht, ob sie freiwillig oder durch Fremdeinwirkung starb, und eigentlich war es mir auch egal. Diese Mädchen hatten mich damals weder gewarnt noch beschützt. Warum sollte ich Mitleid mit ihnen haben?

Anders war es mit den Neuankömmlingen. Sie waren wie ich. Naiv und im Kopf doch auf der Jagd nach wilden Abenteuern. Am liebsten hätte ich jede von ihnen in den Arm genommen, aufgeklärt und in den nächsten Bus nach Hause gesetzt. Aber schon der erste Versuch wäre mein sicherer Tod gewesen, und so lebensmüde war ich nicht mehr. Ich tat aber alles, sie vorzubereiten und ihnen ein Ansprechpartner zu sein. Sie vertrauten mir, und auf diese Weise erfuhr ich immer wieder in schmerzhaften Bildern, was passiert, wenn man nicht auf die Zuhälter hört.

Tessa, eine Vierzehnjährige aus einem kleinen thüringischen Dorf, wurde so etwas wie eine Freundin. Echte Freundschaften sind in diesem Beruf nicht möglich. Die Konkurrenz ist groß, und am Ende ist sich jede selbst die Nächste. Zumindest habe ich nie erlebt, dass ein Mädchen den Kopf für ein anderes hinhielt. Ich versorgte Tessa nach ihrer Einarbeitungsprozedur, und ich war immer da, wenn sie reden wollte. Sie war ein Mädchen, das nicht abschalten konnte. Für sie war jeder Kunde eine neue Überwindung.

Sie reagierte zu viel körperlich und mit dem Mundwerk. Sie taten ihr widerliche Dinge an, und dennoch wurde sie nie eine leere Hülle. Sie behielt ihr Kämpferherz, das schließlich am Ende ihre größte Dummheit wurde. Tessa war irgendwann verschwunden, offiziell an ein Bordell verkauft. Doch ich glaubte das nicht. Ich hatte die Zuhälter reden gehört, dass eine Nutte, die nicht blasen will, totes Kapital ist. Und dass es billiger sei, ihr die Atemluft auszuquetschen, als die Schlampe weiterhin auf den Strich zu schicken. Daher war ich mir sicher, dass sie längst tot war.

***

Als ich eines Abends nach Hause kam, saß Manny, einer unserer Aufpasser, in der Küche und wartete auf mich. Auch wenn ich nach der langen Zeit auf dem Babystrich abgestumpft war, wusste ich ganz genau, dass ein solcher Besuch nichts Gutes bedeutete. Ich ahnte bereits, was er wollte. In drei Wochen war mein achtzehnter Geburtstag, und obwohl ich immer noch jung und unverbraucht aussah, kam ich langsam in das Alter, in dem ich für den Babystrich zu alt wurde. Ich begrüßte Manny demütig, und der Blick auf ein leeres Zimmer verriet mir, dass Lilly bereits weg war.

Nach zwanzig Minuten saß ich wieder allein in der Küche. Ich hatte mich auf sein Drängen hin überreden lassen, Lillys Job zu übernehmen. Ich war anfangs wieder zu naiv, als ich glaubte, nicht mehr vögeln zu müssen, würde meine Situation verbessern. Wie hart meine neue Arbeit war, wurde mir erst bewusst, als ich tiefer in die Augen dieser armen Mädchen blickte. Gefühle, die ich verdrängt hatte, kehrten zurück. Ich wurde in dieser Zeit fast täglich an mein Elternhaus erinnert. In einem Café zu sitzen, sich die Schicksale junger Mädchen anzuhören und sie dann in den nächsten teuflischen Strudel zu ziehen, ging mir wirklich an die Nieren.

***

Ich war ein grausamer Seelenverkäufer. Ich musste nicht nur regelmäßig die Zimmer in unserer WG neu besetzen. Nein, es gab Dutzende dieser Wohngemeinschaften, und in den Spitzenzeiten wurde ich gezwungen, zehn Mädchen pro Monat zu beschaffen. Und sie mussten bleiben, wenn ich nicht wieder selbst auf den Strich wollte. In dieser Zeit erfuhr ich äußerst schmerzlich, dass Lilly damals für jeden Fehler eines Mädchens mitbestraft wurde. Erst als ich wie sie wurde, verstand ich es. Und ehrlicherweise muss ich zugeben, dass ich scheiterte und wieder auf der Straße landete. Lieber richtete ich mich selbst zugrunde, als für das Schicksal anderer Mädchen verantwortlich zu sein.

Nach sechs weiteren Monaten war damit ohnehin Schluss. Ich war tatsächlich zu alt, und meine Ware war immer weniger gefragt. Doch weil ich gute Arbeit leisten konnte, verkauften mich die Zuhälter in ein ordentliches Bordell, weg vom Abschaum der Straße. Und damit begann ein neuer Teil meines Lebens.

Zweites Kapitel
Nuancen des Glücks

I.

Nicht mehr auf die Straße zu müssen, tat mir gut. In einem Bordell anzuschaffen, brachte Regeln und Strafen mit sich. So gab es in den Häusern, in denen ich arbeitete, z. B. Sanktionen fürs Zuspätkommen, für unordentliche Zimmer oder abgelehnte Freier. Zudem musste man auch dann Miete bezahlen, wenn man nicht arbeitete oder krank war. Aber im Gegensatz zur Straße bot ein Bordell eine wichtige Sache im Leben einer Prostituierten. Wir bekamen Schutz in jeglicher Hinsicht. Es gab Hygienevorschriften, Securities und Notknöpfe, die unsere Arbeit sicherer und angenehmer machten.

Grundsätzlich war es mir egal, wo ich landete. Ich wusste, dass meine ehemaligen Zuhälter mit mir zufrieden waren und mich nicht an ein Dreckloch verkaufen würden. Und ich sollte recht behalten. Das Treibhaus war ein ordentliches Bordell, welches sämtliche Vorschriften des Prostitutionsgesetzes einhielt. Offiziell war es nur eine Pension, wo die Zimmer dauerhaft an Frauen vermietet wurden. Im oberen Stockwerk gab es insgesamt acht Zimmer und unten betrieb die Besitzerin eine Kneipe. Der Name hatte auch keinesfalls etwas mit dem Sexgewerbe zu tun. Nein, die riesige Fensterfront des unteren Stockwerks erinnerte an ein Gewächshaus.

***

Natürlich wusste jeder, was das Treibhaus in Wirklichkeit war. Und so mancher Beamter des Ordnungsamts, der am Tage die Kneipe inspizierte, vergnügte sich nach Feierabend auf einem der Zimmer. Das Haus wurde von Elvira geführt, einer ehemaligen Hure, die versuchte, Zwang und Gewalt aus der Sexarbeit rauszuhalten. Elvira suchte sich ihre Mieterinnen sehr gewissenhaft aus, weil sie wollte, dass ihr Haus frei vom Dreck der Straße blieb.

Sie war eine herzensgute Frau. Aber sie war auch eine strenge Wirtschafterin mit einem langen Strafenkatalog. Am wichtigsten waren ihre eisernen Regeln, an die sich jedes Mädchen halten musste. So galt ein generelles Verbot für Spritzen. Elvira wusste, dass dieser Job ohne Drogen meist nicht möglich war, aber für sie galten Grenzen bei der Art der Rauschmittel.

Die zweite Regel galt für den Bereich Gesundheit und Hygiene. Die Mädchen standen zu ihrem eigenen Schutz unter ärztlicher Kontrolle, und es bestand Kondompflicht. Das Wichtigste war für Elvira aber der Punkt Ehrlichkeit, und er galt für jeden Bereich des Hurenlebens. Die Frauen konnten mit jedem ihrer Probleme zu ihr kommen, und im Gegenzug erwartete sie, dass die Abrechnung ehrlich erfolgte.

Ich werde niemals den Tag vergessen, als ich das erste Mal vor Elvira stand. Sie war eine imposante Erscheinung und sicher einen Kopf größer als ich. Sie hatte dunkelrote Haare, die sie kunstvoll hochgesteckt hatte, und ihr Schmuck umrahmte dezent das makellose Gesicht. Ihr gewaltiger Busen war in eine bestickte Corsage gezwängt, die perfekt mit ihrem Bleistiftrock harmonierte. Sie wirkte auf mich immer wie eine elegante Dame und hatte niemals etwas Anrüchiges an sich. Lediglich der zu grelle Lippenstift zerstörte minimal ihr perfektes Erscheinungsbild. Sie sprach mich mit einer tiefen, aber sehr warmen Stimme an und nahm meine Hand:

"Du bist also Charlie. Ich habe schon viel über dich gehört. Du warst ein sehr dankbares Mädchen. Ich hoffe, das bleibt so."

***

Ich mochte Elvira vom ersten Augenblick an. Sie hatte nichts mit meiner eigenen Mutter gemein, aber sie strahlte ein ähnliches Gefühl von Geborgenheit aus. Am liebsten hätte ich sie umarmt, um eine kleine Ewigkeit lang wieder das kleine Mädchen von früher zu sein. Doch ein Zwischenfall holte mich jäh in die Realität zurück. Die Securities brachten ein Mädchen herein, das offensichtlich gegen die Hausregeln verstoßen hatte. Die Spritze steckte noch in ihrem Arm und wirkte auf mich wie ein Mahnmal des Schreckens. Das Gesicht der Hure war aschfahl und ihre Gesichtszüge eingefallen. Selbst ein Laie konnte erkennen, dass sie regelmäßig drückte. Elvira gab mir meinen Zimmerschlüssel, und ich war froh, dass ich gehen konnte und mir der weitere Anblick der jungen Frau erspart blieb.

Die Arbeit im Treibhaus war anders als auf dem Babystrich. Sofern dies möglich war, fand ich Gefallen an der Sexarbeit. Mein Motto wurde, dass ich fürs Ficken geboren bin. Denn das konnte ich gut, und darin sah ich die Bedeutung meiner Existenz. Und weil ich mich bedeutend fühlte, stellte ich mir auch nicht die Frage, ob es richtig war, was dieser Job mit mir und meinem Körper machte.

***

Wenn man davon absah, was wir taten, waren wir Huren eine kleine Familie, die sich gegenseitig unterstützte. Besonders am frühen Morgen hallten Gesprächsfetzen über die leeren Flure, die herrlich unbeschwert wirkten. Diese Zeit bedeutete ein Stück Normalität für mich. Gemeinsames Essen, lachen und traurig sein waren Dinge, die mich an mein altes Leben erinnerten. Ich hatte, seit ich in Berlin angekommen war, nie wieder Kontakt zu meinen Eltern gehabt. Ich redete mir ein, dass sie mir egal geworden waren und auch nicht mehr an mich dachten. Doch in dieser Zeit zerfraß mich meine eigene Lüge, und mir wurde klar, wie sehr ich meine Eltern vermisste. Ich wünschte mir, sie noch einmal wiederzusehen und mich für alles zu entschuldigen. Ich hatte diesen Wunsch, den ich mir damals aus Angst vor ihrer Reaktion nicht erfüllte.

So widerwärtig es Außenstehenden erschien. Ich stürzte mich in meine Arbeit. Meine unterwürfige Art brachte mir schnell die wichtige Stammkundschaft. Die Zeiten von widerlichen Freiern auf dem Straßenstrich waren vorbei, und ich empfand eine Zeit lang eine innere Zufriedenheit. Anzuschaffen fiel mir leichter, wenn ich respektvoll und freundlich behandelt wurde. Ich weiß, dass das schwer zu verstehen ist: Ich hatte schließlich immer noch Sex und verkaufte keine Backwaren. Aber ich wurde für meine Arbeit geschätzt und nicht wie Dreck benutzt.

Am liebsten hatte ich Dieter. Er arbeitete als Fleischer, war verheiratet, aber dennoch einsam. Er besuchte mich zweimal die Woche und brachte mir immer Geschenke aus seinem Laden mit. Dieter war einer dieser Kunden, die Druck und Sorgen loswerden wollten. Er kam immer schnell, und danach redete er über sein Leben. Seine Frau hatte Krebs, und er pflegte sie eine ganze Weile in der Wohnung über seinem Geschäft. Als Dieter mir von dieser Zeit erzählte, lernte ich, dass die Hölle nicht nur ein dreckiger Freier auf dem Babystrich sein konnte. Was er mit seiner Frau und dieser widerlichen Krankheit durchmachte, schockierte mich, und ich hörte ihm dennoch zu. Wahrscheinlich dachten die meisten Menschen nie darüber nach, welch therapeutische Arbeit eine Hure leisten konnte.

II.
Dass Elvira ihr Wort hielt, wenn man ihr Loyalität entgegenbrachte, sollte ich Monate später selbst erfahren. Ich war für

104

meine 20 Jahre schon eine sehr routinierte Hure, die jeden Kunden zufriedenstellte. Doch dann beging ich einen Fehler und verliebte mich in einen meiner Stammkunden. Sean war ein schüchterner junger Mann, der noch bei seiner Mutter wohnte und keine Ahnung von dem Leben einer Hure hatte.

Als er mich das erste Mal sah, wollte er nur noch meine Dienste in Anspruch nehmen. Eigentlich hielt ich mich nicht für hübscher als die anderen Mädchen, aber ich war ein bisschen weniger forsch, wenn ich auf Kundenfang ging. Sean kam jeden zweiten Tag, nur um in meiner Nähe zu sein. Anfangs verrichtete ich meine Dienste wie bei jedem anderen Kunden, aber irgendwann konnte ich mich seinen Zärtlichkeiten nicht mehr entziehen. Er gab mir eine Nähe, die ich vorher niemals empfunden hatte. Schließlich war es die traurige Wahrheit, dass ich noch nie verliebt gewesen war. Sean tat alles, was ich wollte und fand heraus, dass mein Vater gestorben war. Über ihn nahm ich schriftlichen Kontakt zu meiner Mutter auf, verschwieg ihr aber anfangs, womit ich meinen Lebensunterhalt verdiente.

***

Bei unserem ersten Telefonat weinten wir beide und sprachen kaum ein Wort. Meine Mutter erzählte mir, dass mein Vater an gebrochenem Herzen gestorben war. Er hatte sich bis zu seinem Ende die Schuld dafür gegeben, dass ich gegangen war. Ihre Worte trafen mich wie Nadelstiche. Warum war ich nicht direkt nach meiner ersten Nacht in Berlin wieder umgekehrt? Ich hätte meiner Familie und mir eine Menge Leid erspart. Und dann erzählte ich ihr von meinem Leben, und sie weinte wieder. Vielleicht, weil sie sich ähnlich schuldig fühlte wie mein Vater.

Es tat mir gut, wieder Kontakt zu meiner Mutter zu haben, aber ich war nicht bereit, zurückzukehren. Wahrscheinlich hatte ich zu viel Angst vor einem normalen Leben. Hier im Treibhaus war ich geschätzt und beliebt. Der Job als Hure war hart, aber ich war nicht unzufrieden und hatte auch Sean an meiner Seite. Also erzählte ich meiner Mutter irgendwelche Ausreden, die es mir unmöglich machten, nach Hause zu kommen. Sie war anfangs enttäuscht, aber es überwog das Glücksgefühl, dass ich nicht tot war.

***

Die Zeit im Bordell wirkte fast normal, bis ich die Vorsicht vergaß und schwanger wurde. Die Gefühle hatten uns einfach überkommen, und ich schlief ohne Kondom mit Sean. Nicht nur, weil es für eine Abtreibung zu spät war, kam diese Option für mich nie infrage. Ich hatte panische Angst vor den Konsequenzen, aber nahm all meinen Mut zusammen und sprach mit Elvira. Und diese bemerkenswerte Frau reagierte so verständnisvoll, dass ich Hoffnung empfand. Sie erzählte mir, dass sie selbst zwei Babys zur Welt brachte, als sie noch aktiv als Hure tätig war. Sie gab beide Kinder weg und bereute dies noch heute.

Elvira versprach mir, dass ich mein Baby behalten durfte, wenn ich es meiner Mutter überließ. Im Gegenzug müsste ich bis kurz vor der Geburt weiterarbeiten, da viele Freier auf die Perversion standen, eine Hochschwangere flachzulegen. Ich wandte mich schon zum Gehen, als Elvira eine weitere

Bedingung stellte. Die Beziehung zu Sean war ihr ein Dorn im Auge. Er lenkte mich ab, und Elvira fürchtete auch, dass er meine Arbeit nicht mehr akzeptieren würde, wenn er von der Schwangerschaft erfuhr. Widerwillig stimmte ich zu und beendete die Beziehung, was Sean aber nicht verstehen wollte. Er tauchte immer wieder im Treibhaus auf und versuchte, mich zu bedrängen. Die Security kümmerte sich schließlich um das Problem. Ein gebrochener Kiefer brachte Sean zum Umdenken. Ich sah ihn nie wieder.

Fast genau zum errechneten Geburtstermin brachte ich ein gesundes Mädchen zur Welt, und es brach mein Herz, dass ich sie nicht bei mir behalten konnte. Das Sorgerecht für Sophie übertrug ich meiner Mutter und ging zurück nach Berlin. Ich hatte weder den Willen noch die Kraft, mich allein aus der Prostitution zu befreien. Ich hielt den Kontakt zu meiner Familie, hatte aber über viele Jahre nicht die Möglichkeit, sie wiederzusehen.

***

Wenn ich heute darüber nachdenke, habe ich mich wahrscheinlich hinter meiner Arbeit versteckt. Vögeln und Blowjobs unter ordentlichen Bedingungen war viel einfacher, als sich seinem eigenen Versagen zu stellen. Ich konnte keinem kleinen Mädchen in die Augen blicken und ihre Enttäuschung ertragen, wenn sie erfuhr, dass ihre Mutter eine Hure war. So war die Rückkehr nach Berlin eine Flucht vor mir selbst, und ich bediente wieder Kunden, um zu vergessen. Bis das Schicksal erneut mein Leben veränderte. Elvira erlitt einen leichten Schlaganfall, übernahm immer weniger

Aufgaben und musste ihre Geschäftsführung aus gesundheitlichen Gründen schließlich ganz abgeben.

Vielleicht kann man sich das schlecht vorstellen. Aber wenn man eine Chefin wie Elvira verliert, zieht das Herz aus dem Bordell aus. Ihr Nachfolger zog die Zügel an, sein Geschäftsgebaren bestand nicht aus Loyalität und Verständnis. Das Treibhaus hatte nach zwei Wochen auf einmal eine andere Optik. Wir bemerkten dies zuerst an den Kunden. Plötzlich gab es mehr Schlipsträger, und die meisten Gesichter waren uns unbekannt. Dann wurden die Preise und somit auch das Tagespensum der benötigten Kunden angehoben. Und während wir Frauen im oberen Stockwerk sprichwörtlich ackerten wie die Hafendirnen, erinnerte im Untergeschoß gar nichts mehr an Elviras urige Kneipe. Man sagt immer, Kleider machen Leute, aber auch Dekorationen oder neue Möbel können ein Haus verändern. Nicht nur zum Vorteil, wie ich bald feststellen sollte.

III.

Ich stand im Hinterhof des Bordells, das inzwischen „Rote Laterne" hieß, und rauchte eine Zigarette. Eigentlich hatte ich diese Unart vor einiger Zeit aufgegeben, aber mein letzter Kunde hatte mir einen gewaltigen Schrecken eingejagt. Der Mann, ein biederer Typ mit Hornbrille und teurem Anzug, hatte mir einen Hunderter extra versprochen, wenn er mich etwas härter anfassen durfte. Während ich Elvira damals nie betrogen hätte, kam es mir bei meinem jetzigen Chef fast wie ein Schmerzensgeld vor. Zudem hatte meine kleine Tochter bald Geburtstag und so willigte ich in den Handel ein.

Ich rechnete mit ein paar Schlägen des Freiers und versprach ihm, dass ich alles aushalten würde, ohne die Security zu rufen. Doch dieser Mann war eine Bestie und nutzte meine Notlage für seine Zwecke aus. Er schlug mich nicht, sondern würgte mich, bis ich fast keine Luft mehr bekam. Und jedes Husten und Röcheln machte den Biedermann noch zusätzlich an. Der Mann, der sich mir nach der Nummer als Eberhard vorstellte, grinste verschlagen und flüsterte:

"Du hast dir den Extraschein redlich verdient. Ich komme dich jetzt jeden zweiten Freitag um 15 Uhr besuchen und besorge es dir. Und wenn du den Mund hältst, werde ich dich auch belohnen."

Ich beging den zweiten schweren Fehler in meinem Leben und ließ mich auf eine dauerhafte Vereinbarung mit dem Kunden ein. Die Striemen am Hals verdeckte ich jedes Mal mit Theaterschminke und meine Schmerzen schluckte ich runter, wenn Eberhard mir den Extraschein rüberschob. Das Geheimnis für mich zu behalten, war nicht das Problem. Ich war ein tiefer Brunnen des Schweigens, wenn es nötig war. Schlimmer war die steigende Aggressionsbereitschaft meines Kunden. Eberhard ließ es nicht beim Würgen. Er biss mich blutig und zwang mich zu weiteren Perversionen. Ich saß wie eine Ratte in der Falle und hatte keine Ahnung, wie ich mich allein befreien sollte.

***

Ich überlegte immer wieder, ob ich mich einer Kollegin anvertrauen sollte, aber die Aussicht auf das schnelle Geld ließ mich weiter schweigen. So vergingen die Monate, und die

Schlinge um meinem Hals zog sich sprichwörtlich immer weiter zu. Eines Tages hielt Eberhard eine Plastiktüte in der Hand und versprach mir das Doppelte, wenn er sie einsetzen durfte. Ich bekam Angst. Ich hatte schon von solchen autoerotischen Praktiken gehört und auch, dass dabei Menschen starben. Ich willigte schließlich ein, weil ich keine andere Chance sah, diesen Teufelskreis zu durchbrechen.

Eberhard ließ die Tüte anfangs noch locker, und ich verfiel in den Irrglauben, dass ich seinen Fängen unbeschadet entkommen könnte. Bis er die Tüte zuzog und mir langsam die Luft abdrückte. Ich spürte die Ohnmacht aufsteigen und drückte im letzten Moment meinen Notknopf. Minuten später überwältigten die Securities den Kunden und jemand riss mir die Plastiktüte vom Kopf. Ich musste weinend mit anhören, wie Eberhard im Schwitzkasten gestand, dass ich freiwillig mitgemacht und ordentlich abkassiert hatte.

Ich musste die Konsequenzen der Veruntreuung tragen und wurde weggeschickt. Vorher bezog ich noch Prügel, ohne dass mein Körper übermäßig geschädigt wurde. Kein Zuhälter konnte sich den Preisverfall für eine verunstaltete Hure leisten.

Wieder begann ein neuer Abschnitt meines Lebens.

Drittes Kapitel
Höllenritt

I.
Ich landete nicht, wie befürchtet, direkt auf der Straße. Zunächst wurde ich an ein Wohnungsbordell weitervermittelt,

dessen Zuhälter mir von der ersten Sekunde an Angst machte. Man sah Ronny sein Strafregister schon aus der Entfernung an, und ich spürte, dass dieser Mann keinerlei Achtung vor Frauen hatte. Die Vorsicht, die ich bei meinem würgenden Kunden aus Geldgier nicht walten ließ, meldete sich bei seinem vernarbten Gesicht sofort. Ich log ihm von der ersten Sekunde an ins Gesicht. Keine Ahnung, woher ich diese Kaltschnäuzigkeit nahm, aber ich tat es einfach. Er erfuhr weder meinen richtigen Namen noch die Adresse der Absteige, in der ich wohnte. Für eine gewisse Zeit wurde ich zu Viola aus Magdeburg, die mir genauso fremd war wie jedem anderen auch. Zu meinem Glück machte er sich nicht die Mühe, meine Angaben zu überprüfen. Er zog nur sein übliches Bedrohungsgespräch durch und schickte mich weg.

Ich blieb gerade mal zwei Monate in dem Bordell, bis Ronny mich von allein aussortierte und ich wieder auf der Straße arbeitete. In meinem imaginären Arbeitszeugnis hätte gestanden, dass ich mich stets bemüht hatte. Ich fühlte mich mit der Härte und dem Druck, mit dem der Laden geführt wurde, einfach nicht wohl. Ronny war ein brutaler Typ, was ich nie zu spüren, aber leider sehr oft zu sehen bekam. Er missbrauchte die Frauen zu seinem eigenen Vergnügen, verprügelte und erpresste sie. Hier zu arbeiten, war wie jeden Tag ein bisschen zu sterben. Ich wollte nicht auf den Tag warten, bis er mich vergewaltigte. Zu tief saßen die Stacheln der Vergangenheit, und ich wollte meinen letzten Rest Würde nicht verlieren. Damals dachte ich noch, die Alternative Straßenstrich wäre besser als die Arbeit in Ronnys Bordell.

***

Mit der Arbeit auf der Straße war ich wieder in der Gosse und am Rand des Existenzminimums angekommen. Doch anders als auf dem Babystrich, wo man wegen meines jungen Fleisches Jagd auf mich machte, war ich hier noch weniger wert als ein Tier. Die Konkurrenz an billigen Zwangsprostituierten war hier auf der Straße übermächtig. Diesen Frauen blieb keine andere Wahl, als alles mitzumachen. Ich musste jeden noch so widerwärtigen Freier annehmen, um meinen Lebensunterhalt zu bestreiten.

Der letzte Kunde hatte mir brutal ins Gesicht geschlagen, weil er mit meinem Einsatz beim bezahlten Blowjob nicht zufrieden war. Ich sehnte mich nach den Zeiten unter Elviras Schutz zurück, die mich jetzt wahrscheinlich nicht mal erkennen würde. Ich wählte den einzigen Ausweg, der mir blieb, und griff zu harten Drogen, um die endlosen Arbeitstage auf der Straße durchzustehen.

Nach drei Monaten war ich durch Betäubungsmittel und Mangelernährung nur noch ein Schatten meiner selbst. Ich war spindeldürr, und die Sucht hatte mein Gesicht ausgezehrt. Die maskenhafte Schminke, die ich jeden Tag auftrug, ließ mich erheblich älter aussehen, als ich war. Die Preise für meine Ware waren im Keller, und dadurch musste ich noch mehr Kunden ranlassen. Mein Aussehen und meine Kraftlosigkeit lockten die Hyänen der Straße an, die ihren Spaß möglichst umsonst haben wollten.

In einer Nacht hatte ich nicht einmal die Hälfte des Pensums geschafft und war verzweifelt auf der Suche nach Kunden. Ich war angewidert von meinem eigenen Verhalten. Nichts erinnerte mehr an das stolze Mädchen, das lächelnd die Freier anlockte. Inzwischen musste ich betteln, damit überhaupt einer mitging. Ich nahm, was ich kriegen konnte, und ging für 50 Euro mit zwei schmierigen Typen mit. Ich war so dumm, mich darauf einzulassen, erst nach dem Fick bezahlt zu werden. Sie vögelten mich teilnahmslos hintereinander durch, und als der zweite Mann fertig war, schlugen sie mich nieder und verschwanden ohne Bezahlung.

II.

In dieser Zeit war auch der Kontakt zu meiner Familie zurückgegangen. Ich hatte Angst, dass meine Mutter selbst am Telefon merken würde, wie schlecht es mir ging. Doch einmal im Monat rief ich sie an, um mir selbst ein bisschen Glanz in den Augen zu verschaffen. Sophie war inzwischen ein Schulkind, und ich freute mich innerlich, dass es ihr gut ging. Meine Mutter bettelte mich an, endlich aufzuhören und für meine Kleine ein ordentliches Leben zu beginnen. Doch wusste sie selbst keinen Rat, wie sie mich aus dem Sumpf ziehen sollte. Sie sendete mir Geld, welches ich in meiner Verzweiflung nur in weitere Drogen investierte. Das Träumen hatte ich längst aufgegeben, und jeder glückliche Gedanke war wie ausgelöscht. Ich war so weit unten angekommen, dass ich mir nur noch wünschte, zu sterben.

Die hoffnungslosen Jahre in der Hölle Straßenstrich vergingen schleppend wie damals eine langweilige Schulstunde. Ich wurde mehrfach Opfer von brutalen Freiern, aber hier auf der Straße gab es keinen Notknopf. Dann kam die Nacht, die mich fast tötete, aber meine Zukunft dennoch veränderte.

***

Es war wieder einer dieser Tage, wo ich zu wenig verdient hatte. Ich war bereits 15 Stunden auf der Straße, als ich den Mann an seinem Auto lehnen sah. Er wirkte vom ersten Moment an unheimlich auf mich, aber die Aussicht auf ein paar Scheine ließ mich alle Vorsicht vergessen. Ohne weiter nachzudenken, stieg ich in das Auto des Freiers und er fuhr mit mir in eine dunkle Seitengasse. Kaum hielten wir, ging der Mann ohne Vorwarnung mit einem Messer auf mich los. Meine Erinnerungen schossen wie Blitze durch meinen Kopf, während das Blut unaufhaltsam aus meinem Körper sickerte.

Ich erwachte 16 Jahre nach meinem ersten Arbeitstag auf dem Babystrich in einer Klinik, und das Einzige, was ich sah, waren die weinenden Augen meiner Mutter.

Viertes Kapitel
Der Ausstieg

I.
Nach endlosen Tagen durfte ich das erste Mal aufstehen und schleppte mich mühsam in das kleine Badezimmer. Mein Anblick ließ mich erschaudern. Mein Haar schien ergraut zu sein, und wo früher strahlend blaue Augen waren, blickten mich nur zwei glanzlose schwarze Höhlen an. Mir wurde bewusst, dass dieses Schwein mich fast getötet hatte. Er hatte keine wichtigen Organe verletzt, aber der Blutverlust war lebensbedrohlich, weil ich erst sechs Stunden nach der Tat gefunden wurde. So erzählte man es mir zumindest. Ich hatte keinerlei Erinnerung an das, was geschehen war. In mir erwachte nur der abgrundtiefe Wunsch, die Arbeit als Hure hinter mir zulassen und wieder zu leben.

Meine Mutter hatte jeden Tag an meinem Bett gesessen. Wir sprachen uns aus, und ich spürte endlich den Rückhalt, den ich mir all die Jahre gewünscht hatte. Nur das eigentliche Thema hatten wir bislang ausgelassen. Wir wünschten uns beide den Ausstieg, aber keine von uns hatte ernsthaft darüber nachgedacht. In mir bildete sich ein Tornado aus Ängsten, der immer mehr Geschwindigkeit aufnahm.

***

Ich hatte gesehen, was mit Frauen passiert war, die aussteigen wollten. Psychischer Terror, körperliche Gewalt und Bedrohung der Familien waren die unheilbringenden Schlagworte eines Hurenausstiegs. Ich hatte zuletzt auf eigene Rechnung gearbeitet, aber ich wusste, dass Ronny noch diverse Schulden auf seiner Liste stehen hatte. Er hatte mir regelmäßig seine Schläger mit Ansagen vorbeigeschickt. Aber vielleicht war jetzt meine Chance gekommen, denn außer meiner Handynummer wusste er gar nichts über mich. Finden würde er mich nur, wenn ich zurück auf den Straßenstrich ging.

Aber wollte ich wirklich aussteigen? Wenn ich ehrlich war, hatte ich vielmehr Angst vor einer Rückkehr ins Leben als vor der Gewalt der Straße. Ich wusste, was eine Hure für die meisten Menschen war. Wir waren Schlampen, die notgeil und geldgierig waren. Wir taten Dinge nicht aus Zwang, sondern weil sie es wollten. Huren wurden im Schmutz geboren und konnten den Dreck nie verlassen. Und Menschen, die so etwas von mir dachten, sollte ich Anträge einreichen oder irgendetwas verkaufen?

Was sollte ich überhaupt machen? Ich hatte nicht mal einen Hauptschulabschluss vorzuweisen. Und meiner armen Mutter auf der Tasche zu liegen, erschien mir nach allem, was sie für Sophie und mich getan hatte, als grausame Dreistigkeit. Wäre es nicht für alle das Beste, wenn ich von dieser Welt verschwinden würde? Woher sollte ich die Kraft nehmen, einen Wechsel in meinem Leben zu vollziehen? Doch da waren die traurigen Augen meiner Mutter. Welche Ängste hatte sie seit meinem Verschwinden durchgemacht? Es war an der Zeit, ihr etwas zurückzuzahlen, was die Tränen wegwischte. Und dafür wollte ich um jeden Preis kämpfen.

II.

Ich hatte den eisernen Willen, der Prostitution den Rücken zu kehren. Doch am Beginn dieses Weges standen die Therapien. Nicht nur einen Drogenentzug habe ich gemacht. Ich nahm auch therapeutische Hilfe in Anspruch, um die Trauma in mir zu überwinden. Ich hätte nie selbst behauptet, dass ich unter einer Belastungsstörung litt. Ich dachte immer, ich sei stark genug, diese Zeit zu verarbeiten und zu überwinden. Wie ich von meinem Psychologen erfuhr, hatte ich als Hure einen Dissoziationsprozess durchlaufen. Der Begriff war mir unbekannt, aber das Prinzip, dass sich mein Innerstes von meinem Leib abtrennte, um dieses Leben zu ertragen, war mir immer bewusst. Und genau dieses Bewusstsein machte es mir jetzt schwer, meine Psyche wieder in Einklang mit meinem Körper zu bringen.

***

Zu trinken, wenn ich Durst hatte oder zu lachen, wenn ich glücklich war. All dies musste ich neu lernen. Ich musste erkennen, dass die Sucht, meinen Körper zu reinigen, ein Waschzwang und Folge meiner Sexarbeit war.

Ich absolvierte alle Therapien und war bereit für einen neuen Alltag in meiner alten Heimatstadt. Hier, weit weg von Berlin, versuchte ich meine Ängste zu überwinden. Ich war bereit für meinen nächsten Gegner. Die Menschen, die in der für mich abnormen Seifenblase der Normalität lebten. Sie und die Verachtung in ihren Augen waren die größten Hürden, die ich nehmen musste.

Ich fühlte mich selbst beim Einkaufen beobachtet, als würde über meinem Kopf eine Leuchtreklame mit dem Wort Hure schweben. Ich war wie ein wildes Tier, das nach jahrelanger Gefangenschaft in die Freiheit entlassen wurde. Ich selbst empfand die Dinge, die ich getan hatte, weniger abwertend als der Rest der Gesellschaft. Die Sexarbeit hatte mich ernährt und überleben lassen. Doch in der Normalität war diese Wahrnehmung gestört, und mein Selbstwertgefühl war niedriger als jemals zuvor. Es war schwierig, ein Lächeln oder freundliche Worte anzunehmen, wenn man hinter der bürgerlichen Fassade tatsächlich Ablehnung vermutete.

Irgendwann kam mir der Zufall zur Hilfe. Eine alte Freundin meiner Mutter kehrte ebenfalls in ihre Heimat zurück und gab mir Arbeit in ihrer Reinigung. Ich verdiente nicht viel, aber ich wurde ein Teil der Gesellschaft, und meine Tochter war stolz auf mich. Irgendwann sah ich die verachtenden Blicke der anderen Menschen nicht mehr, die es vielleicht nie gegeben hatte.

Ich ging zu diversen Treffen von ehemaligen Prostituierten, weil mir diese Frauen das Gefühl gaben, dass ich dazugehörte. Hier konnte ich über das reden, was mir passiert war und Stück für Stück die Vergangenheit verarbeiten. Das Wichtigste war aber, dass diese Frauen halfen, mir selbst und meinen Peinigern zu verzeihen. Denn das war einer der schwierigsten Schritte, um die Zeit als Hure endlich loszulassen.

Ich war kein Opfer mehr. Ich war eine Überlebende.

Ein Freund fürs Leben

Es war ein warmer Sommertag mitten in der Fußgängerzone einer Großstadt. Die Luft war erfüllt von vielen Gerüchen wie Eiscreme und Sonnenmilch, die diese Jahreszeit so typisch machten. Die Menschen hetzten weniger gestresst durch die Straßen und lächelten dabei. Der sanfte Sommerwind lud eine alte Zeitung ein, mit ihm um die Wette zu fliegen. Und hoch oben über dieser Idylle strahlten Hand in Hand, die Sonne und der blaue Himmel. Man könnte fast meinen, an diesem Tag war jedermann glücklich.

***

Doch zwei Lebewesen passten so gar nicht in dieses Bild, sie zerstörten es geradezu. In der Nähe des schmiedeeisernen Brunnens stand ein kleiner Junge, und er lächelte nicht. Er war für diesen herrlichen Tag viel zu warm gekleidet, wenn man davon absah, dass er nackte Füße hatte. Er trug einen verschmutzten Pullover mit Kapuze sowie eine graue Jogginghose, die seinen schmalen Unterkörper viel zu locker umspielte. An seiner Seite saß ein mittelgroßer brauner Hund, dessen Knochen sich mitleiderregend unter seinem Fell abzeichneten. Wer einen genauen Blick riskierte, hätte erkannt, dass auch das Kind untergewichtig war.

Der Junge hielt einen eingedrückten Kaffeebecher und ein Pappschild in der Hand, auf dem mit kindlicher Handschrift stand:

„Wir haben Hunger."

Die vorbeieilenden Menschen interessierten sich nicht für die beiden. Sie schüttelten nur ungläubig den Kopf und setzten ihren Weg fort. Eine ältere Dame hatte sich entschieden, stehenzubleiben und sprach die beiden an.

„Ihr beide habt Hunger? Habt ihr denn kein Zuhause? Wo sind deine Eltern? Wie heißt du?" Der kleine Junge sah die Frau zurückhaltend an, und von den vielen Fragen beantwortete er nur eine:

„Mein Name ist Robin, und das ist mein bester Freund Jack."

***

Eine Stunde später saßen die beiden in einem kleinen Zimmer eines Polizeireviers und aßen sich erst mal richtig satt. Die alte Dame war nach ihrer Zeugenaussage wieder gegangen. Sie hatte die Polizisten aber gebeten, sie über das Schicksal der beiden auf dem Laufenden zu halten. Die Beamten hatten im Vorfeld versucht, den Hund von dem Jungen zu trennen, da Tiere normalerweise keinen Zutritt zu diesen Räumlichkeiten hatten. Aber der Junge hatte sich so massiv dagegen gewehrt und laut geweint, dass die Beamten es nicht übers Herz brachten, den Hund wegzusperren. Ein erfahrener Beamter, der bereits Opa war, wollte sich nun mit dem Jungen unterhalten.

Und Robin begann zu erzählen, während ihm der Beamte wortlos lauschte:

„Mein Name ist Robin Gruber, ich bin zehn Jahre alt und wohne im Blumenweg. Das ist mein bester Freund Jack. Mein

Vater hat ihn mir geschenkt, bevor er letztes Jahr an Krebs starb. Meine Mutter wollte keinen Hund, sie liebt nur ihre Schlangen. Aber sie erlaubte mir, ihn zu behalten. Seit ein paar Monaten arbeitet Mama nicht mehr, und wir haben kaum Geld. Sie trinkt viel Bier und schläft den ganzen Tag."

Der Junge bat den Beamten um etwas zu trinken und sprach dann ruhig weiter:

„Ich gehe allein zur Schule und kaufe ein, wenn wir Geld haben. Meine Lehrerin gibt mir immer Briefe mit, die aber niemand liest. Mama ist wütend, wenn sie aufwacht. Besonders dann, wenn sie kein Bier mehr hat. Sie schlägt Jack, wenn ich noch in der Schule bin. Er liegt dann immer zitternd unter meinem Bett, und letzte Woche hat er auch geblutet. Mich hat sie noch nie geschlagen, aber sie nimmt mich auch nicht mehr in den Arm."

***

Inzwischen hatten noch zwei weitere Beamte in dem Büro Platz genommen, und alle drei lauschten schweigend den weiteren Worten des Jungen:

„Ich teile immer mein Essen mit Jack. Aber manchmal haben wir so wenig, dass wir beide nicht satt werden. Und dann gehe ich betteln. Heute wollte ich das Geld sammeln. Ich glaube, Jack muss zum Tierarzt, und meine Mutter sagt immer, die sind zu teuer. Mama ist kein böser Mensch, sie weiß nach Papas Tod nur nicht mehr, wie man sich um andere kümmert. Deswegen sind jetzt auch alle ihre Schlangen tot.

Auf die konnte ich nicht aufpassen. Ich weiß nicht, wo man Mäuse kauft."

Robin holte tief Luft, bevor er weitersprach:

„Bitte schickt meine Mama nicht ins Gefängnis, helft ihr gesund zu werden. Und bitte kümmert euch um Jack. Das warme Wetter tut ihm nicht gut. Und ohne meinen Freund möchte ich nicht weiterleben."

Die Polizisten sahen einander betreten an, als Robin seine Geschichte beendet hatte. Der Raum war erfüllt von einer bedrückenden Stille, und der ältere Beamte wischte sich schnell ein paar Tränen aus dem Gesicht. Er war es auch, der als Erster seine Worte wiederfand:

„Robin, wir versprechen dir, dass wir euch helfen." Und zum ersten Mal an diesem Tag lächelte der Junge.

***

Drei Monate später stand Robin aufgeregt am Fenster und rief seiner Mutter zu:

„Wo bleiben sie? Ich habe Jack doch so vermisst."

„Sei geduldig, es ist noch nicht 15 Uhr," antwortete sie ihm lachend und widmete sich dann wieder dem Wochenplan ihrer Familienhelferin. Die Mutter hatte den wichtigsten Schritt gemeistert, sie hatte Hilfe angenommen. Und heute war es an der Zeit, dass Robin für sein größtes Opfer belohnt wurde. Der Junge musste für eine lange Zeit auf seinen geliebten

Hund verzichten, der von der freundlichen alten Dame, die die beiden damals ansprach, aufgepäppelt wurde.

Robin rief:

„Mama schnell, sie kommen!" Und noch bevor die Türklingel gedrückt wurde, tummelten sich zwei überglückliche Freunde auf dem Rasen des Vorgartens, und ihre kleine Welt war wieder in Ordnung.

Hexenmond

Melinda Burroughs rannte den langen Weg bis zum Tor. Ihre roten Haare leuchteten wie das Herbstfeuer des Waldes. Sie wehten im Wind, und sie lachte über ihr ganzes Gesicht. Sie trug wieder diese schrecklichen Hosen, wie ihre Mutter sie nannte, ein Hemd ihres Vaters und auch ansonsten wenig, was an eine junge Dame erinnerte. Unten im Dorf würde sie, mit Ausnahme ihrer Haare, kaum auffallen. Melinda war überglücklich. Endlich kam ihr Vater wieder nach Hause, der einzige Mensch, der sie verstand.

***

Sie liebte ihre Familie, ihre Mutter Josslyn, ihre älteren Schwestern Josie und Lucille und auch ihren hochmütigen Bruder Jacob. Aber niemand bedeutete ihr so viel wie ihr Vater George Burroughs der Dritte. Sohn des Pastors George Burroughs des Zweiten, der 1692 in Salem den Tod fand. Die Familie musste damals aus Massachusetts fliehen und die britisch-amerikanischen Kolonien Richtung England verlassen. Der alte Familienlandsitz Blue Moon in der Nähe von York war der einzige Platz auf Erden, wo ihresgleichen Zuflucht fand. Der Name Burroughs war für lange Zeit in den neuen Kolonien verbrannt.

Die Burroughs waren eine sehr hochrangige Familie von Hexen und Hexenmeistern. Die schwarze Magie spielte eine tragende Rolle in ihrer Vergangenheit. Im Gegensatz zu den zahlreichen unschuldigen Opfern der Hexenprozesse in Neuengland, war Melindas Großvater ein böser Mann gewesen. Er hatte geopfert, getötet und seine Seele dem Satan verkauft.

Und dieses böse Blut floss auch durch Melindas Adern. Dies war ihr immer bewusst. Wer so unvorsichtig war, sie zu verletzen, bekam diese dunkle Magie auch zu spüren.

***

Melinda lachte immer, war hilfsbereit und ein Mensch, mit dem sich andere gerne umgaben. Aber das war nur die halbe Wahrheit. Melinda hatte das Böse in sich, und sie würde keine Sekunde zögern, diese Macht auch einzusetzen, wenn jemand ihr oder ihrer Familie in hinterhältiger Absicht zu nahe käme. Melinda wusste von ihrem Vater, dass sich das Blut einer Hexenlinie auf alle Familienmitglieder überträgt. Die dunkle Macht aber nur Auserwählten vorbehalten blieb. Hexen wie Melinda oder ihr Vater, die ihr Schicksal nicht nur kannten, sondern auch annahmen. Melinda wusste bereits, dass sie eines Tages unschuldiges Leben ohne jegliches Gewissen töten würde.

Die dunkle Seite in ihr war so machtvoll, dass sie ihre Geschwister mit einer Bewegung vernichten könnte. Im Gegensatz zu Melinda war ihre Magie nur Hokuspokus. Doch Melinda hatte auch eine sehr freundliche, reine Seite in sich. Sie kümmerte sich um verletzte Tiere oder kranke Dorfbewohner. Sie nutzte ihre weiße Magie für Heiltränke und Salben. Diese Eigenschaften hatte sie von ihrer Mutter geerbt. Sie lehrte Melinda die Kräuterheilkunde und viel wichtiger, die Empathie für die Schwachen dieser Welt. Und diese Seite in Melinda überwiegte auch meistens ihr Inneres.

***

Melinda erreichte atemlos das Tor, signalisierte dem Kutscher zu halten und riss ohne Vorwarnung die Tür auf. Zu ihrer Überraschung war ihr Vater nicht allein. Ein junger Mann, kaum älter als Melinda, saß ihm gegenüber und schaute sie entsetzt an. Melinda trat einen Schritt zurück. Weniger aus Überraschung als aus Vorsicht, und musterte den jungen Mann.

„Darf ich Ihnen meine jüngste Tochter Melinda vorstellen?"

„Melinda, das ist Callum Good. Seine Familie kommt ebenfalls aus Salem. Er wird einige Zeit bei uns wohnen." Melinda und Callum nickten sich höflich zu und Melinda nahm neben ihrem Vater Platz. Bereits in der Kutsche kreisten ihre Gedanken um Callum, und nach dem Aussteigen hörte der Ruf nach Erkenntnis nicht auf. Wer war er und vor allem, warum war er hier?

***

An diesem Abend stand Melinda nach ihrem Bad nicht wie üblich entspannt vor ihrem Kleiderschrank. Als Frau ohne Kleid zum Abendessen zu erscheinen, kam bei den Burroughs einer Todsünde gleich. Melindas Mutter duldete am Tage, wenn auch nur unter Protest, die alten Hosen und Männerhemden. Aber wenn die Familie sich zum Abendessen im Salon traf, musste jedes weibliche Wesen auch wie eins aussehen. Normalerweise griff Melinda nach dem erstbesten Kleid, ohne sich großartig Gedanken zu machen. Aber heute wollte sie Eindruck schinden.

Sie wurde hektisch noch 30 Minuten und das Essen würde aufgetragen werden. Melinda wusste nicht, welche Kraft sie gerade leitete, das grüne Corsagenkleid zu wählen, welches die Farbe ihrer Augen mehr als unterstrich. Obwohl es für ein Familienessen mit Gast der völlig falsche Anlass war, konnte sich Melinda nicht widersetzen. Sie ließ sich von ihrem Hausmädchen schnell noch die Corsage schnüren und die Haare hochstecken. Melinda sah aus wie ein schwarzer Engel, der einst vom Himmel gefallen war und nun aus der Hölle zurückkehrte. Ihren Schwestern, die sich bereits wie Zecken an Callum festgesaugt hatten, stockte der Atem, als Melinda den Salon betrat. Ihrer Mutter liefen Tränen der Rührung die Wange herunter und ihr Vater sagte nur:

„Die Sonne ist zurück auf Blue Moon".

Callum sagte gar nichts. In seinem Kopf kreisten, wie zuvor bei Melinda, die Gedanken. Das konnte doch nicht diese kleine Kröte aus der Kutsche sein. Vor ihm stand die schönste Frau, die er jemals gesehen hatte. Callum war noch geistesgegenwärtig genug, um Melinda sofort den freien Platz ihm gegenüber anzubieten. Zu seiner linken und rechten Seite hatten sich bereits ihre Schwestern gesetzt und himmelten ihn weiter an. Doch das interessierte Callum schon lange nicht mehr. Er hatte nur noch Augen für Melinda und merkte nicht mal, dass George das Wort ergriff. Erst als er wiederholt seinen Namen hörte, erwachte er aus seinen Träumen. Er hatte keine Ahnung, was George gerade von ihm wollte, aber er sagte einfach:

„Ich freue mich hier zu sein und kann es kaum erwarten, wenn Sie in ein paar Tagen meine Familie kennenlernen."

Irgendwie musste dieser Satz zu Georges Rede gepasst haben, denn niemand guckte ihn argwöhnisch an. Die Einzige, die ihre Augen nicht von ihm lassen konnte, war Melinda.

***

Nach dem Abendessen ging Melinda auf die Terrasse und wie sie gehofft hatte, folgte Callum ihr. Als die Schwestern ebenfalls hinterher stürzen wollten, stoppte sie ihr Vater.

„Er hat seine Wahl bereits getroffen, und ihr lasst die beiden in Ruhe." George hörte gar nicht hin, als die Schwestern versuchten, zu protestieren. Für ihn war die Angelegenheit erledigt und so verlaufen, wie er es geplant hatte.

Melinda konnte in dieser Nacht nicht schlafen und dachte nur an ihn. Sie hatte die halbe Nacht mit Callum auf der Terrasse gesessen, geredet und geschwiegen und nicht gewusst, was diese Gefühle zu bedeuten hatten. Sie war 19 Jahre alt. Andere Mädchen in ihrem Alter waren schon verheiratet oder wenigstens einem Mann versprochen. Mal von ihren beiden gewöhnungsbedürftigen Schwestern abgesehen. Die hatten zwar Verehrer, aber weit unter ihrem Stand.

Melinda schüttelte den Gedanken an ihre Schwestern ab. Am liebsten wäre sie jetzt zu Callum gelaufen und hätte ihn gefragt, woher diese Gefühle in ihrem Herzen kamen. Melinda hatte sich nie für Männer interessiert. Sie nutzte nur deren Dummheit und Verliebtheit für ihre Zwecke. Sie war sich früher sicher gewesen, dass sie ein Leben lang allein bleiben, und die Liebe nur tropfenweise kosten würde, wenn es ihr gerade gefiel. Doch seit gestern war alles anders. Callum war wie sie.

Auch er war der Auserwählte seiner Familie, und bereits beim ersten scheuen Blick in der Kutsche webte das Schicksal ein unsichtbares Band zwischen ihnen.

***

Am nächsten Tag ritten Melinda und Callum aus. Heute hatte sie es gewagt, wieder ihre Hosen anzuziehen und einen alten Gehrock ihres Vaters. Doch diese Nebensächlichkeiten fielen Callum längst nicht mehr auf. Er sah vor sich die Frau, an deren Seite er etwas Hauptsächliches sein wollte. Es war sehr kühl an diesem Novembermorgen. Nebel tauchte den Wald in ein magisches Licht, das nur Menschen wahrnehmen, die wie Callum und Melinda mit dem Herzen sehen. An diesem Morgen küssten sie sich das erste Mal. Tief und innig. Sie vergaßen die Welt um sich herum und hörten nicht, wie der Teufel laut lachte. George sah die beiden gemeinsam zurückkehren. Die Magie zwischen Callum und Melinda hätte jeder Hofnarr erkennen können, und er wusste, dass sein Plan aufging.

Melinda erschrak, als es in dieser Nacht an ihrer Zimmertür klopfte. Der Mond warf nur schwaches Licht in den Raum, und die Kerzen waren längst runtergebrannt. Melinda öffnete und vor der Tür stand Callum und lächelte. Sie ließ ihn lachend herein und wies ihn erstmal an, aus der wenigen Kaminglut wieder ein Feuer zu entfachen. Melinda hatte den ganzen Tag gehofft, dass er den Mut finden würde, ihre Nähe zu suchen. Sie küssten sich mit einer Hingabe, als wären sie längst Mann und Frau. Sie gaben sich ihrer Leidenschaft hin, die tiefer ging, als alles, was der Mond je gesehen hatte. In diesem Zimmer liebten sich ein Mann und eine Frau, und überall auf der Welt wurden die Zeichen des Bösen sichtbar.

***

Melinda schlug die Augen auf. Sie saß in dem alten Schaukelstuhl in ihrer Hütte und sah sich fragend um. Der Traum von ihrer großen Liebe Callum war so intensiv gewesen. Sie hatte seine Haut und seine Lippen gespürt. Aber das war vollkommen unmöglich. Ihre Visionen bezogen sich nur auf das Geschehen in der Zukunft. Doch Callum war seit über 400 Jahren tot.

Melinda lebte am Rand eines kleinen Dorfes. Ihr Haus stand neben einer alten schaurigen Weide, unweit der Kapelle. Eigentlich war es kein richtiges Haus, sondern ein windschiefer Vorratsschuppen, der ringsherum längst vermoost war. Regen und Kälte fanden immer einen Spalt, um hineinzukriechen.

Dahinter hatte Melinda einen Kräutergarten angelegt, der an die Friedhofsmauer und den Sumpf grenzte. In den Nächten, wenn sich die Faulgase über dem Sumpf bildeten, tanzten die Dämpfe fluoreszierend wie Irrlichter durch ihren Garten. Das fahle Mondlicht tauchte ihre Beete in mystisches Licht und ließ den Schatten des Gartenwächters, der alten Vogelscheuche Jack, noch gruseliger aussehen.

***

Die Dorfbewohner mieden Melinda die meiste Zeit. Sie war die Außenseiterin geblieben, seit sie vor fünf Jahren ins Dorf gekommen war. Nur wenn ihre Heilkräuter wie Storchen-schnabel, Mönchspfeffer, Bilsenkraut oder Myrte in voller Pracht standen, verirrten sich die Dorfbewohner zu ihrem Haus. Meist nach Anbruch der Nacht holten sie ihre bestellten Tränke und Salben ab. Melinda baute in ihrem Garten auch Giftpflanzen wie die Tollkirsche an, die sie in entsprechend geringer Dosis für manche Heiltränke benötigte.

Sie saß jeden Tag auf dem stärksten Ast der alten Weide, oft bis tief in die Nacht, und beobachtete die Bewohner. Heute war die Stimmung im Dorf aggressiv und hektisch. Es hatte einen Toten gegeben, der angeblich vergiftet und unter höllischen Schmerzen gestorben war. Melinda starrte in die mondhelle Nacht und ahnte, dass der Mob bald vor ihrer Tür stehen würde.

***

Da am nächsten Morgen immer noch alles ruhig war, beschloss Melinda, ein paar Vorräte zu besorgen. Heute war Markt, und die Bewohner schauten sie nach all den Jahren immer noch argwöhnisch an. Niemand grüßte sie, und die dicke Dame vom Fleischstand guckte sogar an ihr vorbei. Andere Frauen steckten die Köpfe zusammen und tuschelten, während sie die gefüllten Einkaufskörbe in Abwehrbereitschaft vor sich stellten. Ihr war fast, als hätten die drei Frauen vor dem Obststand auf den Boden gespuckt. Die Menschheit konnte in einem grausamen Gewand daherkommen.

Melinda konnte es gar nicht erwarten, wieder in ihrem Baum

zu sitzen. Sie hatte letzte Nacht ihr Pendel benutzt und bei der Frage, ob sie in Gefahr sei, hatte es extrem ausgeschlagen. Melinda wusste seit drei Tagen, dass jemand Tollkirschen aus ihrem Garten gestohlen hatte. Sie hatte niemandem davon erzählt, weil der Außenseiterin sowieso keiner glaubte.

***

Sie erinnerte sich an jenen warmen Sommertag, als sie das Dorf das erste Mal betreten hatte. Es hatte geregnet und ihr nasses Kleid klebte an ihrer Haut, während ihre feuerroten Haare wallend unter ihrem Cape hervorlugten. Fenster wurden geschlossen und Türen zugeknallt in jedem Haus, das sie passierte. Melinda kannte ihr Ziel und scherrte sich nicht weiter um die Bewohner, die neugierig ihre Nasen an den Fenstern platt drückten. Sie wirkte anziehend auf die Männer, obwohl sie keinerlei Absichten in dieser Richtung hatte. Und dennoch begegneten ihr die Frauen mit Missgunst und Eifersucht in jedem Dorf, in dem sie gelebt hatte.

Sie klopfte an die Tür des Pfarrhauses und wartete. Pfarrer Stevens öffnete und schaute Melinda mürrisch an, als er ihr den Schlüssel aushändigte. Er war nicht begeistert, ihr zu helfen. Aber er stand in einer uralten Angelegenheit in Melindas Schuld, und so hatte er ihr das kleine Vorratshaus vermietet. Weder er noch die anderen Bewohner ahnten, dass diese Frau nur hier war, um sie alle mit ihren Visionen zu beschützen.

In den kommenden Jahren hatte sie Frauen mit Heilkräutern und Ölen versorgt, deren schwere Geburten sie vorhergesehen hatte. Oder Männer in Gespräche verwickelt, damit diese später zum Jagen in den Wald gingen und von umstürzenden Bäumen oder wilden Bestien verschont blieben. Sie hatte viel verhindert und beeinflusst, doch immer mehr Dorfbewohner wurden gegen sie aufgehetzt. Das Wort Hexe hatte sie nicht nur einmal gehört.

***

Und jetzt dieser Giftmord, den man ihr anhängen würde. Melinda ahnte, dass es nichts Gutes bedeutete, dass sich die Bewohner in der alten Scheune versammelten. Vorsichtig schlich sie sich zu einem der kaputten Fenster und lauschte.

"Die Hexe ist schuld, sie hat das Unheil verursacht", fauchte Mrs. Gibbons, deren kleine Tochter wohl gar nicht leben würde, wenn es Melinda nicht gegeben hätte. "Sie ist mit Luzifer im Bunde", rief jemand anderes.

Melinda wusste, dass es Zeit war, zu gehen. Man konnte nur denen helfen, die es auch selbst wollten. Sie hatte noch zwei Visionen gehabt: Ihren eigenen Tod auf dem Scheiterhaufen und das Ende dieses Dorfes. Niemand würde jemals davon erfahren.

Sie ging zurück zu ihrem Haus und nahm so viele ihrer Sachen, wie sie tragen konnte. Sie küsste ihren alten Weggefährten Jack auf den Kürbiskopf und ging, ohne sich noch einmal umzudrehen zum Dorf hinaus. Sie hatte gesehen, dass dieses Dorf eines Tages niederbrennen würde. Ihr eigenes Schicksal konnte sie durch die Flucht umgehen, und sie wusste bereits, wo sie niemand finden würde.

***

Melindas Flucht quer durch die Wälder von Massachusetts dauerte mehrere Nächte. Während sie sich am Tage in Höhlen oder Baumwipfeln zum Schlafen legte, nutzte sie die Dunkelheit, um ihrem Ziel näherzukommen. Sie war sehr erschöpft und brauchte dringend einen sicheren Unterschlupf. Sie wurde von weiteren Visionen über Callum geplagt. Zum einen konnte sie immer noch nicht ergründen, warum sie von der Vergangenheit träumte. Und zum anderen füllte sich ihr Herz mit Traurigkeit, wenn sie deutlich vor Augen hatte, wie glücklich sie einst war.

Gerade hatte sie eine besonders intensive Halluzination. Von der Zeit, als sie herausfand, dass ihr eigener Vater sie benutzte und auch nicht zögern würde, ihr Leben zu opfern. Ganz klar hatte sie die Bilder vor sich gesehen, von Dingen, die damals in England passiert waren.

***

Melinda und Callum waren auserkoren, durch eine blutbesiegelte Hochzeit die mächtigsten Hexendynastien miteinander zu verbinden. Für die beiden war es Liebe. Aber für ihre Eltern würden mit dieser Liaison die Zeiten von Rache und Vergeltung beginnen. Die Welt der Menschen würde genauso in Flammen aufgehen, wie einst die Körper der Hexen von Salem. So war es in der Prophezeiung geschrieben, und die beiden Familien würden alles dafür tun, dass sich diese erfüllte.

134

Die Verliebten ahnten nichts von den dunklen Plänen. Sie durchlebten ihre Gefühle wie in einem Rausch. Obwohl sie sich noch nicht einmal eine Woche kannten, kam ihnen die gemeinsame Zeit wie ein ganzes Leben vor. Sie schworen einander ewige Liebe, und konnten es kaum erwarten, in der nächsten Vollmondnacht zu heiraten.

***

Melinda wurde in dieser Nacht von Alpträumen geplagt. Sie sah immer wieder Feuer und hörte Schreie. Sie beschloss, im Park spazieren zu gehen, als sie noch Licht im Arbeitszimmer ihres Vaters sah. Melinda war schon immer ein neugieriges Mädchen gewesen und schlich sich an das Fenster heran. Die Lust auf Wissen trieb sie oft auf verbotenes Terrain. Sie hatte schon erheblich schlimmere Dinge getan, als ihren Vater zu belauschen.

„In zwei Tagen ist Vollmond. Dann werden wir im richtigen Moment den Zauber sprechen und die Verbindung besiegeln. Die Zeichen sind unübersehbar seit dem ersten Kuss der beiden. Die dunklen Mächte werden entfesselt und unsere Peiniger bestraft."

„Und du bist dir ganz sicher, dass es funktionieren wird? So viele von uns sind gestorben, weil die Menschen Angst vor uns hatten. Wer sagt dir, dass sie uns nicht wieder angreifen?"

Melinda erkannte die Stimme von Callums Vater und versuchte einen Blick auf das Buch zu erhaschen, das ihr Vater in den Händen hielt. Sie hörte ein unheimliches Lachen und wich erschrocken einige Schritte zurück.

„Das Grimorium Verum wird es uns ermöglichen. Mit dem Blut des Hochzeitspaares werden wir das Siegel brechen und den Feuerdämon beschwören. Er wird unsere Feinde verbrennen und die restliche Menschheit unterjochen. Ich werde das Ritual vollenden, auch wenn es das Leben unserer Kinder kostet." Melindas Vater lachte wieder diabolisch.

Melinda war schockiert. Sie wusste, dass ihr Vater und sie die schwarze Magie in sich trugen. Doch ihr Vater war scheinbar dem Wahnsinn verfallen. Sie musste verhindern, dass die Hochzeit und somit die Beschwörung des Dämons stattfand. Sie informierte Callum, und die beiden brachen noch in der gleichen Nacht in die neue Welt auf. Melinda war sich bewusst, welchen Gefahren sie sich damit aussetzte. Doch lieber würde sie als Hexe erkannt und verbrannt werden, als verantwortlich für die Rache ihres Vaters zu sein.

***

Callum und Melinda lebten jahrelang unerkannt unter den Menschen. Sie unterdrückten ihre Magie und passten sich an. Bis zu jenem verhängnisvollen Tag, als ein alter Feind ihres Vaters Melinda erkannte. Die Ankläger machten sich gar nicht erst die Mühe, die Verliebten zu foltern. Melinda und Callum wurden direkt zum Tode auf dem Scheiterhaufen verurteilt und sollten bereits am nächsten Morgen brennen. Melinda fand sich damit ab, an seiner Seite zu sterben. Ein Leben ohne Callum wäre für sie sinnlos.

Sie ahnte damals nicht, dass ihr Liebster andere Pläne für sie hatte. Mit diesen Gedanken an die Vergangenheit war Melinda aus ihrer Vision erwacht. Sie dachte nicht weiter darüber nach und beeilte sich, voranzukommen. Sie hatte ihren Unterschlupf fast erreicht.

***

Melinda saß auf dem großen Baumstumpf neben der alten Jagdhütte ihres Vaters. Der Stumpf hatte einen Durchmesser von gut zwei Metern, und der ursprüngliche Baum war wohl mindestens 150 Jahre alt, als er gestorben war. Im Gegensatz zu ihrem eigenen Alter war dieser Baumstumpf ein Hundewelpe.

Melinda nutzte die Hütte sehr ungern als Zufluchtsort. Die Wände waren getränkt von Blut und Tränen der Vergangenheit. Die Erinnerung an damals schmerzte so extrem, als würde jeder einzelne Buchstabe mit einem stumpfen Messer in ihre Haut geritzt. Doch andere Möglichkeiten, sich zu verstecken, waren Melinda nicht geblieben. An zu vielen Orten wurden ihre Absichten falsch gedeutet und sie gnadenlos gejagt. Melinda war eine Hexe, die in ihrem kleinen Finger mehr dunkle Magie besaß als andere Hexen in ihrem ganzen Körper. Und dennoch würde sie sich lieber ihre Finger abhacken, als diese Energie noch einmal zu nutzen. Zu tief saß der widerborstige Stachel der Reue in ihrem Herzen.

***

Ein schwarzer Wolf kam auf Melinda zu und legte seinen riesigen Kopf neben ihr rechtes Bein. Skalli liebte, wie sein nordischer Namensgeber, die Sonne und ließ sich in jeder freien Minute die Strahlen auf den Pelz brennen. Melinda hatte ihn vor zwei Monaten schwer verletzt in einer Grubenfalle gefunden. Mit Hilfe ihrer weißen Magie und viel Pflege hatte sie ihn in einen stattlichen Schattenwolf verwandelt. Skalli war nun ihr treuer Begleiter. Genauso wie seinerzeit die alte Vogelscheuche konnte er nicht sprechen und Melinda nach ihren nächtlichen Tränen fragen.

***

Sie kraulte ihn hinter den Ohren und schloss die Augen. Die Visionen waren schlimmer geworden, seit sie hier war. Sie sah die schrecklichsten Taten. Ihre eigenen und die der Feinde, die sie verfolgten. Sie sah, wie sie das erste Mal starb. Sie sollte eigentlich genauso wie Callum auf dem Scheiterhaufen den Tod finden. Aber in letzter Minute wurde für Melinda der Tod durch Erhängen angeordnet. Vielleicht wollten die Ankläger ihren Liebsten zusätzlich mit ihrem Tod quälen.

Genau diesen Moment nutzte Callum, um seinen Plan in die Tat umzusetzen. Er übertrug seine Macht auf Melinda, damit sie wiederkehren konnte, während er im Feuer starb. Noch nach Jahrhunderten der Qual konnte sie sein entstelltes Gesicht sehen. Das verbrannte Fleisch riechen und seine Schreie hören. Noch immer spürte sie die Hitze des Feuers auf ihrer Haut, in dem ihre große Liebe starb.

Melinda tötete in dieser Nacht Hunderte. Männer, Frauen und Kinder, jeder Mensch war ihr egal. Die dunkle Magie, die in ihr wohnte, durchströmte sie unaufhaltsam. Ihr Körper bestand nur noch aus purem Hass. Sie schnipste einmal mit den Fingern, und die Feuer der Hölle wurden entfesselt. Ihr Herz, das eigentlich, wie bei jeder anderen Frau, mit Güte und Mitleid gefüllt war, wurde mit Callums Tod zum dunkelsten Grab, in das jemals ein Mensch geblickt hatte.

Melinda liefen die Tränen, als sie an diese Zeiten dachte. 200 Jahre lang war sie das böseste Wesen, das jemals diese Erde betreten hatte. Hass war ihr Lebenselixier. Manchmal badete sie im Blut ihrer Opfer, um deren Schmerzen noch intensiver zu spüren.

Mit dem Gedanken an seinen Tod konnte sie die Dunkelheit wieder in sich spüren. Sie musste verhindern, dass diese wieder ausbrach. Hatte sie sich doch längst entschieden, nur noch der weißen Magie zu dienen. Melinda versuchte an die Nacht zu denken, als sie den Hass aufgab, weil sie Callum wiedersah.

Sie lebte zu dieser Zeit in England. Sie war zu genau dem bösen Wesen geworden, das sie niemals sein wollte. Und sie hatte sich für Callums Tod gerächt, nicht nur an den Menschen. Melinda Burroughs hatte ihre ganze Familie getötet, ohne Reue und Mitleid. Denn ihre Familie war schuld, dass die beiden Verliebten damals fliehen mussten.

Besonders ihren Vater hatte sie gequält. Auch wenn schwarze Magie in ihm präsent war, hatte er nicht annähernd so viel Macht wie seine Tochter. Und als sie in dieser Nacht ihre Taten durch ein Feuer vertuschte, sah sie dieses Licht. Callum erschien ihr als Engel oder Geist, Melinda wusste es bis heute nicht. Er flehte sie an, der dunklen Materie zu entsagen und zu bereuen, was sie getan hatte. Sie weinte schwarze Tränen, als sie begriff, dass diese Hexe nicht die Frau war, in die sich Callum verliebt hatte. Ein zweites Mal rettete er ihr Leben. Niemals wieder wendete Melinda die schwarze Magie an.

Doch all diese Erinnerungen halfen ihr nicht zu verstehen, warum sie diese Visionen überhaupt hatte. Wollte Callum ihr sagen, wie glücklich sie einst war? War es Zeit, ihn wiederzusehen? Er hatte ihr ein erfülltes langes Leben gewünscht, und nach ihrer dunklen Phase hatte sie sich immer dem Wohl der Menschheit gewidmet, um ihre Schuld zu begleichen.

Wie eine herbeigesehnte Antwort hatte Melinda eine Vision. Und diesmal sah sie zum ersten Mal wieder die Zukunft. Sie konnte deutlich sehen, wie sie starb. Nicht im Kampf oder voller Hass. Nein, sie schlief in Frieden ein. Nach fast 500 Jahren wurde es Zeit, Callum wiederzusehen, und sie war noch in dieser Nacht bereit dafür.

Der Traum

Zoe war schon aufgestanden. Sie betrachtete den spärlich ge-
deckten Frühstückstisch. Vielleicht wäre ihre Mutter heute
stolz auf sie. Das Mädchen hatte schon die Überreste der
Nacht weggeräumt und das Wohnzimmer gelüftet.

Es machte `Zoe nichts aus, im Haushalt zu helfen. Und viel-
leicht würde es die Mutter bemerken, dass die Aschenbecher
geleert waren. Heute war Sonntag, und dann gingen sie immer gemeinsam in den Park. Eine kleine Flucht aus der tristen
Hartz-IV-Normalität.

Es war schon mittags, als ihre Mama endlich aufstand. Sie gab
sich alle Mühe, ihrer Tochter mit ihren geringen Mitteln ein
schönes Leben zu bescheren. Zumindest glaubte Zoe daran.
Ihre Mutter hatte es nie leicht gehabt. Sie war erst vierzehn
Jahre alt gewesen, als sie schwanger wurde.

„Ich will nichts frühstücken. Das Brot ist sowieso schon hart.
Pack es ein für die Enten." Mehr sagte ihre Mutter nicht und
steckte sich eine Zigarette an. Beim nächsten Mal lobt sie
mich, dachte das Mädchen.

***

Kurze Zeit später genoss Zoe die frische Luft. Die Sonne war
eine Zauberin. Sie verwandelte selbst den öden Plattenbau
für kurze Zeit in eine derbe Schönheit. Doch ihre Mutter hatte
keine Augen für die Umgebung. Sie stritt mit irgendjeman-
dem am Telefon.

„Mama, was bedeutet das Wort dort drüben? Ich glaube, das ist Englisch. Ich habe morgen meine erste Stunde in diesem Fach." Zoe deutete auf ein altes Gemäuer, auf welchem mit weißer Farbe das Wort „Grow" geschrieben war.

„Das heißt grau." Ihre Mutter antwortete wie immer nur lieblos und in knappen Worten. Zoe wusste längst, dass es wenig Sinn hatte, die Unterhaltung fortzuführen.

***

Am nächsten Tag saß sie aufgeregt im Klassenzimmer. Die neue Lehrerin war sehr nett und fragte die Kinder nacheinander, welche englischen Wörter sie schon kannten. Als Zoe an der Reihe war, platzte es unverblümt aus ihr heraus.

„Yes und No kenne ich schon. Und eine Farbe, nämlich grau." Sie buchstabierte stolz G R O W, aber die Lehrerin hielt sich mit Lob zurück.

„Zoe, das ist nicht richtig. To grow heißt wachsen, und das lernt ihr noch lange nicht." Und dann passierte etwas, was das Mädchen noch nie erlebt hatte. Die anderen Kinder lachten, und sie schämte sich für ihre dumme Antwort.

***

Seit diesem Tag wurde Zoe von den anderen Schülern gehänselt. Kinder konnten sehr grausam sein, wenn sie von ihren eigenen Problemen ablenken wollten. Sie überlegte, ihre Lehrerin anzusprechen, doch dann traute sie sich nicht.

Die Jahre vergingen, die Erlebnisse in der Schule prägten ihr weiteres Leben. Sie fragte ihre Mutter nie wieder irgendetwas. Sie war eben dumm, und solche Menschen haben keine Zukunft. Das sagten zumindest ihre zweifelhaften Freunde, und die hatten immer recht. Es interessierte ihre Mutter sowieso nicht, dass ihre Tochter am Ende die Hauptschule nach der achten Klasse abbrach, weil sie ebenfalls schwanger wurde.

Zoe war fest davon überzeugt, dass es für Menschen wie sie kein Entrinnen aus dem Sozialbau gab.

***

Sie erwachte aus einem Traum. Es war wieder Sonntag. Sie hatte von dem Spaziergang in den Park und dem alten Gebäude geträumt. Diesmal hatte ihre Mutter nicht telefoniert und ihre Hand gehalten. Die beiden wohnten immer noch in dem eintönigen Plattenbau, aber irgendetwas war anders. Zoe hatte eine starke Verbindung zu ihrer Mutter gespürt. Ob das Liebe war?

„Mama, was bedeutet das Wort dort drüben? Ich glaube, das ist Englisch. Ich habe morgen meine erste Stunde in diesem Fach." Auch in ihrem Traum hatte das Mädchen die Frage gestellt. Doch anders als in der Realität hatte ihre Mutter gesagt:

„Ach Engelchen, das weiß ich jetzt gar nicht so genau. Lass uns doch erst mal in den Park gehen. Nachher schauen wir gemeinsam in deinem Englischbuch nach. Vielleicht finden wir das Wort." Und ihre Mutter hatte gelächelt.

In ihrem Traum hatten sie die Antwort gefunden. Die anderen Kinder hatten geklatscht, weil sie schon so eine schwere Vokabel kannte. Von diesem Tag an wurde Englisch ihr Lieblingsfach. Sie machte nach dem Realschulabschluss eine Ausbildung als Fremdsprachenkorrespondentin.

***

Zoe seufzte laut. Leider war das nur ein Traum, dachte sie und leerte die Aschenbecher aus.

Im Freizeitpark

Katie schaute gelangweilt aus dem Fenster. Wieder einmal musste sie sich der Masse beugen und mit in diesen blöden Heide-Park fahren. Immer das gleiche Theater, das ihre Eltern alle paar Wochen abzogen. Wenn sie bei ihren Scheidungs-waisen etwas gut machen wollten, rauften sie sich zum Schein zusammen. Dann mussten alle in ein Auto einsteigen, und los ging es in irgendeinen dämlichen Freizeitpark. Warum nicht ins Kino, da brauchte man gar nicht miteinander zu reden.

Natürlich zankten sich die Eltern spätestens nach 20 Kilometern wieder. Aber Katies Geschwister merkten das nicht und hatten nur die Achterbahn im Kopf. Nach einer schier endlosen Fahrt waren sie endlich angekommen. Bereits auf dem Parkplatz ahnte Katie, wie voll es hier sein würde. An diesem sonnigen Junitag zog es gefühlt halb Deutschland in den Freizeitpark.

***

Katie wäre am liebsten ganz woanders. Alles war hier so laut, und diese glücklichen und normalen Familien machten sie krank. Seit drei Monaten waren ihre Eltern geschieden, davor die lange Trennung und die ständigen Streitereien. Sie sprachen auch heute wenig miteinander und wenn, dann nur, um ihren Kindern eine Wir-sind-glücklich-Nummer vorzugau-keln. Katie kam sich vor wie in ihrer persönlichen Freakshow.

Natürlich gab es auch hier wieder Streit. Sie konnten sich nicht einigen, wer mit wem wohin ging. Katie nickte nur, als

145

ihre Mutter sagte, dass sich alle in vier Stunden zum Mittagessen am Collossos-Snack treffen sollten.

Katie atmete tief durch, endlich war sie allein. Es gab nur einen Ort in dieser heuchlerischen Hölle, zu dem sie gehen konnte. Dorthin, wo sie wieder sechs Jahre alt war und Mama und Papa sich wieder liebten.

Katie war ganz aufgeregt, gleich war sie da. Sie konnte aus der Ferne schon sehen, wie es sich drehte. Und dann lächelte Katie das allererste Mal an diesem Tag. Sie schwang sich mit ihren 15 Jahren auf ein weißes Pferd des Nostalgie-Karussells und im gleichen Moment stand die Zeit still.

Schreckgespenst

Evelyn war an diesen Morgen bereits vor Sonnenaufgang aufgestanden, um die gestern von ihrem Mann bemängelten Hausarbeiten zu erledigen. Heute war Samstag, und Karsten würde erst um 9 Uhr aufstehen. Die zur Verfügung stehenden Stunden würde sie brauchen. Sie schlich heute wie eine alte Frau die Treppe hinunter. Sie hatte unter der Dusche bereits die diversen Hämatome an ihrem Körper entdeckt, das Ergebnis seiner gestrigen Bestrafung.

Karsten schlug ihr nie ins Gesicht. Dazu war er zu berechnend. Aber gestern hatte er mit seinen Stiefeln nachgetreten, als Evelyn bereits am Boden lag. Deswegen pochte es in ihrer linken Seite, vielleicht war eine Rippe geprellt. Was die unerträglichen Schmerzen erklären würde. Mit zwei Tramadol würde sie es schon aushalten.

***

Karsten war ihr Traummann, und sie hatte ihm viel zu verdanken. Er hatte sie vor acht Jahren aus der Gosse geholt, und die ersten Jahre waren die schönsten ihres verkorksten Lebens gewesen. Sie hatten bereits nach ein paar Monaten geheiratet, zogen in eine andere Stadt, und Evelyn brach mit ihrer Vergangenheit. Doch nach seiner Beförderung veränderte sich Karsten. Mit dem steigenden Stresslevel in der Firma wuchs die Unzufriedenheit mit seiner Frau. Einmal war das Essen nicht gut genug, ein anderes Mal war für ihn Sauberkeit ein zu dehnbarer Begriff. Karsten verlor die Beherrschung und schlug zu.

Anfangs tat es ihm noch leid, und er überschüttete Evelyn am nächsten Tag mit Liebe und Geschenken. Mit den Jahren fand Karsten aber Gefallen an der Rolle des Bestrafenden, und auch im Bett fasste er seine junge Ehefrau nur noch mit übertriebener Härte an. Für ihn war die Bestrafung mit Gürtel und Fäusten Stressabbau. Danach schlief er stets zufrieden ein. Evelyn war bereits so traumatisiert, dass sie sich an allem die Schuld gab. Wer würde ihr schon glauben? Karsten war ein freundlicher Vorzeigemann, und die halbe Nachbarschaft war Kunde des Versicherungsmaklers. Für Evelyn war er nur ein Schreckgespenst, das in der Dunkelheit lauerte.

***

Sie nahm zwei Schmerztabletten und machte sich an die Reinigung des Küchenfußbodens. Sie hatte gestern eine Flasche Ketchup fallen lassen und die Flecken nach Karstens Meinung nicht schnell genug aufgewischt. Er hatte sie auf den Boden gedrückt und mehrfach mit seinem Gürtel zugeschlagen, den er sich blitzschnell mit einer Hand aus dem Hosenbund gezogen hatte. Zum Abschluss trat er noch mit seinen Stiefeln zu, einfach nur als Machtdemonstration. Danach schrieb er seine Arbeitsanweisungen für den nächsten Tag und ging, ohne einen Gedanken an seine Frau zu verschwenden, ins Bett.

Drei Stunden später hatte Evelyn seine Mängelliste zu 90 Prozent durchgearbeitet und musste nur noch die Wohnzimmerfenster putzen. Trotz der Tabletten schmerzte ihre linke Seite noch immer, und sie nahm sich einen Stuhl aus dem Esszimmer. Sie wollte sich den beschwerlichen Weg zur Garage, wo die Trittleiter stand, ersparen.

Sie stieg umständlich auf den Stuhl und merkte gleich, dass sie sich erheblich strecken musste, um den oberen Rand der Fenster zu erreichen. Bereits am frühen Morgen konnte sie sehen, dass das Sonnenlicht Karsten jeden Fleck aufzeigen würde. Evelyn entdeckte ihre Nachbarin ebenfalls beim Fensterputzen, und als sie ihr schüchtern zuwinkte, rutschte sie an der Lehne ab. Sie fiel vom Stuhl und verlor das Bewusstsein. Evelyn erwachte in einem Krankenwagen und erkannte neben sich ihre Nachbarin und einen Arzt.

"Ganz ruhig Evelyn, Sie sind gestürzt und auf dem Weg ins Krankenhaus. Ich bleibe bei Ihnen, ihr Mann musste leider ins Büro", flüsterte ihre Nachbarin.

Evelyn versuchte sich aufzurichten und stöhnte vor Schmerzen. Dann hörte sie eine ruhige Männerstimme:

"Ja, die Verletzungen stammen auf gar keinen Fall vom Sturz. Informieren Sie auf jeden Fall die Polizei." Und in diesem Moment wusste Evelyn, dass das Schreckgespenst endlich verschwunden war.

Winterrausch

Linda stampfte wütend mit ihren Stiefeln auf den Boden.

"Was bildet sich diese eingebildete Pute aus der Chefetage eigentlich ein?", schnauzte sie ihren Kollegen Phil an, der gerade zufällig in der Teeküche stand.

"Das war meine monatelange Recherche. Diese dumme Kuh lässt mich die Arbeit machen und präsentiert sie dann als ihre eigene? Und ich kann nichts dagegen unternehmen." Sie sah ihren Kollegen hilflos an und schleuderte ihre Kaffeetasse so heftig in die Spüle, dass ein Stück vom Henkel abbrach.

***

Phil überlegte kurz und zuckte dann mit den Schultern. Er hatte bereits gelernt, dass man es tunlichst unterlassen sollte, eine wütende Frau noch in ihren Argumenten zu unterstützen. Und das galt insbesondere für Frauen wie Linda, die nie ihre Ziele aus den Augen ließen.

Linda war der ehrgeizigste Mensch, den er jemals getroffen hatte. Manchmal hatte er den Eindruck, als verbrachte sie mehr Zeit in der Firma als zu Hause.

Er war sich sicher, dass Linda längst die Karriereleiter erklommen hätte, wenn sie nicht so wahnsinnig vertrauensselig wäre. Zum wiederholten Male war Linda in die Falle der Neider getappt, weil sie in jedem Menschen nur das Gute sah und dadurch auf der Strecke blieb. Gefühlsausbrüche und

Kampfbereitschaft wie eben gerade, zeigte Linda leider nur in der Teeküche und nicht im Konferenzraum.

***

Am Abend hatte Linda ihre Wut immer noch nicht überwunden, nur gab sie sich inzwischen selbst die Schuld an der Misere. Sie band sich ihre kastanienbraunen Locken zu einem Pferdeschwanz zusammen und betrachtete ihre übermüdeten Augen im Spiegel.

"Ich bin ein Loser", erzählte sie ihrem Gegenüber und seufzte. Linda hatte den Auftrag für die lichtdurchflutete Galerie des Bürokomplexes monatelang vorbereitet und jede Woche mindestens 20 Überstunden investiert. Und dann war sie so naiv, ihrer direkten Vorgesetzten Ludmilla Karashenko-Winkelmann den Entwurf nicht nur zu zeigen, sondern auch noch ausführlich inklusive schriftlichem Dossier vorzustellen.

Vier Stunden vor der Präsentation waren sowohl der Entwurf als auch Lindas Unterlagen verschwunden und tauchten erst wieder in der Konferenz mit der Chefetage auf. Allerdings in den Händen von Ludmilla und ohne Lindas Kürzel und handschriftliche Anmerkungen. Sie hielt Lindas Dossier mit ihren giftgrün lackierten Nägeln in die Höhe und warf Linda einen triumphierenden Blick zu. Und während sie diverse Rahmenpunkte aus Lindas Dossier mit der Leidenschaft einer toten Kanalratte zitierte, musste Linda zusehen, wie jemand anderes ihren Ruhm einheimste. Linda traute sich nicht, sich gegen den Verrat zu wehren.

***

Linda nahm wie aus Reflex eine Dose Handcreme und warf sie hart gegen den Badezimmerspiegel, als es an ihrer Wohnungstür klingelte. Phil, der sich Sorgen gemacht hatte, weil sie den ganzen Abend nicht ans Handy gegangen war, nahm auf ihrer Couch Platz und legte gleich los mit seinen Vorwürfen:

"Linda, warum hast du nichts gesagt? Du bist eine herausragende Architektin, und Ludmilla ist nur eine Sekretärin, die ihren Vorgesetzten geheiratet hat."

***

Phil sprach nicht weiter. Er sah Linda weinend auf dem Boden sitzen und hatte plötzlich nur noch Mitleid mit diesem Häufchen Elend. Er musste unweigerlich an ihren ersten Arbeitstag denken. Sie hatte sich damals vor Aufregung im Fahrstuhl einen Kaffee über die Bluse gekippt und diesen unvorteilhaft auf der Damentoilette ausgewaschen. Was nicht nur Phil eine anregende Aussicht bescherte.

Von diesem Tag an wurden sie Freunde, was bei Lindas Temperament nicht gerade einfach war. Sie hatte ihm in den letzten zwei Jahren mehr Ohrfeigen verpasst, Drinks ins Gesicht gekippt oder Beleidigungen entgegengeschleudert, als das 100 Frauen im ganzen Leben könnten. Und vielleicht gerade deswegen liebte er Linda abgöttisch und verstand ihre Höllenqualen.

***

Phil trug sie ins Bett und machte sich in der Küche zu schaffen. Beide brauchten Alkohol, etwas zu essen und einen Schlachtplan. Und zwar genau in dieser Reihenfolge. Phil öffnete eine Flasche Rotwein und wählte die Nummer vom Lieferdienst. Lindas Kühlschrank war wie üblich leerer als die Wüste Gobi, wenn man von den Unmengen Alkohol und Fertigsoßen absah. Später am Abend zeigte sich Linda mit einem Vorschlag einverstanden, der Phil spontan eingefallen war, als sie die dritte Flasche Wein geleert hatten. Linda würde für ein Hotelprojekt als Phils Assistentin arbeiten und könnte so Ludmilla für eine Weile aus dem Weg gehen. In dieser Zeit wollte Phil in aller Ruhe an Lindas Selbstbewusstsein arbeiten.

***

Sie erwachte mit einem fiesen Kater. Und das komische Ding im zersplitterten Spiegel vor ihr erinnerte sie an Frankensteins Braut. Die Nachricht an ihrem Kühlschrank brachte Linda aber gleich wieder zum Schmunzeln. Dort stand: „Vergiss Dein Dirndl nicht Prinzessin, wir fahren in die Berge."

***

Linda konnte sich während der Autofahrt gar nicht sattsehen an der schneebestäubten Glitzerwelt. Eigentlich fand sie diese Jahreszeit nicht besonders schön. Aber hier in der Höhenluft und der wilden Natur war der Winter ein rauschendes Erlebnis, dem sie sich nicht entziehen konnte.

Phil grinste zu ihr hinüber als könne er ihre Gedanken lesen:

"Vergiss nicht, dass wir hier auch arbeiten müssen." Sie erreichten in der Dämmerung das Hotel und bezogen ihre Zimmer.

***

Linda saß schon früh am Morgen auf dem Balkon ihres Hotelzimmers und genoss den atemberaubenden Ausblick auf die Berge. Die Sonne tanzte in den verschiedensten Farben über die Felsen, und der Himmel strahlte im schönsten azurblau. Linda fühlte sich als hätte sie das Glück geküsst.

Es war erst 5.37 Uhr, und Linda beschloss, eine Runde mit Phils Wagen zu drehen. Sie schrieb eine kurze Notiz und öffnete behutsam die Verbindungstür zwischen den Zimmern. Sie grinste kurz über Phil, der verkehrt herum in seinem Bett lag, und tauschte Autoschlüssel gegen Zettel aus.

Linda folgte abenteuerlustig der Straße, die sie weiter Richtung Gipfel brachte. Als sie bereits eine Weile unterwegs war, begann es heftig zu schneien. Linda hielt den Wagen an, um sich zu orientieren und stellte entsetzt fest, dass sie ihr Handy nicht dabei hatte. Leichte Panik stieg in ihr auf. Linda beschleunigte den Wagen und folgte der weißen Piste, die vor wenigen Minuten noch eine Straße gewesen war. Sie war nur eine Sekunde durch einen tieffliegenden Vogel abgelenkt, als sie irgendetwas überfuhr, und das Heck des Autos ausbrach. Sie verlor die Kontrolle, und das Fahrzeug rutschte ungebremst einen Abhang hinunter.

***

Linda wachte mit heftigen Kopfschmerzen und Schwindelgefühl auf. Sie schaute sich hilfesuchend um. Der Wagen war anscheinend mehrere Meter abgestürzt und heftig gegen einen Felsen geprallt, was den Airbag ausgelöst hatte. Linda war erleichtert, dass der Wagen unweit einer Klippe zum Stehen gekommen war. Sie hatte keine Ahnung, wie spät es inzwischen war, aber sie wusste, dass sie hier unten keiner finden würde. Sie musste zur Straße zurück, bevor es dunkel wurde.

***

Phil wunderte sich. Gerade hatte er Lindas Handy auf dem Tisch entdeckt. Laut ihrer Nachricht war sie jetzt schon über zwei Stunden weg. Aber es half nichts, sich verrückt zu machen. Linda würde schon wieder auftauchen und in zehn Minuten begann der Termin mit der Hotelleitung.

Phil war inzwischen mehr als besorgt. Er hatte die Besprechung beendet und stellte fest, dass sein Wagen immer noch nicht vor dem Hotel stand. Inzwischen war Linda fast fünf Stunden verschwunden. Phil fragte sich, ob sie allein nach Hause gefahren war, aber verwarf diesen Gedanken sofort wieder. Bald würde es dämmern und so entschied er sich, an der Rezeption um Hilfe zu bitten.

***

Linda kletterte mühsam den Abhang hinauf. Inzwischen war alles mit einer festen Schneeschicht bedeckt. Sie erreichte nach kurzer Zeit die Straße, die kaum noch zu erkennen war. Linda begriff, dass es Wahnsinn wäre, zu Fuß weiterzulaufen.

Sie erinnerte sich an eine Geschichte, die sie einmal gelesen hatte. Ein Junge hatte in der Wildnis überlebt, weil er sich eine Schneehöhle gebaut hatte. Die Schneemassen würden auf jeden Fall ausreichen.

Mit Anbruch der Dunkelheit hatte Linda sich ein provisorisches Iglu gebaut. Sie hatte keine Möglichkeit, Schneeblöcke zu formen. Aber ein abgestorbener Baum und ein Felsen boten ihr zusätzlichen Schutz. Aus dem Auto hatte sie noch eine Wolldecke mitgenommen. Mit viel Glück würde sie die Nacht überstehen. Sie hatte auf der Straße eine Markierung aus Ästen und Steinen hinterlassen und hoffte, dass diese lange genug sichtbar sein würde.

Linda schossen angesichts der Situation unwirkliche Gedanken durch den Kopf. Sie saß hier in der Wildnis fest und dachte dennoch darüber nach, warum sie in ihrem Job so unterwürfig war. Sie war eine starke Frau, aber sie konnte es nicht zeigen. Auch hatte sie ihre Gefühle für Phil verdrängt. Sie gingen als Freunde durch die Welt, doch wäre sie gerne die Frau an seiner Seite. Sie verstand diese Gedanken nicht. Vielleicht war sie schon dabei, sich von ihrem Leben zu verabschieden.

Die Kälte übernahm Lindas Körper, und sie wusste, dass sie auf gar keinen Fall einschlafen durfte. Es war schnell dunkel geworden, und die Natur wirkte mit ihren Geräuschen jetzt unheimlich und gefährlich. Vielleicht war es längst zu spät und sie würde hier draußen sterben.

***

Phil hatte keine Ruhe gegeben, bis sich die Bergwacht auf die Suche nach Linda machte. Doch Phil konnte nicht tatenlos rumsitzen. Ein Hotelangestellter war bereit, mit ihm zu einem Bergpass zu fahren. Er erinnerte sich, dass Linda auf der Hinfahrt von dem dortigen Gipfel geschwärmt hatte. Ob es nun eine höhere Macht gab, die ihn lenkte, oder es einfach nur sein Bauchgefühl war. Phil wusste tief im Inneren, dass Linda diesen Weg genommen hatte.

Es hatte aufgehört zu schneien, aber dennoch kamen sie nur sehr langsam voran. Der Fahrer drängte schon auf Umkehr, doch Phil wurde dieses nagende Gefühl nicht los. Im Gegenteil. Als sie den Bergkamm fast erreicht hatten, schrillte es wie eine Alarmglocke in ihm.

„Halten Sie an, hier ist irgendwas. Der Fahrer entdeckte zuerst die Markierung und danach das Autowrack auf dem Felsvorsprung. Phil rief Lindas Namen in die Dunkelheit, und nach einer Weile hörte er ein leises Schluchzen. Von diesem Moment an, verlief die Rettung sehr schnell. Sie entdeckten die unterkühlte Frau und fuhren zum Hotel zurück.

***

Phil saß bis zum nächsten Morgen an Lindas Bett und wachte über sie. Seine Emotionen überwältigten ihn, als sie endlich die Augen aufschlug. In den letzten Stunden war ihm bewusst geworden, dass sie mehr als Freunde waren. Sie verbrachten so viel Zeit miteinander, und doch war er nie in der Lage gewesen, sie als Frau zu sehen. Doch die Angst um sie, hatte ihn wachgerüttelt.

„Linda, es tut mir so leid, dass ich dir in den letzten Monaten nicht beigestanden habe. Ich wusste von den ganzen Intrigen, und dennoch habe ich geschwiegen. Das wird sich ändern. Ab sofort halten wir beiden zusammen, und ich stehe hinter dir. Ich weiß nicht, was ich getan hätte, wenn dir etwas passiert wäre. Ich hatte so ein Gefühl in der Magengegend, das mich zu dir geführt hat." Und dann küsste er Linda, und sie hatte nichts dagegen.

***

Vier Wochen später hatte Phil den lukrativen Hotelauftrag endgültig abgeschlossen und war befördert worden. Linda und er waren ein Paar geworden, und er hatte ihr so weit den Rücken gestärkt, dass sie sich ihren Neidern stellen konnte. Alle Intrigen wurden aufgedeckt und die Schuldigen entlassen, selbst ihre Vorgesetzte. Wobei sicherlich hilfreich war, dass diese ihren Mann mit einem Praktikanten betrogen hatte.

Die Zeit in der Wildnis hatte Linda nicht nur überlebt. Sie hatte ihr auch die Stärke und den Mut verliehen, sich ihren Alltagsproblemen zu stellen.

Die Mutprobe

Ich fühle mich unbehaglich, als ich die Tür des Gebäudes beobachte. Zum dritten Mal in diesem Monat stelle ich mich den Unwägbarkeiten meines Handelns im Selbstgespräch.

„Heute Morgen war ich noch so selbstzufrieden und überzeugt, dass ich diesen Schritt heute gehen werde. Mein Herz fühlte sich so löwenstark und erfrischt an."

„Und was jetzt?"
Ich trete von einem Fuß auf den anderen.
„Gleich fragt mich bestimmt die Frau dort an der Haltestelle, ob ich mal aufs Klo muss."
„Nun, wo mich nur noch zehn Meter von dieser Tür trennen, bin ich wieder wie ausgewechselt."

„Missmutig.
Unentschlossen.
Teilnahmslos.
In mir tobt ein Zweikampf, den die Finsternis erneut gewinnen will.
Ich fühle mich so ambivalent."

„Aber war ich nicht längst bereit, Hilfe anzunehmen?
Ich hatte es sogar geschafft, mich endlich arbeitslos zu melden.
Na ja, es war eher der Druck, dass ich fast bankrott war.
Einkaufen zu gehen, ist immer noch eine Qual."

Ich sehe, dass bereits fünf Leute in das Gebäude gegangen sind.

Ich gucke auf meine Armbanduhr. Noch siebzehn Minuten, dann fängt es an.

„Sag mir, zerstörte Seele, bin ich bereit?"

Ich gehe zum Kiosk drei Häuser weiter und kaufe mir eine Schachtel Zigaretten und Streichhölzer.
Ich zünde mir eine Kippe an, huste laut, und werfe sie auf den Boden.

„Spinne ich Freak? Ich rauche doch gar nicht!"

„Ich bin so nervös, ich muss hier weg."
Ich kratze mir die Haut unterhalb des linken Handgelenks blutig.

„Ich muss spüren, dass ich lebe.
Ich habe immer darauf geachtet, dass ich mir nur an einer Hand die Fingernägel abkaue."

„Sei nicht so ein Feigling. Was soll mir denn passieren?
Ich weiß, dass die Menschen in diesem Gebäude genauso betroffen sind wie ich. Also, wovor habe ich Angst, und was habe ich zu verlieren?"

Ich sage beim Gehen zehnmal hintereinander das Wort nichts und öffne die Tür.

„Hallo, ich bin…!
Und ich habe Depressionen!"

Darkness

Sie landete auf etwas Hartem und versuchte sich zu orientieren. Ihr angeborener Überlebenswille war sofort aktiviert. Obwohl sie sich in völliger Dunkelheit befand, konnte sie sich auf ihren Geruchssinn verlassen. Er signalisierte ihr, dass keinerlei Gefahr von diesem Ort ausging. Ihre Nase war es auch, die sie gepaart mit ihren Instinkten zu einer Quelle führte, die ihr Überleben sichern würde. Dort war es warm, und sie nahm einen Geruch wahr, den sie ihr ganzes Leben nicht mehr vergessen würde. Irgendwann merkte sie, dass sie an der Quelle nicht die Einzige war. Sie setzte ihre Pfoten ein, um sich zum ersten Mal in ihrem Leben zu behaupten. Sie erhielt ihren Preis und schlief erschöpft ein.

Nachdem sie viele Male zwischen Quelle und Schlaf gewechselt hatte, erwachte sie zum ersten Mal nicht in völliger Dunkelheit. Sie erkannte, dass die Quelle ihre Mutter war und sich in ihrer Nähe drei weitere Quälgeister befanden, die ihr den Platz streitig machten. Die anderen und auch die Mutter sahen hellgrau aus. Ihr Fell hingegen war wie die Dunkelheit, in die sie hineingeboren wurde. Und das war auch der Name, den sie fortan trug, Darkness.

***

Den Quälgeistern und ihr reichte die Quelle bald nicht mehr aus, und es wurde Zeit, die Höhle zu verlassen, um den Rest der Familie kennenzulernen. Aber weder ihr Vater noch die anderen hatten Ähnlichkeit mit Darkness. Sie war der einzige schwarze Timberwolf ihres Rudels, und vielleicht deswegen bekam sie früh zu spüren, dass Überleben der wichtigste Instinkt war.

Mit jedem Sonnenaufgang, den Darkness erlebte, wurde sie stärker und aufmerksamer. Der Wurf ernährte sich bereits vollständig von Fleisch. Und jetzt, als die Luft warm und trocken war, gab es genug zu fressen und keinerlei Rivalitäten unter den Wölfen. Die Kämpfe der Welpen waren noch spielerisch, doch schon zeigte sich, dass Darkness den anderen überlegen war.

In den folgenden Wochen stand die Sonne nur noch selten am Himmel, und die Stürme brachten Kälte und Schnee in das Revier der Wölfe. Die meisten Beutetiere waren abgewandert. Die Nahrung wurde so knapp, dass zwei ältere Tiere bereits verhungert waren. Die Rangeleien der Jungwölfe waren längst nicht mehr spielerisch, und Darkness setzte sich gewaltvoll gegen ihre Geschwister durch. Bis ein Jungtier im Kampf mit ihr verletzt wurde und starb. Sie spürte, dass ihre Rolle im Rudel gefährdet war. Ihren Eltern konnte sie sich allein nicht stellen. Und eines Nachts, als die anderen versuchten, sie einzukreisen, rannte sie davon.

***

Die Einsamkeit wurde ihr einziger Freund. Darkness musste alles Gelernte effektiv einsetzen, um wenigstens ein paar Mäuse zu erbeuten. Sie verlor schnell das angefressene Fett des Sommers. Aber jeder Jagdversuch stärkte ihre Muskeln, und es wurde klar, dass sie diesen Winter überleben würde.

Das Schmelzwasser bahnte sich den Weg durch den letzten Schnee. Die Sonne brannte wieder mit Kraft vom Himmel, und Darkness traf auf den kläglichen Rest ihres alten Rudels.

Sie musste sich nicht anstrengen, um die ausgemergelten Tiere zu töten. Auch ihre einst so starke Mutter zeigte kaum Gegenwehr. Darkness hatte ihre Vergangenheit überlebt und war bereit, ihr eigenes Rudel zu gründen.

Und sie wusste bereits, wer ihrer würdig war. Der riesige schwarze Wolf, der seit Tagen ihrer Fährte folgte.

Der Anwalt

Nick verließ die Weihnachtsfeier durch den hinteren Ausgang. Er ging durch das unbeleuchtete Treppenhaus die vier Stockwerke hinauf zu seinem Büro. Er brauchte in mehrfacher Hinsicht frische Luft. Er hatte das Gefühl, seine Lungen würden platzen, als er endlich die Tür zur Dachterrasse öffnete. Die Blonde aus der Buchhaltung nahm ihn übertrieben in Beschlag. Wie gewöhnlich würde er sie nach dem Sex abservieren und ihre Versetzung in eine andere Abteilung empfehlen. Er brauchte keine Frauen, die ihn anhimmelten und von wichtigen Dingen abhielten.

Momentan interessierte ihn der zweite Grund, warum er Ruhe wollte, aber erheblich mehr. Seine Sekretärin hatte ihm einen dringenden Rückrufzettel in die Hand gedrückt. Schon das Lesen der Vorwahl ließ sein Blut in den Adern gefrieren. Er las sich die Ziffern selbst laut vor: 0361 für Erfurt. Die Vorwahl seiner Geburtsstadt, der er vor langer Zeit den Rücken gekehrt hatte. Nick ahnte nicht, dass diese Telefonnummer ihm gleich noch mehr Angst machen würde. Zögernd gab er die Ziffern in sein Handy ein, ohne die Anruftaste auszulösen. Er kaute nervös auf einem Kugelschreiber herum und klappte sein Laptop auf. Nick tippte die Telefonnummer umständlich bei Google ein. Vielleicht brachte die Rückwärtssuche Licht ins Dunkel.

***

Nick konnte sich gar nicht daran erinnern, wann er das letzte Mal selbst niedere Büroarbeiten gemacht hatte. Er war in der Anwaltskanzlei Kränker & Philipps der sprichwörtliche

Hecht im Karpfenteich. Er war ein Draufgänger, der manipulierte, wo er nur konnte. Er ging auch unter Kollegen über Leichen und behandelte seine Mitarbeiter ständig von oben herab. Kurzum, Nick Landmann war ein Arschloch. Was seine Seniorpartner aber null interessierte, sorgte seine Erfolgsquote längst für jährliche Umsätze im siebenstelligen Bereich.

Keiner schloss mehr guthonorierte Vergleiche ab oder obsiegte öfter mit den miesesten Mitteln vor Gericht. Nick war spezialisiert auf Medien- und Öffentlichkeitsrecht wie unerlaubte Paparazzi-Bilder. Zu seinen Mandanten gehörten Schauspieler, Sänger oder Politiker. Sein Stundensatz lag bei 1.000 Euro. Die meisten seiner Mandanten würden auch das Doppelte zahlen, um ihre Westen reinzuwaschen. Nick war inzwischen selbst ein kleiner Promi, ging auf die besten Partys und konnte jede Frau kriegen, die er wollte. Er sah sich selbst gerne wie Keanu Reeves in seiner Rolle als Anwalt Kevin Lomax. Zumindest bis zu der Stelle, als dieser sich noch vom Teufel verführen ließ.

***

Die Rückwärtssuche der Erfurter Nummer ergab kein Ergebnis. So blieb Nick nur der Anruf, den er vermeiden wollte. Er schüttete sich einen Drink ein. Im Spiegel hinter der Bar blickte ihn ein Gesicht an, dessen Ausdruck von Selbstsicherheit zu Unbehagen gewechselt hatte. Das Freizeichen des Anschlusses kam Nick vor wie eine Ewigkeit, als sich eine hohe, fast metallisch klingende Männerstimme meldete. Nick merkte nicht, dass er sich bei den folgenden Worten mit der linken Hand den Hals aufkratzte, bis er blutete.

„Herr Niklas Voigt, wie schön, dass Sie sich endlich melden. Wir haben einiges zu besprechen. Unter anderem geht es um Ihre Schwester Jennifer. Alles Weitere dann morgen um 15 Uhr in meinem Büro. Meine Visitenkarte erhalten Sie per E-Mail." Danach war die Leitung tot.

***

Nick kickte das Handy vom Tisch. Woher kannte dieser Typ seinen alten Namen, und was wusste er über Jenny? Er öffnete argwöhnisch die E-Mail, die zeitgleich auf dem Laptop auftauchte. Sein Anrufer wies sich als Horst Buchner, Privatdetektiv, aus.

Text enthielt die E-Mail nicht. Nur die angekündigte Visitenkarte, die Nick für einen einfachen Privatdetektiv ungewöhnlich hochwertig erschien. Er musste sich ablenken, um die aufkeimende Beklemmung in seinem Magen loszuwerden. Niklas Voigt hatte er vor vielen Jahren sterben lassen, und mit ihm auch die Erinnerung an seine Schwester. Heute war er Nick Landmann, der erfolgreiche Anwalt, dem keiner irgendwas anhaben konnte. Vergangenheit sind die Dinge, die hinter einem liegen, und er hatte entschieden, dass sie in seiner Gegenwart keine Rolle spielten.

***

Ein paar Stunden nach der Weihnachtsfeier wachte Nick auf der kleinen Besuchercouch in seinem Büro auf. Er hatte es nicht mal in ein Taxi geschafft, und er wollte sich lieber nicht ausmalen, wer ihn heute Nacht hier abgeladen hatte. Die Auswahl der Frauen, die am längsten durchhielten, war nicht gerade erstklassig. Er schüttelte sich angewidert. Was er sofort bereute, als sich aufsteigender Brechreiz und pulsierender Kopfschmerz gleichzeitig bemerkbar machten. Nick schickte ein Stoßgebet zum Himmel, als er feststellte, dass er unter der Wolldecke nicht nackt war. Er kramte nach seinem Handy. Es war erst kurz vor acht Uhr. Sein Sportwagen würde die Strecke nach Erfurt in zwei Stunden schaffen. So blieb noch genug Zeit für eine Dusche und ein gutes Frühstück. Er musste sich dringend von dem Geruch der niveaulosen Nacht befreien.

***

Direkt nach dem Ende des Telefonats kollabierte seine Lunge. Horst Buchner spuckte ein unappetitliches Gemisch aus Blut und Schleim auf die vor ihm liegende Tageszeitung. Der Krebs wucherte bestialisch in seinen Lungenflügeln, und die Rolle des eiskalten Mannes fiel ihm merklich schwer. Sein Arzt hatte ihm maximal noch sechs Monate gegeben, und der körperliche Zerfall war ihm deutlich anzusehen. Er war noch nie eine stattliche Erscheinung, aber ein muskulöser und kräftiger Mann gewesen, der durch sein bloßes Auftreten Angst verbreitete. Die Krankheit hatte ihm bereits 15 Kilogramm Muskelmasse geraubt, und Horst ahnte, dass dies erst der Anfang war.

Das kurze Telefonat mit dem jungen Voigt hatte ihn so angestrengt, dass er jetzt erst mal Schlaf brauchte. Horst hatte keine Ahnung, wie er sich für das morgige persönliche Treffen fit machen sollte, ohne dass man ihm auf den ersten Blick ansah, dass er todkrank war. Er musste seine Rolle in der Besprechung überzeugend spielen, um bei seinem Gegenüber die Angst weiter zu schüren. Die Sache war einfach zu wichtig.

***

Horst konnte es im Grunde genommen egal sein, ob der Plan funktionierte. In einigen Monaten würde er sowieso unter der Erde liegen. Er hatte dem alten Voigt von Anfang an gesagt, dass es ein Fehler sei, Zeugen am Leben zu lassen. Aber der Alte war sentimental und steckte seine Tochter, als sie zu alt wurde, in eine Psychoklinik.

„Diesen einen Auftrag musst du noch erledigen, Horst, und wir lassen deine Familie in Ruhe", hatte er ihm gesagt.

Aber konnte er dem alten Patriarchen wirklich trauen? Ihm wurde übel bei dem Gedanken, dass seine Tochter den Hyänen in die Hände fiel, die er jahrzehntelang geschützt hatte. Horst musste diesen Auftrag zufriedenstellend erledigen und zeitgleich seine Tochter in Sicherheit bringen. Auch wenn das die letzte Tat seines beschissenen Lebens wäre.

***

Nick ließ den Stadtverkehr hinter sich und beschleunigte, als er endlich die Autobahn erreichte. Mit jedem Zucken der Tachonadel fühlte er sich freier und entspannter. Der Kopfschmerz hatte sich nach der zweiten Tablette auch verabschiedet, und Nick war in der Lage, nachzudenken. Die Fahrt nach Erfurt war für ihn mehr als ein Termin mit einem Unbekannten. Es war eine Zeitreise rückwärts durch die Vergangenheit und seinen Ängsten entgegen.

168

Er konzentrierte sich auf seine hohe Geschwindigkeit und ließ im Kopf die Stationen seines Lebens wie einen selbstinszenierten Film ablaufen. Das Jura-Studium in München mit Gaststudium in den USA, die kurze Ehe mit der Bankierstochter Katharina Landmann, deren Namen er annahm. Sie hatten sich im Guten getrennt. Sein schneller Aufstieg in der Kanzlei, die vielen Frauen, mit denen er schlief, aber deren Intimität er ablehnte. Nick wurde schmerzlich bewusst, dass er seit vielen Kilometern nicht mehr rückwärts in der Zeit raste. Je näher er Erfurt kam, umso mehr entfernte er sich gedanklich von dem Tag, als er seine Heimat verließ.

Aber sein Wagen drängte ihn immer schneller in die Richtung, der er entfliehen wollte. Nick fügte sich seiner Neugier und seinen Fragen, die er dem geheimnisvollen Anrufer stellen wollte. Aber die Barriere in seinem Hirn blieb geschlossen. Kein nagender Erinnerungsfetzen war in der Lage, durchzuschlüpfen. Sein altes Ich war tot und begraben. Nick musste unweigerlich an das Wort Heimkehr denken und seufzte. Die Fahrt war die eines Fremden, der aus der Ferne zurückkehrte. Erfurt war für ihn nicht Kindheit und Geborgenheit. Diese Stadt bedeutete Schmerz, den er nicht begründen konnte. Aber trotz dieser negativen Gefühle war sein Herz voller Wehmut. Diese unerfüllbare Sehnsucht nach dem Brecheisen, das in seinem Schädel die Mauern einriss, die ihn von der Vergangenheit trennten.

Die letzten Kilometer erlebte Nick, als hätte er diese Stadt nie betreten. Je näher Nick dem Stadtteil Cyriaksburg kam, umso mehr verschwanden die herbeigesehnten Bilder aus seinem Kopf. Es erschien ihm auffällig, dass der Detektiv sein Büro in unmittelbarer Nähe seines verhassten Elternhauses hatte.

Noch 40 Minuten. Nick beschloss, einen Blick auf die alte Stadtvilla zu erhaschen. Jenem Ort, wo aus ihm unfreiwillig mit 17 Jahren ein erwachsener Mann wurde. Er parkte, stieg aus und saugte die Frühlingsluft in seine Lungen ein. Auch hier war es viel zu warm für Februar.

***

Nick betrat den roten Klinkerbau in einem Strudel aus Reserviertheit und übermächtiger Angst. Seine Hände zitterten, und sein Maßanzug war plötzlich drei Nummern zu klein für ihn. Das seltsame Gefüge seiner schlimmsten Gedanken ließ ihn nicht atmen, am liebsten würde er davonlaufen. Eine ältere Dame, die den Fahrstuhl vor ihm verließ, riss ihn unvermutet aus seiner Angstschleife.

„Junger Mann, alles in Ordnung mit Ihnen? Sie sehen aus, als wäre Ihnen der Leibhaftige begegnet." Nick sah sie kurz an und zwängte sich in den frei gewordenen Fahrstuhl. Schon als sich die Türen ruckartig schlossen, hatte er das Gefühl, als würde er abgrundtief fallen. Es kam ihm vor, als hätte er sein altes Leben an der Stadtgrenze zurückgelassen.

***

Wie in Trance öffnete er die Bürotür von Horst Buchner und sah einem Mann in die Augen, der eher Columbo als einem Sherlock Holmes ähnelte. Nick fiel wieder das Metallische in der Stimme auf, als Buchner ihn ansprach:

„Pünktlich wie ein Maurer. Kommen Anwälte nicht gerne zu spät, Herr Voigt? Nehmen Sie Platz, meine Sekretärin bringt Ihnen gleich einen Kaffee."

„Es wäre mir lieber, wenn Sie mich Landmann nennen. Sie wissen sicher, dass ich vor einiger Zeit verheiratet war und den Namen meiner Ex-Frau trage", versuchte Nick einzuwerfen. Doch Buchner ignorierte ihn und redete einfach weiter:

„Herr Voigt, wir müssen über ihre Schwester reden. Jennifer geht es nicht gut. Sie hatte einen Suizid-Versuch und befindet sich momentan unter strenger Beobachtung." Sie können Jennifer morgen früh besuchen. Ich habe einen Termin mit der Klinikleitung ausgemacht. Außerdem habe ich Ihnen ein Zimmer im Residenz-Hotel reserviert. Sie sollten sämtliche Termine der nächsten zehn Tage verschieben und einen Urlaubsschein bei Ihrem Arbeitgeber einreichen. Ich gehe davon aus, dass Ihnen genügend finanzielle Mittel zur Verfügung stehen, ihre fehlende Garderobe aufzustocken. Sie werden Erfurt für längere Zeit nicht verlassen. Und jetzt gehen Sie bitte. Ich habe noch einen Termin. Die weiteren Instruktionen finden Sie in ihrem Hotelzimmer. Nehmen Sie sich noch eine Visitenkarte und dann raus hier."

**

Während des gesamten Monologs hatte Nick versucht, den eher schwächlich wirkenden Mann zu unterbrechen, um das Gespräch an sich zu reißen. Doch Horst Buchner sprach trotz seiner schmächtigen Statur mit einer solch ausdrucksstarken Stimme, dass Nick nicht einen Ansatz fand, ihn zu unterbrechen. Und dann dieser metallische Unterton, als würde alles von einem Band kommen. Nick verließ das Haus mit mehr Fragen im Kopf, als er sie beim Eintreten hatte. Er verstand nicht, warum er sich von diesem Männchen rumkommandieren ließ. Er war ihm zumindest körperlich weit überlegen. Aber irgendwas war an diesem Buchner, dass Nick in lähmende Angst versetzte.

Nick ahnte nicht, dass Buchner ihn gerade rausgeworfen hatte, weil dieser vor Schmerzen nicht mehr sprechen konnte. Die ganze Attitüde des überlegenen Mannes war nur eine Maske.

***

Nick erwachte am Morgen mit einem derart flauen Gefühl im Magen, als wäre er stundenlang Kettenkarussell gefahren. Ihm war, als seien in der Nacht Erinnerungsblitze durch seine Schädeldecke eingedrungen. Aber er konnte ihre eingebrannten Bilder nicht rekonstruieren. Es war so wichtig, sich zu erinnern. Er wollte Jenny nicht mit unnötigen Fragen quälen. Ihr Wiedersehen würde aufwühlend genug für beide sein.

Jenny lag in ihrem Bett, die Hände und Beine waren angeschnallt. Mit ihren langen schwarzen Haaren und der bleichen Haut erinnerte sie Nick an Schneewittchen in ihrem gläsernen Sarg. Sie starrte ihn ausdruckslos an, und er drückte ihre Hand. Anscheinend war sie sediert, aber es schien Nick, als blinzelte sie. Trotz ihres Zustands war sie genauso schön wie ihre Mutter, die im Kindbett starb, und von der Nick nur ein Foto geblieben war.

Er bat die Pflegerin um eine Vase für die Blumen. Hauptsächlich, um mit Jenny allein zu sein. Seit langer Zeit hatte er sie nicht mehr gesehen. Sie war damals 13 Jahre alt gewesen. Aber schon in ihrer Kindheit wie auch heute, hatte sie die Augen einer alten Frau, glanzlos und hilfesuchend. Nick streichelte ihr Haar zur Seite, und ihm war, als nickte Jenny nach unten. Um ihren schlanken Hals trug sie ein Amulett. Sehr altmodisch für eine junge Frau. Nick nahm es wie fremdgesteuert seiner Schwester vom Hals, als die Tür aufging und er Buchners unvergleichliche Stimme hörte.

***

Nick steckte das Amulett eilig in seine Tasche und wandte sich zum Gehen um. Doch Buchner trat unvermittelt auf ihn zu.

"Herr Voigt, hat Ihre Schwester etwas gesagt? Haben Sie irgendwelche Informationen für uns?" Nick schüttelte den Kopf, sammelte seinen ganzen Mut und ging, ohne sich umzudrehen, zur Klinik hinaus.

In seinem Wagen holte Nick tief Luft. Er schaute sich um und öffnete das Amulett. Im Innern befand sich ein kleines Foto von Nick und Jenny, als sie noch Kinder waren. Er nahm es vorsichtig in die Hand und drehte es. Auf der Rückseite sah er eine Zeichnung, die wie der Garten ihres Elternhauses wirkte. Nick erkannt es sofort, ebenso die mit einem Kreuz markierten Bäume. Es gab keinen Zweifel, die Karte zeigte das Baumhaus aus ihrer Kindheit. Ob er wollte oder nicht, für die Wahrheit musste er in die Höhle des Löwen.

Nick parkte seinen Wagen in der Einfahrt des Elternhauses und ging den beschwerlichen Weg zu seiner Vergangenheit hinauf. Es dauerte unendliche Sekunden, bis er den Mut fand, den Türklopfer auf die schwere Holztür zu schlagen. Adrenalin pumpte durch seinen Körper, und sein Herz raste wie wild, während er wartete. Das Hausmädchen öffnete und geleitete ihn zur Terrasse. Sein Vater hätte eine Besprechung und würde in ein paar Minuten bei ihm sein.

Nick nutzte seine Chance und schwang sich die morsche Treppe zum Baumhaus hinauf, das zwischen wild wucherndem Efeu kaum sichtbar war. Nick fühlte sich wieder wie ein kleiner Junge, als ihm das Geheimversteck ihrer Kindheit einfiel. Er verstaute den gefundenen Schatz, ohne ihn anzublicken. Im gleichen Moment, als er übermütig von der vorletzten Stufe sprang, trat sein Vater durch die Terrassentür.

***

Nick sah ihn aus sicherer Entfernung an. Sein Vater war alt geworden, aber das graue Haar war immer noch dicht und glänzend. Er ging einige Schritte auf seinen Vater zu. Heinrich Voigt stand mit einer solchen Selbstbeherrschung vor ihm, dass Nick sofort zurückwich, als sein Vater ihm in die Augen sah.

„Sieh mal einer an, der verlorene Sohn kehrt heim. Wenigstens konnte ich zuweilen aus der Presse erfahren, dass es dir gut geht." Nick erkannte sofort den abfälligen Unterton in der Stimme seines Vaters.

„Ich habe Jenny besucht und wollte die Gelegenheit nutzen, auch nach dir zu sehen. Hast du mir diesen komischen Privatdetektiv auf den Hals gehetzt?" Nick atmete vor Erleichterung tief aus, weil er es geschafft hatte, diese Worte fehlerfrei auszusprechen. „Wie du siehst, bin ich am Leben. Wenn weiter nichts ist, entschuldige mich." Während die distanzierte Verabschiedung noch in Nicks Ohren nachhallte, war sein Vater schon im Haus verschwunden.

***

Als Nick wieder im Wagen saß, konnte er sich endlich mit dem Schatz beschäftigen. Er betrachtete den kleinen Jutebeutel und seinen einzigen Inhalt, einen USB-Stick. Gleichzeitig fragte er sich, an welcher Stelle seines Lebens das unzerstörbare Band zwischen seinem Vater und ihm zerrissen wurde.

Als er noch kleiner war, hatte Nick sich immer geliebt und beschützt gefühlt, und dieses Band wurde nach dem Tod der Mutter noch stärker. Heinrich Voigt präsentierte seinen Freunden voller Stolz seinen Sohn, während er Jenny lange unbeachtet ließ. Nach seinem Auszug wurde er von seinem Vater weiterhin finanziell unterstützt, aber keiner seiner Briefe wurde beantwortet. Er erinnerte sich immer noch nicht, warum er bereits vor der Volljährigkeit eine eigene Wohnung in einer fremden Stadt hatte.

Als Nick die Auffahrt hinunterfuhr, telefonierte sein Vater angespannt mit Buchner: „Hör zu Horst, ich habe dir gesagt, lasse ihn nicht aus den Augen. Mein Sohn ist ein sehr cleverer Mann, und wenn er nur den Hauch einer Spur wittert, wird er sie verfolgen, bis er die Beute erlegt hat." Heinrich Voigt legte auf, ohne eine Antwort abzuwarten. Er ahnte nicht, dass Nick ihm bereits gefährlich nahe war.

***

45 Minuten später saß Nick mit seinem Laptop im Hotelzimmer und öffnete den Inhalt des Sticks. Nachdem die Datei auf dem Bildschirm erschien, schaffte er es gerade noch, sich im Papierkorb unter dem Schreibtisch zu erbrechen. Das Foto zeigte vier maskierte Männer, die ein kleines Mädchen misshandelten. Er wusste, wer dort zu sehen war, und Tränen liefen über sein Gesicht. Voller Abscheu öffnete er weitere Bilder, deren Inhalt das erste in ekelerregender Art und Weise noch übertrumpften. Und als er auf dem letzten Bild den Mann sah, der verantwortlich für das Leid seiner Schwester war, fiel ihm alles wieder ein. Das Bild zeigte Heinrich Voigt unmaskiert und in widerlicher Ektase, als er die bewusstlose Jenny brutal vergewaltigte.

***

Nick schluckte seine aufsteigenden Magensäfte herunter und schrie vor Wut. Er weinte hemmungslos wie ein kleiner Junge, der sich in der Dunkelheit verirrt hatte. Mit brutaler Ehrlichkeit walzte die Vergangenheit über ihn hinweg. Er war wieder 17 Jahre alt und mitten in der Nacht schweißgebadet aufgewacht. Eigentlich trank er jeden Abend den Kakao, den ihm sein Vater brachte, aber diesmal hatte er ihn verschüttet.

Er hörte lautes Gelächter und Kinderschreie. Er schlich barfuß die Treppe hinunter und sah unter der Tür des

176

Arbeitszimmers einen Lichtschein, der ihn magisch anzog. Trotz aller Verbote seines Vaters öffnete er die Tür und sah der widerwärtigen Fratze der Hölle direkt ins Gesicht. Auf dem Billardtisch lagen zwei nackte Mädchen, die von mehreren maskierten Männern misshandelt wurden.

Nick schrie genauso wie damals laut auf, und die Mauer in seinem Kopf explodierte wie ein Feuerwerkskörper. Der Schwall an Bildern fügte sich zu einem hässlichen Puzzle zusammen. Sein Vater und dessen Freunde waren widerwärtige Kinderschänder und hatten Jenny und anderen Kindern die Seelen aus den missbrauchten Körpern gerissen.

Nick sah, wie er in dieser Nacht davonrannte. Viel zu verstört, um an seine Schwester zu denken. Emotional so stark verwundet, dass er die Geschehnisse in seinem Schädel einmauerte und bis heute nicht freiließ. Er erinnerte sich, dass Horst Buchner ihn einholte und in ein dunkles Auto zerrte. Nick brach endgültig auf dem Teppichboden seines Hotelzimmers zusammen. All die Jahre hatte er geglaubt, dass sein Vater ihn verstoßen hatte. In Wirklichkeit war er ein Zeuge, der verschwinden musste. Er erinnerte sich an diverse Psychiater und Medikamente, als ihm eingetrichtert wurde, dass er ein aufmüpfiger Teenager mit zu viel Fantasie sei.

***

Fast zeitgleich mit Nicks Erkenntnis vollendete Horst Buchner seinen Abschiedsbrief. Er hatte alles aufgeschrieben. Seit 27 Jahren hatte Horst jeden einzelnen Missbrauch sowie die zahlreichen Opfer und ihre Beseitigung dokumentiert, inklusiver vollständiger Namen und Fotos. Er hasste sich selbst, weil er Dutzende unschuldiger Kinder entsorgt hatte, die vorher von ihren Peinigern monatelang gefoltert und schließlich getötet wurden. Gemordet hatte Horst nie, aber er hatte es zugelassen und emotionslos Kinderleichen wie Müll entsorgt. Als Heinrich Voigt anfing, seine eigene Tochter zu vergewaltigen, war ihm seine Schuld schmerzlich bewusst geworden. Auch wenn es keiner glauben würde, ab diesem Zeitpunkt hatte Horst Emotionen, wenn er seine Arbeit machte. Er trank tagelang nach einer Beseitigung, und er weinte wie ein Baby.

Aussteigen konnte er nicht, weil er das Geld brauchte und selbst nicht sterben wollte. Aber er konnte vorsorgen und sich jemanden suchen, der ihm die Arbeit abnahm. Und diese Person war Nick. Horst hatte jede kleine Spur, wie das Amulett und den Stick, sorgsam platziert, um ihn auf die richtige Spur zu locken. Dass der alte Voigt ihn gebeten hatte, seinen Sohn zu suchen, war bei seinem perfiden Plan die beste Tarnung. Er hatte Heinrich erzählt, dass Jenny gegenüber einer Pflegerin von Missbrauch gesprochen hatte. Der Rest war ein Selbstläufer.

Seine Tochter hatte Horst gestern Abend zu einer entfernten Cousine gebracht und sie finanziell abgesichert.

Horst Buchner nahm einen letzten Schluck Wodka, grinste selbstzufrieden und schoss sich in den Kopf.

**

Einige Stunden nach Buchners Tod machte der renommierte Rechtsanwalt Nick Landmann eine Aussage, die den

178

Polizeibeamten Tränen in die Augen trieb. Mit Nicks Angaben zu der Entführung durch Horst Buchner, konnte der letzte Zusammenhang mit dessen Selbstmord hergestellt werden. Daraufhin wurden mehr als ein Dutzend Täter aus den höchsten Kreisen verhaftet.

Nick blieb in Erfurt, als Anwalt und als Bruder, der jede freie Minute mit Jenny verbrachte. Zu Beginn des Prozesses konnte seine Schwester die Klinik verlassen. Nick sagte mit Stolz im Gesicht gegen seinen Vater aus. Er empfand rein gar nichts, als er ihn das letzte Mal sah. Nick blieb auf der Treppe des Gerichtsgebäudes stehen, blickte auf seine Stadt und lächelte. Aus der Wehmut in seinem Herzen war Zuversicht und Heimatgefühl geworden.

Anders sein...

Sie senkte den Blick. Heute war einer dieser Tage, an denen sie über ihr Leben nachdachte. Hilda Berger war der Sonnenschein ihrer Altersresidenz. Die anderen Heimbewohner und das Personal mochten sie sehr. Hilda hatte immer ein Lächeln im Gesicht und konnte auch andere zum Lachen bringen. Sie kannte die lustigsten Geschichten, und kaum einer würde vermuten, dass sie alles selbst erlebt hatte.

***

Sie unterschlug persönliche Details, um niemanden zu schockieren. Aber im Grunde genommen war ihr Leben die bunte Wundertüte, die andere zum Strahlen brachte. Als Hilda Mitte zwanzig war, dachten die Menschen negativer über sie. Die Nachbarn tuschelten hinter ihrem Rücken, wenn sie barfuß durch den Regen tanzte. Sie hatte großartige Ideen, die aber immer nur die Kinder begeisterten. Einmal verkleidete sich Hilda als Pippi Langstrumpf und versuchte im Zoo ein Totenkopfäffchen zu kidnappen. Nach diesem Vorfall musste sie sich von den Kindern in der Nachbarschaft fernhalten. Die Erwachsenen nannten sie fortan nur noch „Die verrückte Tante". Hilda hasste diese Bezeichnung, sie hielt sich selbst für anders.

Sie versuchte, sich ihren Mitmenschen mitzuteilen, zu erklären, warum sie anders war. Ihre Welt war voller energiereicher Kraftfelder, die sie und ihre Ideen in ein prasselndes Feuer verwandelten. Dann wieder fühlte sie sich so kraftlos, dass sie 24 Stunden nur schlafen wollte. Aber wie sollte man sich Fremden erklären, wenn man es selbst nicht verstand?

Heute im Alter kannte Hilda ihre Diagnose. Sie litt an einer bipolaren Störung. Doch damals war das Leben anders. Ein Mensch mit verrückten Ideen, wie Hilda, wurde ausgegrenzt. Aber niemand zeigte Interesse, den Ursachen auf den Grund zu gehen. Kurz nach dem Ausbruch der Krankheit waren ihre Stimmungsschwankungen noch nicht so extrem. Ihre Emotionen wechselten unregelmäßig. Meistens war sie gut gelaunt, redete wie ein Wasserfall und sah alles durch die rosarote Brille. Und wenn ihre Laune zu Tode betrübt war, versteckte sie sich vor der Außenwelt.

***

Auf den ersten Blick war Hilda eine wunderschöne Frau mit braunen Haaren und grünen Augen. Sie lernte, sich zu verstellen, weil sie sich irgendwann einsam fühlte. So gelang es ihr, das Herz eines Mannes zu erobern. Sie heiratete den jungen Polizisten und wurde sogar Mutter eines Sohnes. Damals war ihr Leben unbeschwert, und die Krankheit spielte eine untergeordnete Rolle. Bis ihr Mann Rolf im Dienst erschossen wurde.

Ihr Sohn Norman war damals zwölf Jahre alt und verstand nicht, was mit seiner Mutter los war. Sie schloss sich oft tagelang in ihrem Schlafzimmer ein und gab sich ihren Depressionen hin. An anderen Tagen überschüttete sie ihren Sohn mit Aufmerksamkeit und Liebe.

Dieses Wechselbad der Gefühle war zu viel für den kleinen Jungen, und er vertraute sich seiner Lehrerin an. Nachdem das Jugendamt vor der Tür stand, konnte Hilda ihre Krankheit nicht mehr verbergen. Norman wuchs bei den Eltern seines verstorbenen Vaters auf. Hilda sah ihn regelmäßig, aber je älter er wurde, umso mehr hasste er seine Mutter.

Davon war sie überzeugt. Nach jeder manischen oder depressiven Episode hinterließ sie einen Scherbenhaufen, für den es keinen passenden Klebstoff gab. Inzwischen war Hilda seit neun Jahren in dem Pflegeheim. Hier hatte man Verständnis und kümmerte sich gut um sie. Sie bekam Stimmungsstabilisatoren und Antidepressiva. Dadurch wurde die Krankheit im Zaum gehalten.

Und Hilda hatte ihre Geschichten. Sie erinnerten sie an die Zeiten ohne Medikamente, als ihr Geist noch frei war. Sie vermisste ihre extremen Gefühlsspitzen, die ihre Laune in den Himmel katapultierten.

***

Doch Hilda hatte im Alter auch verstanden, dass es besser war, Hilfe anzunehmen. Sie hatte erkannt, dass sie zwar ein aufregendes Leben ohne Zwänge geführt, aber dafür einen hohen Preis gezahlt hatte. Ihr Sohn war inzwischen verheiratet und selbst Vater geworden. Seine Frau kam regelmäßig mit beiden Kindern vorbei, was Hilda das Gefühl des Mutter- und Oma-Seins zurückgab. Aber Norman hatte sie seit Jahren nicht mehr gesehen. Offiziell musste er viel arbeiten, aber Hilda wusste es besser.

Sie atmete tief durch und dachte noch einen Moment lang an die glücklichen Tage mit ihrem Sohn. Danach stand sie auf und ging zu den anderen Bewohnern in den Garten. An diesem warmen Sommertag wollte sie ihnen eine besondere

Geschichte erzählen. Sie handelte von einer jungen Frau, die, nur mit einem Nachthemd bekleidet, die verrückte Idee hatte, sie könne alle Schneeflocken zählen.

Das Ende der Einsamkeit

Schwerfällig stieg Anja die unendlich wirkenden Stufen zu ihrer Wohnung hinauf. Sie wohnte im 5. Stock, und der Fahrstuhl war seit zwei Wochen defekt. Mit jedem Schritt schmerzten ihre Beine mehr. In der Eile hatte sie das Gewicht ihres Einkaufs in den beiden Taschen mehr als ungerecht verteilt. Sie spürte den Druck in ihrer linken Körperhälfte, wo sie den Beutel mit dem Alkohol geschultert hatte. Die Papiertüte mit den Lebensmitteln wirkte im Gegensatz dazu wie ein bunter Luftballon in der Hand eines Kindes. Anja schnaufte wie ein Walross. Sie musste sich setzen, bevor ihre Knie vollends nachgaben. Noch ein Stockwerk, dachte sie, als sie sich wie ein nasser Sack auf die Stufen fallen ließ.

***

Zehn Minuten später saß sie in ihrer Küche und atmete tief ein. Die wöchentlichen Einkäufe beim Aldi waren mittlerweile ihr einziger Kontakt zur Außenwelt. Seit vielen Wochen war der Lockdown nicht mehr entschärft worden, und ihre Sozialkontakte befanden sich jenseits der Nulllinie. Anja stand wieder auf und begann, die Einkäufe zu verstauen. Zuerst stellte sie das Bier in den leeren Kühlschrank. Ihr Stoffbeutel hatte für 15 Dosen gereicht. Sie hasste die abwertenden Blicke der anderen Kunden, wenn sie ihre Sachen einpackte. Deswegen stopfte sie immer alles in Windeseile in ihre Taschen. Zum Schluss räumte sie den restlichen Einkauf weg, alles ergiebige Grundnahrungsmittel. Für Gemüse oder gar Fleisch fehlte ihr momentan das Geld. Drei Tafeln Schokolade und ein paar gefüllte Hörnchen, die sie so gerne mochte, hatte sie sich dennoch gegönnt.

Anja seufzte. Es war erst früher Nachmittag, und sie dachte schon an Alkohol. Sie kramte im Küchenschrank herum und fand dort noch ein paar Beutel Tassencappuccino. Ihr war bewusst, dass dies die vernünftigere Wahl zu ihren Hörnchen war. Während das Wasser kochte, dachte sie an bessere Zeiten. Momentan lebte sie nur vom Hartz-4-Regelsatz, der ihr keine großen Sprünge ermöglichte. Kaltmiete musste sie zum Glück nicht zahlen, da sie die Wohnung von ihrer Mutter geerbt hatte.

***

Dieser verdammte Virus hatte ihr alles genommen: Ihre Freundschaften, das Kartenspielen in der Stammkneipe. Ihren Teilzeitjob in der Reinigung hatte sie auch verloren. Anja schlug mit der Faust auf den Tisch und verzerrte schmerzerfüllt ihr Gesicht zu einer Fratze. Vor acht Monaten war sie auch nicht reicher gewesen, aber glücklich. Sie hatte durch ihren Job fast das Doppelte in der Tasche gehabt. Geredet wurde viel von den Politikern über die Hilfen und Maßnahmen, aber wie viele Menschen auf der Strecke geblieben waren, darüber wurde selten ein Wort verloren.

***

Anja wusste nicht, wie lange sie sich ihren Erinnerungen hingegeben hatte. Das Wasser im Topf war inzwischen verkocht, und irgendwie war sie auch nicht mehr in der Stimmung für Cappuccino. Sie griff sich ein Saftglas und kippte billigen Wein aus dem Tetrapack bis zum oberen Rand hinein. Ihr Gebäck würde auch mit Rotwein schmecken. Sie dachte an

Gerda, ihre alte Nachbarin aus dem Haus, mit der sie fast jeden Abend Karten gespielt hatte.

Seit einem Monat war sie tot, gestorben an dem Virus, der die ganze Welt verändert hatte. Gerda war auf der Treppe gestürzt und musste ins Krankenhaus, von wo sie nie wieder zurückkehrte. Irgendwie hatte sie sich angesteckt, und ihr alter Körper hatte die Infektion nicht überlebt. Anja spürte, wie die Einsamkeit sie umarmte und ihr die Tränen in die Augen schossen. Lange würde sie diese trostlose Zeit nicht mehr aushalten. Sie brauchte jemanden, der ihr zuhörte, mit ihr lachte und sie einfach nur in den Arm nahm.

**

Anja leerte bereits das zweite Glas Wein und hatte ihre Hörnchen immer noch nicht angerührt. Sie nahm ihr Handy in die Hand und blätterte ihre Kontakte durch. Mit irgendwem musste sie heute reden, sonst würden Zukunftsangst und Einsamkeit sie komplett auffressen. Sie schloss die Augen, als sie an seinem Namen hängen blieb. Lars, ihr alter Schulfreund, der ihr vor zwei Jahren seine Liebe gestand und dem sie eine Abfuhr erteilt hatte. Anja mochte ihn, aber nicht als Partner. Mit seiner Hornbrille und den schiefen Zähnen war er damals nicht das, was sie sich unter einem Traummann vorgestellt hatte.

Was einer gewissen Ironie glich; sah Anja selbst doch auch nicht gerade wie eine Märchenprinzessin aus. Außerdem war Lars ein feiner Kerl und über viele Jahre ihr bester Freund gewesen. Sie hatte ihn an jenem Abend als hässlich beschimpft und rausgeworfen, weil sie unglücklich in einen anderen

Mann verliebt war. Angesichts ihrer eigenen Enttäuschung war Anja nicht in der Lage zu erkennen, dass die einzige Schönheit im Innern eines Herzens wohnt.

Sie überlegte. Wollte sie mit ihm reden, oder war das nur die Stimme der eigenen Einsamkeit, die zu ihr sprach? Sie entschied sich, Lars einfach anzurufen. Es gab nichts, was Anja noch zu verlieren hatte. Ihr Leben war ohnehin schon ein zähflüssiger Strom der Traurigkeit, und wenn sie nicht endlich los schwamm, würde sie untergehen wie ein Stein.

***

Lars ging nach wenigen Sekunden ans Telefon und sagte sofort ihren Namen. Anja konnte die Freude in seiner Stimme hören, als sie fragte, ob er Lust auf ein Kartenspiel hätte. Keine Stunde später stand Lars vor ihrer Tür, und ihr fiel sofort die neue Brille auf. Sie redeten die ganze Nacht, und Anja vergaß ihre Einsamkeit genauso wie ihre Dummheit, die sie vor zwei Jahren so irregeführt hatte. Erst am frühen Morgen schlief sie in seinen Armen ein und träumte von der Zukunft, die an ihrer Tür geklingelt hatte.

Todesstille

Sie saß mit angezogenen Knien auf dem Boden des Kinderzimmers, umgeben von Fotos aus glücklichen Zeiten. Sie trug nur ein altes Nachthemd, das mit Schweißrändern und Rotweinflecken übersät war. Wenn sie die wöchentliche Supermarkt-Lieferung angenommen hatte, gab sie sich die nächsten Tage keine Mühe mehr mit ihrer Kleidung. Sie sah die Dusche tagelang nicht mehr von innen. Für wen sollte sie sich auch hübsch machen?

Sie nahm einen großen Schluck Wein. Der Alkohol war in den letzten Monaten ihr einziger Halt. Zugedröhnt raste der Schmerz nur noch mit halber Kraft durch ihren Körper. Irgendwann, wenn die erste Flasche geleert und die zweite schon geöffnet war, versiegte der Schwall aus Schuld und Selbstmitleid für wenige Stunden. Nur betäubt war die Leere in ihrem Herzen dicht genug, um es wieder auszufüllen.

***

Sie trank das Glas in einem Zug leer und nahm eines der Fotos in die Hand. Es zeigte ein acht Jahre altes Mädchen mit blonden Haaren, das frech in die Kamera grinste. Lara, ihre kleine Prinzessin, die ihr Herz zu 100 % ausgefüllt hatte. Nachdem ihr Ehemann seine Hälfte nicht mehr wollte und zu seiner Sekretärin gezogen war. Die Gefühle zu einem Mann waren vergänglich. Mutterliebe blieb immer im Herzen einer Frau, bis der letzte Atemzug ihren Körper verließ. Der Gedanke an ihren Mann machte sie wütend. Jahrelang hatte sie sich für ihn aufgeopfert und ihr Äußeres vernachlässigt. Kaum war er in der Firma aufgestiegen, tauschte er sie gegen eine jüngere Frau aus. Sie schlug mit der Faust gegen den Kleiderschrank, an den sie sich inzwischen gelehnt hatte, um nicht umzukippen. Ihre Hand schmerzte nach diesem Schlag. Die Betäubung ihres Körpers hatte noch nicht eingesetzt, und sie nahm den nächsten Schluck Wein direkt aus der Flasche.

***

Lara war früher ihr unsichtbarer Antrieb, morgens aufzustehen und zu funktionieren. Nachdem die Scheidung durch war und die letzte Hoffnung auf ein intaktes Familienleben verloren ging. Sie arbeitete damals wieder als Controllerin und zog in eine kleinere Wohnung. Sie konnte ihrer Tochter ein gutes Leben bieten, sie waren zusammen, und der Trennungsschmerz verging. Bis sie schmerzlich erfahren musste, dass sie es nicht wert war, glücklich zu sein. Es war damals ein schöner Sommertag, und sie lief mit ihrer Tochter entspannt durch die Innenstadt. Beide hatten Eiswaffeln in der Hand, als das Schicksal sie erbarmungslos zu Boden drückte, um sie zu ersticken. Ein gestörter Spinner, der seine politischen Ansichten untermauerte, indem er mit einem Sturmgewehr in der Fußgängerzone Unschuldige abknallte, entriss ihr Lara kaltblütig.

***

Sie schlug wieder mit der Faust gegen den Schrank, diesmal spürte sie den Schmerz nicht mehr. Warum hatte diese Scheißkugel sich nicht in ihren Schädel gebohrt? Sie öffnete sich einen neuen Wein und schleuderte die leere Flasche wütend von sich weg. Ihr Wunsch, einen Scherbenhaufen zu erzeugen, erfüllte sich nicht. Die Flasche prallte fast lautlos von

189

der Wand ab und trudelte ruhig am Boden aus. Die Frau war nur noch ein Schatten ihrer selbst und innerlich von Hass und Trauer zerfressen.

***

Dazu kam, dass sie jegliches Gefühl an Selbstachtung verloren hatte. Zu Laras Beerdigung erschien sie betrunken und wurde von ihrem Ex-Mann unwirsch in ein Taxi nach Hause gesetzt. Der Taxifahrer warf sie kurz vor ihrer Wohnung raus, weil sie sich auf der Rückbank übergeben hatte. Er nahm ihr gesamtes Geld aus dem Portemonnaie, als sie bewusstlos auf dem Fußweg lag. Sie wusste nicht, wie lange sie dort lag, mittlerweile dämmerte es. Sie zog sich mühsam auf die wackeligen Beine und hangelte sich dann weiter von Haus von Haus. Die Treppen zu ihrer Wohnung schaffte sie nur kriechend auf allen vieren. Als Schutz vor fremden Blicken ließ sie das Licht dabei aus. Seitdem hatte sie es nicht mehr geschafft, das Grab ihrer Tochter zu besuchen. Die kläglichen Versuche endeten mit einem Sturz im Treppenhaus, oder sie lief lallend und orientierungslos die Straßen entlang. Bis sich eine Nachbarin erbarmte, sie wieder in ihre Wohnung zu bringen.

Ihren Job verlor sie bereits zwei Wochen nach der Beerdigung. Sie erschien mit Alkoholfahne und verschmutzter Kleidung in der Firma. Trotz allem Verständnis für eine Mutter, die ihr Kind gewaltsam verloren hatte, blieb ihren Vorgesetzten keine andere Wahl. Sie trank nach der Entlassung bereits morgens und ritzte sich mit einem scharfkantigen Küchenmesser die Arme auf. Einfach nur, um ihrem Hirn die Unterscheidung zwischen Tod und Leben zu vereinfachen. Die Wohnung verwandelte sich immer mehr in eine Müllhalde, weil sie nie nüchtern genug war, um für Ordnung zu sorgen. Abends bestellte sie online immer genug beim Bringdienst, damit sie eine Flasche Wein kostenlos dazu bekam. Das Geld legte sie vor die Tür bereit, so konnte niemand sehen, wie sehr sie bereits am Ende war. Sie aß nur den Salat, und die anderen Gerichte verschimmelten in den Packungen.

***

Heute hatte ihr dieses Scheißleben den Rest gegeben. Der Vermieter hatte ihr die Kündigung zustellen lassen, weil sie seit Monaten mit der Miete im Rückstand war. Das hatte sie mit betrunkenem Kopf mühselig entziffert, bis ihre trüben Augen an einer Zeile hängen blieben: *Als ihre Tochter noch lebte, waren Sie eine angenehmere Mieterin.*

Wie konnte dieser Wichser von Hausverwalter es wagen, ihre Tochter zu erwähnen? Ihr Herz raste, und sie trank den Rest des Weines aus. Diesmal schlug sie die Weinflasche gegen den Schrank und diese zersplitterte tatsächlich. Spitze Scherben bohrten sich in ihre Haut, und sie hatte nur noch zwei Gedanken im Kopf: Zunächst brauchte sie mehr Alkohol und zog unbeholfen die letzte Flasche aus dem Karton. Seit drei Tagen schlief sie nur noch auf dem Fußboden in Laras Zimmer. Sie setzte die Flasche an, und mit jedem Tropfen, der ihre Kehle hinunterlief, vergoss sie bittere Tränen der Verzweiflung. Nichts hielt sie mehr hier, sie wollte nur noch bei ihrer Tochter sein.

***

Sie rappelte sich hoch und stieß dabei die Weinflasche um, deren Inhalt wie dünnes Blut in den cremefarbenen Teppich sickerte. Sie wankte voran und musste sich mehrfach an den Möbeln festhalten. Sie öffnete die Balkontür und kletterte umständlich über den Gartenstuhl auf die Brüstung. Vielleicht hätte sie weniger trinken sollen. Aber nach endlosen Minuten hatte sie es geschafft. Sie sah in der Tiefe die menschenleeren Straßen dieser anonymen Stadt.

Heiße Tränen liefen über ihre Wangen, während sie Laras Namen rief und sprang. Als sie auf dem Gehweg aufschlug, erreichte der Fluss aus verschüttetem Wein den unverschämten Brief der Hausverwaltung. Er färbte ihn genauso blutrot wie den Asphalt unter ihrem endlich befreiten Körper.

Zurück ins Leben

Lina seufzte. Ihre Mutter hatte jetzt das dritte Mal auf ihren Anrufbeantworter gesprochen. So schwer es ihr fiel, sie musste endlich zurückrufen. Ihre Mutter würde sonst, trotz Lockdowns, die 300 Kilometer zu ihr fahren und persönlich auf der Matte stehen.

"Kind, was ist denn los? Du kannst doch nicht jeden Tag so viel arbeiten. Du hast nicht mal Zeit, deine Eltern anzurufen. Warst du denn schon draußen unterwegs? Wir haben Frühling, die Sonne scheint, und wir sind stundenlang im Schrebergarten. Und ein Eis haben wir uns auch gegönnt. Natürlich streng nach Vorschrift."

Lina liebte ihre Mutter, aber sie waren so unterschiedlich. Ihre Mutter redete für ihr Leben gern und verlor dadurch die Fähigkeit, einfach nur zuzuhören. Seit Monaten hatte Lina ihre Eltern nicht mehr gesehen. Sie ahnten nicht, dass ihre Tochter Depressionen hatte, die sich im Homeoffice noch verstärkten. Die Panikattacken hatten Lina regelrecht an ihre Wohnung gefesselt. Ihre Vorhänge waren ständig zugezogen, und die Lieferdienste waren ihr Überlebenselexier. Vor die Tür zu gehen, war der jungen Frau unmöglich geworden.

***

Lina wollte ihrer Mutter sagen, dass es ihr heute besser ging. Und dass sie selbst schon gemerkt hatte, dass der Frühling endlich ins Land gezogen war. Sie hatte heute 15 Minuten auf ihrem Balkon gesessen, die Sonne auf ihrer Haut gespürt und gefrühstückt. Das war für Lina ein so großer Schritt zurück ins Leben.

Doch Lina schwieg. Wenn sie von ihren Fortschritten erzählte, müsste sie ihrer Mutter auch die Krankheit gestehen. Sie holte tief Luft und sagte mit freundlicher Stimme:

"Ja, Mama, ich weiß! Ich habe auch schon Frühlingsgefühle. Aber du weißt, ich muss so viel arbeiten. Ich melde mich. Grüße an Papa."

***

Zwei Monate später hatte Lina noch immer nicht den Mut gefunden, sich ihren Eltern anzuvertrauen. Sie arbeitete mittlerweile nur noch von zu Hause aus. Dass sie ihren Arbeitgeber nicht mehr belügen musste, hatte ihr eine große Last vom Herzen genommen.

Ohnehin ging es Lina besser. Sie saß inzwischen jeden Tag auf dem Balkon und grüßte Nachbarn. Zweimal hatte sie sogar schon die Lieferung des Supermarkts direkt an der Wohnungstür angenommen und dem Lieferanten einen guten Tag gewünscht.

Innerhalb ihrer eigenen vier Wände kam sich Lina direkt normal vor. Sie rief sogar regelmäßig ihre Eltern an. War sie schon offen genug für den nächsten Schritt?

***

Einige Tage später fühlte Lina sich bereit. Es war der perfekte Tag. Die Temperaturen waren in den letzten Monaten gestiegen. Ein Hauch von Sommer lag in der Luft. Sie hatte das hellrote Leinenkleid angezogen und fühlte sich blendend. Ihre wilden Locken hatte Lina zu einem Zopf gebunden.

Sie dachte an die inspirierenden Schlagwörter aus dem Podcast, den sie täglich hörte. Sie legte etwas Lipgloss auf und sprach mit ihrem Spiegelbild:

„Heute ist dein magischer Tag. Du bist ausgeglichen und gut gelaunt." Lina kicherte. Auf der Straße sollte sie sich die Motivationssätze lieber verkneifen.

Sie nahm ihre Handtasche und dachte an den Plan. Sie wollte die Fichtenstraße bis zur Ecke entlanglaufen. Diese 800 Meter würden ihre Befreiung sein, dessen war sie sich sicher. Danach hatte Lina sich vorgenommen, in dem kleinen Café Platz zu nehmen und den Kellner charmant anzulächeln. Für dieses Wagnis wollte sie sich anschließend mit einem Erdbeereis belohnen.

Lina atmete tief ein und öffnete die Wohnungstür. Der Flur war in Dämmerlicht getaucht. Die Hausverwaltung sollte dringend die Fenster putzen. Auf der Hälfte der Treppe wurden ihre Knie weich, und das erste Gefühl von Unsicherheit meldete sich. Stell dich nicht so an, dachte sie. Sie sprang die letzten Stufen hinunter und trat hinaus in das strahlende Sonnenlicht.

***

Lina hielt sich an einer Straßenlaterne fest und tat so, als würde sie die dort aufgeklebte Anzeige studieren. In ihr stieg Übelkeit auf, und sie spürte die Enge in ihrer Brust. „Weiter gehts", sagte sie zu sich selbst. Sie ging den Fußweg entlang und hatte keine Ahnung, ob sie dabei schwankte. Kalter Schweiß lag auf ihrer Stirn, als sie die erste Nebenstraße überquerte.

Sie versuchte, die Entfernung zum Café zu schätzen. Sie hatte gerade mal ein Viertel des Weges geschafft. Eine Welle der Hoffnungslosigkeit schwappte durch ihren Körper. Vielleicht hatte Lina sich zu viel zugemutet. Sie dachte wieder an den Podcast, dort klang alles so einfach.

Das grelle Sonnenlicht war ihr inzwischen lästig. Sie setzte sich an die Bushaltestelle. Nur fünf Minuten Pause, dachte Lina. Doch sie wusste bereits, dass sie sich selbst etwas vormachte. Sie hatte versagt! Mit zitternden Händen zog sie sich hoch und trat den Rückweg an. Als sie die Haustür erreichte, bemerkte sie das Taubheitsgefühl in ihren Beinen. Als wären diese in einer Wanne mit Zement gefangen.

***

Sie krabbelte umständlich die Treppenstufen hinauf, öffnete ihre Wohnungstür und fiel dahinter zu Boden. Die Panikattacke hatte sie erfasst. Ihr Herz raste, und die Angst, auf der Stelle zu sterben, war übermächtig. Wie ein Häufchen Elend lag sie dort in ihrem Sommerkleid und bereute ihre bescheuerte Idee.

Stunden später hatte sich alles wieder beruhigt. Lina hatte einen neuen Plan. Die wichtige Erkenntnis, dass sie es allein nicht schaffen konnte, war endlich da. Sie wählte die Nummer ihrer Eltern:

„Mama, kannst du kommen? Ich brauche deine Hilfe."

***

Lina saß auf der Couch und sah ihrer Mutter beim Kochen zu. Seit Tagen umsorgte diese ihre Tochter mit Herzlichkeit und Verständnis. Als sie nach Linas Anruf vor der Tür gestanden hatte, waren sich die beiden Frauen so nah gewesen wie schon seit Jahren nicht mehr.

Am schönsten war es für Lina, dass sich ihre Mutter komplett zurücknahm, zuhörte und ihrer Tochter als Freundin zur Seite stand. Das half ihr, sich zu öffnen und angstfrei über ihre Sorgen zu reden. Beide hatten viel geweint. Aus Traurigkeit, aus Wut und am Ende nur noch aus Freude.

***

Ihr Vater wollte Lina auch eine Stütze sein, aber er begriff, dass er bei den schweren Schritten der Heilung momentan Ballast wäre. Die Vorwürfe, die er sich selbst machte, weil er die Veränderungen seiner Tochter nicht bemerkt hatte, wären zurzeit hinderlich. Am Ende war er froh darüber. Seine Tochter sollte seine Tränen nicht sehen.

***

Am nächsten Tag hatte Lina sich ihre Belohnung abgeholt. Eingehakt bei ihrer Mutter hatte sie den Weg ins Eiscafé geschafft. Noch nie hatte ihr ein simples Erdbeereis so gut geschmeckt. Lina war stolz auf sich selbst. Sie war stark genug gewesen, Hilfe anzunehmen. Sie war bereit, etwas zu ändern und wollte sich nicht mehr verkriechen. Und ihre Mutter hatte versprochen, bei ihr zu bleiben, bis sie sich sicher genug fühlte, allein vor die Tür zu gehen.

Der Genesungsprozess war eingeleitet, aber der Kampf noch lange nicht gewonnen. Lina hatte eingewilligt, nicht nur einen Arzt, sondern auch einen Psychologen aufzusuchen. Selbst ihr Arbeitgeber zeigte Verständnis. Das Thema Depressionen kannte er aus seiner eigenen Familie. Lina wurde nach dem Telefonat mit ihm zum ersten Mal bewusst, dass ihre Krankheit kein Tabuthema sein sollte.

Feuersprung

Sie blieb zögernd stehen. Minutenlang war sie unfähig, sich zu bewegen. Die verwitterte alte Gartenpforte mit den Moosflecken war das letzte Hindernis, das es zu überwinden galt. Hatte sie sich richtig entschieden? Als wäre ihr Hund Mr. Big ein göttliches Omen mit Plüschüberzug, bellte er sie protestierend an. Er machte einen gewaltigen Satz nach vorne, um sie mitzuziehen. Der Sprung hätte fast dazu geführt, dass sie über einen ihrer Koffer gestolpert wäre. Aber er war auch der entscheidende Weckruf. Der ihr zeigte, dass es nur einen Weg gab: Direkt durch die Gartenpforte. Sie gab sich einen letzten Ruck und trabte bepackt wie ein Esel ihrer neuen Freiheit entgegen.

***

Zwei Stunden später saß sie mit Mr. Big in ihrer neuen Wohnung und starrte auf ihr Handy. Er hatte schon siebenmal angerufen, und es interessierte sie nicht. Vor einer Woche hatte sie ihm gesagt, dass sie gehen würde, und er hatte nur gelacht. Wenn sie ehrlich zu sich selbst war, hatte er allen Grund, sie auszulachen. In den letzten drei Jahren hatte sie ein Dutzend Mal gedroht, zu gehen. Doch dann hatte sie sich entweder auf der Türschwelle einlullen lassen oder kehrte nach zwei bis drei Tagen reumütig in ihren goldenen Käfig zurück.

Jetzt war sie es, die lachte.

Sie legte eine neue SIM-Karte in ihr Handy ein und blickte selbstzufrieden aus dem Fenster. Heute war alles anders. Ein paar unmögliche Zufälle, ein tief in ihrer Seele geborener Stolz und der Wille, nie mehr ein Opfer zu sein, hatten diesmal zusammengewirkt. Und im Ergebnis eine gebrochene Frau im hohen Bogen über die Feuer der Hölle befördert, ohne dass ihre Flügel verbrannten.

Hilfeschreie

Mandy erwachte im Alkoholdelirium. Anfangs dachte sie, eine Planierraupe würde direkt durch ihren Kopf fahren. Aber es war nur das aufdringliche Klopfen an ihrer Wohnungstür. Als es aussetzte, lauschte sie in Richtung Kinderzimmer.

Alles war ruhig. Endlich schlief Marcel. Mehr musste sie nicht wissen. Die Muttergefühle für den kleinen Jungen waren nicht ausgeprägt genug. Jede andere Frau hätte sich aus dem Bett bequemt und nach dem Baby gesehen. Mandy war froh, wenn sie Ruhe vor Marcel hatte.

***

Das Klopfen setzte wieder ein.

"Ich komme, hören Sie endlich auf!" Sie schwankte auf dem Weg zur Tür, und übel war ihr auch. Sie hatte wieder zu viel getrunken. Als sie die Tür einen Spalt öffnete, kam ihr bereits ein Schwall von Vorwürfen und gut gemeinten Ratschlägen entgegengeflogen. Ohne Blickkontakt wusste sie, dass ihre Nachbarin Hilde Peters vor der Tür stand.

"Frau Erdmann, Ihr Baby hat wieder die halbe Nacht geschrien. So geht das nicht weiter. Mein Mann muss früh aufstehen." Mandy verdrehte die Augen. Die Peters hatte ihr gerade noch gefehlt.

"Ich kann es nicht ändern, Marcel zahnt. Wenn Sie Kinder hätten, wüssten Sie, wie schlimm das ist." Die Nachbarin, die sich schmerzlich ihrer Kinderlosigkeit bewusst wurde, senkte ihre Stimme.

"Kümmern Sie sich bitte darum. Da gibt es irgendwelche Mittel. Ich möchte nicht das Jugendamt einschalten müssen."

Mandy schlug die Tür zu. Immer redeten nur alle auf sie ein. Ihre Mutter, die Nachbarin und ihre Freunde. Aber niemand hörte ihre stummen Hilfeschreie oder bot ihr Beistand an. Sollten sie sich doch zum Teufel scheren! Sie würde nicht um Hilfe betteln.

***

Seit frühester Jugend war Mandy auf sich allein gestellt. Und ihr Leben war kein Zuckerschlecken. Ihren Vater hatte sie nie kennengelernt, und ein Freund der Mutter hatte sie befummelt. Weil ihr niemand glaubte, rannte sie ständig davon. Bis sie schließlich im Heim landete. Hier verliebte Mandy sich zum ersten Mal und wurde mit 16 Jahren schwanger. Sie hatte den perfekten Lebenslauf eines Losers.

Echte Liebe war etwas, das Mandy nur aus Filmen kannte. Sie war unfähig, dem kleinen Marcel etwas zu geben, was sie als Kind auch nicht erfahren hatte. Sie konnte ihren Sohn funktionell versorgen. Füttern, Windeln wechseln! Diese Dinge machten ihr keine Mühe. Mandy hielt sogar die Vorsorgetermine bei der Kinderärztin ein. Diese hatte bis auf einen leichten Entwicklungsrückstand nichts zu beanstanden. Es war wie bei allen anderen Menschen, niemand schaute genau hin.

Sobald es darum ging, Gefühle zu zeigen, machte Mandys Hirn dicht. Sie konnte das Baby nicht in den Arm nehmen und trösten, wenn es Schmerzen hatte. Wurde der Kleine krank, ging sie zum Arzt. Bekam die medikamentöse Nachversorgung aber nicht auf die Reihe. Sie ging mit ihrem Sohn selten spazieren oder auf einen Spielplatz. Mandy war längst so abgestumpft, dass sie sich mit Alkohol betäubte, wenn der Kleine zu viel weinte.

Irgendeine Sozialarbeiterin hatte ihr einen Fachbegriff genannt, der ihre Gefühlskälte erklärte. Sie ging danach einige Male zu einer Gruppentherapie, die auch zu helfen schien. In dieser Zeit hielt sie Marcel im Arm und streichelte sein Köpfchen. Doch wie ein kaputtes Leben so spielt, musste Mandy die Therapie abbrechen, weil sie keinen Babysitter mehr fand. Nach hoffnungsvollen Wochen, in denen Mandy an der Oberfläche des Lebens schwamm, wurde sie zurück auf den Meeresgrund gezogen.

***

Marcel weinte wieder. Die Tube mit dem Zahnungsgel stand ungeöffnet auf dem Küchentisch. Der Beißring lag immer noch im Kühlfach. Aber Mandy schaffte es nicht, zu reagieren. Ihr Empathiezentrum war blockiert, und die Schmerzensschreie ihres Sohnes wurden ihr lästig. Sie setzte die Flasche an den Hals und ließ das Bier die Kehle runterlaufen. Jeder Tropfen führte sie weiter weg von dem schreienden Baby. Doch es ging Mandy nicht schnell genug. Sie brauchte etwas Härteres, um abzutauchen.

***

Es war bereits tiefste Nacht, als die Polizei die Wohnungstür aufbrach. Frau Peters hatte wieder wütend geklopft, doch diesmal hatte Mandy nicht aufgemacht. Und weil sie an die Nachtruhe ihres Mannes gedacht hatte, handelte die Nachbarin endlich.

Mandy lag neben dem Kinderbett auf dem Boden, eine leere Flasche noch im Arm. Sie sah friedlich aus. So, als würde sie schlafen. Die leere Tablettenschachtel sprach eine deutlichere Sprache. Sie war tot.

Ein schwaches Weinen durchbrach die Stille. Irgendjemand rief:

„Das Baby lebt noch."

Novemberrain

Sie lag auf ihrem Bett und starrte die Decke an. Inzwischen hatte sie sich jede mikroskopisch kleine Unebenheit der weißen Dispersionsfarbe eingeprägt. Sie verstand es, Makel zu finden. In erster Linie an sich selbst und auch bei jedem anderen Wesen, das ihr begegnete.

Mittlerweile dämmerte es bereits am Nachmittag. Der Sommer hatte es nicht geschafft, sich dem Würgegriff der dritten Jahreszeit zu entziehen. Solange die Sonne schien, war die Welt in Ordnung. Das farbengewaltige Herbstfeuer verführte jeden Trauerkloß zu einem Lächeln.

Doch diese Zeit neigte sich gnadenlos dem Ende zu. Der Novemberregen spülte mit diktatorischer Grausamkeit die lähmenden Gefühle von Tristesse und Melancholie durch die Straßen. Ihr Herz war machtlos gegen die Übermacht der dunklen Emotionen.

***

Wie euphorisch hatte sie die Sommermonate erlebt? Die zufällige Begegnung mit dem bekannten Schauspieler beim Einkaufen war ihr Jackpot gewesen. Es war ein flüchtiges Zusammentreffen. Doch nach dem Posten des Selfies bekam sie etwas, das sie süchtig machte: Aufmerksamkeit!

Anfangs waren die Kommentare noch verhalten. Doch als sie mehr von sich selbst und ihrem Körper zeigte, wurde ein Sturm entfesselt. Die Follower überrannten sie mit Likes und Zuwendung. Irgendwann verstand sie es selbst nicht mehr.

Eigentlich war es Wahnsinn, dass ein einfaches Frühstücks-bild Tausende von Herzchen bekam.

Nach ein paar Wochen gingen ihr die Ideen aus. Sie war ge-fangen in einem Strudel aus höher, schneller, weiter. Doch die befriedigenden Gefühle der Geltungssucht nährten sie auf eine kranke Art und Weise. Sie fing an, die Wahrheiten aus-zuschmücken, und die Resonanz war überwältigend.

***

Irgendwann kam die Schattenseite des Ruhms. Sie fing an, andere zu diffamieren, um selbst noch heller zu strahlen. Die Kritik an ihrer Person wuchs. Die ersten Hassmails ignorierte sie noch. Als ihr Lügengerüst zusammenbrach, war die Welle der Entrüstung nicht mehr aufzuhalten. Sie löschte heimlich ihre Accounts.

Und hier lag sie nun. Ein Häufchen Elend, das seine Sehn-süchte und Träume begraben musste. Sie hatte einmal eine Dokumentation über Drogenentzug gesehen. Körperlicher Schmerz war noch etwas Greifbares. Aber ihre Entgiftung be-zog sich nur auf ihr Innerstes und ihre eigene Glückseligkeit.

Wie schneidet man sich das widerliche Geschwür der Depres-sion aus dem Körper, wenn man bereits verloren ist? Auch nach Tagen der Einsamkeit hatte sie keine Lösung gefunden. Sie wollte sich nur ausruhen und in der Normalität aufwa-chen. Die bittere Erkenntnis durchfuhr ihren schwindenden Geist, als sie den leeren Blister ansah.

Sie tanzte nur einen Sommer.

Karma is a Bitch!

Sie saß deprimiert auf der Bettkante und schaute den Schnee-flocken beim Tanzen zu. Es hörte gar nicht mehr auf zu schneien. Das alte Bauernhaus würde bald unter den Schnee-massen verschwunden sein. Und im Frühjahr würde man sie dann finden, angefressen von ihrem imaginären Hund und gestorben an Selbstmitleid. Sie fühlte sich wie hochgewürgt und wieder ausgespuckt. Seit 190 endlosen Stunden war sie jetzt schon allein. Mit einer erschreckenden Selbstverständ-lichkeit war er vor acht Tagen gegangen und hatte ihr ge-meinsames Leben für ein berufliches Wagnis mit Füßen ge-treten.

***

"Tauchlehrer auf Bali, warum nicht gleich Skilehrer am Nord-pol?", fragte sie sich selbst mit nachäffender Stimme. Sie wünschte dem Mann, den sie vier Jahre geliebt hatte, nur noch die Krätze an den Hals. Ihr Leben war doch perfekt ge-wesen. Wozu plötzlich alles hinterfragen und die gemeinsa-men Pläne über den Haufen werfen? Schließlich waren sie dem zweiten Frühling näher als dem ersten. Eine andere Frau war angeblich nicht im Spiel, er fühlte sich nur eingeengt und überfordert.

Und diese Erkenntnis hatte er rein zufällig zwei Monate nach der Einstellung der neuen hübschen Kollegin getroffen. Na klar, und in zwei Wochen kam der Osterhase mit dem Schlit-ten vom Weihnachtsmann und rief ganz laut: „April, April." Es war auch völliger Zufall, dass aus ihrem Geheimversteck 10.000 Euro fehlten. Sie schnaufte und ärgerte sich über ihre eigene Dummheit. Warum musste sie auch immer die rosa-rote Brille tragen, wenn es um Männer ging?

***

Wenn sie nicht so verdammt wehleidig wäre, hätte sie sich gestern in ihren Wagen gesetzt und ihn vor seinem Abflug erneut zur Rede gestellt. Aber stattdessen hatte sie sich wie ein verletztes Tier mit Weltschmerz verkrochen. Doch langsam hatte sie genug gejammert. Sie musste etwas tun und eine Grundreinigung ihres Körpers wäre ein guter Anfang. Aber zuerst wollte sie diese verdammte Stille loswerden. Das Haus war zu zweit schon unterbesetzt, aber nur mit ihr als Bewohnerin wirkte sie wie eine Legofigur in Barbies Traumhaus.

***

Sie machte den Fernseher an und ging unter die Dusche. Inzwischen war sie von sich selbst angewidert und ließ ihren Körper erst mal einweichen. Sie genoss das heiße Wasser auf ihrer Haut, und so langsam hielten Lebensgeister und Verstand wieder Einzug. Als könnte sie Selbstmitleid und Lethargie abwaschen.

Sie schlüpfte in seinen Bademantel und drehte den Regler der Kaffeemaschine auf extrastark. Im Fernsehen lief irgendein Bericht über die Katastrophe des Tages. Sie drehte den Ton lauter und hörte, dass bei einem Lufthansa-Absturz auf Bali alle Passagiere gestorben waren.

Sie hob ihre Kaffeetasse, grinste diabolisch und dachte, Karma is a bitch.

Blaues Mondlicht

Caro trat das Gaspedal bis zum Anschlag durch. Seit über zwei Stunden raste sie durch die Nacht. Nur langsam ließ die Wirkung des Adrenalinschubs nach. Sie spürte, wie die Kälte der Nacht ihre Glieder versteifte. Bald wäre sie in Sicherheit, aber wovor? Sie musste sich erinnern, was in den letzten Stunden passiert war.

Inzwischen war ihr so kalt, dass es schmerzte. Sie hielt am Seitenstreifen, um sich zu orientieren. Sie trug weder Hose noch Schuhe, und ihre Gedanken begannen zu rotieren. Sie wurde panisch. War sie vergewaltigt worden? Sie atmete tief durch, als die ersten Erinnerungen in Schüben zurückkehrten. Sie war gestern in Sams Bar gewesen und hatte sich mit einem Fremden eingelassen.

Sie schob unwichtige Details wie seinen Namen gedanklich beiseite. Irgendetwas war in der Wohnung dieses Mannes passiert. Ihr wurde schwindlig, weil sie sich zu stark konzentrierte. Aber hierauf konnte sie keine Rücksicht nehmen. Sie erinnerte sich, dass sie auf der Suche nach der Toilette war und eine falsche Tür geöffnet hatte. Im gleichen Augenblick kehrte ihr Gedächtnis mit der Wucht einer Flutwelle zurück.

Sie stand in Gedanken wieder in diesem Raum, der einer Dunkelkammer glich. Sie konnte deutlich die Fotos betrachten. Auf jedem war sie in diversen Alltagssituationen zu sehen. Auf einmal stand der Mann in der Tür, und ihr Instinkt ließ sie nach der Kamera greifen. Die letzte Szene dieses unwirklichen Films war der Moment, als sie zuschlug.

Caro saß wieder in ihrem Wagen und schaute sich um. Ihre Handtasche war verschwunden. Auf dem Beifahrersitz sah sie die blutverschmierte Kamera. Sie öffnete die Tür und übergab sich auf den Asphalt. Wieder rotierte ihr Hirn. War er tot? Hatte sie einen Menschen getötet, schon wieder?

***

Endlich war Caro dort angekommen, wo sie sich sicher fühlte. Sie fischte den Ersatzschlüssel aus der alten Gießkanne und öffnete die Haustür. Sie hatte das windschiefe Haus in Dorum vor drei Jahren gemietet. Seit dieser Zeit fuhr sie jedes Wochenende hierher, um die Einsamkeit zu genießen. Ihre Mutter lebte in einem Pflegeheim und hinderte sie daran, ihre Zelte in Hannover abzubrechen.

Das Verhältnis der beiden Frauen war angespannt. Die Vergangenheit hatte tiefe Narben bei ihnen hinterlassen, die aber nicht aus gemeinsamen Wunden stammten. Caro kümmerte sich nur aus Anstand um ihre Mutter. Während diese nicht aufhören konnte, ihre Tochter mit Vorwürfen zu überschütten.

Nach einer heißen Dusche war Caro wieder klar im Kopf. Sie beschloss, Sam anzurufen. Den Menschen, dem sie mehr vertraute als sich selbst. Ihm gehörte die Bar, aus der sie gestern den fremden Mann mitgenommen hatte. Er musste für sie herausfinden, was letzte Nacht passiert war.

Caro ließ seine Strafpredigt stumm über sich ergehen, und Sam versprach, sich wieder zu melden. Er hasste es, wenn sie sich Männern an den Hals warf. Sam liebte sie, seit sie sich das erste Mal begegnet waren. Sie ließ seine körperliche Nähe kurzweilig zu. Aber Caros Vergangenheit machte es ihr unmöglich, tiefergehende Bindungen zuzulassen.

Nach dem Telefonat fiel ihr die Kamera wieder ein. Sie betrachte sie mit sicherem Abstand, als würde eine ansteckende Krankheit von dieser ausgehen. Das Blut ihres Opfers war getrocknet. Sie wischte die rotbraunen Flecken ab und suchte ein passendes Datenkabel. Auf ihrem Laptop erschienen acht Bilddateien. Die meisten entsprachen den Bildern, die sie in der Dunkelkammer gesehen hatte. Der Mann hatte sie bereits seit Wochen verfolgt.

Als Caro das letzte Bild anklickte, erschrak sie fast zu Tode. Es war ein Pärchenfoto, vermutlich mit Selbstauslöser geschossen. Den Mann erkannte sie sofort. Es war der Fremde von gestern, und er lachte in die Kamera. Doch den ernsthaften Schock versetzte ihr die Frau. Sie sah in das Gesicht von Julia Wallmann und gleichzeitig in ihre Vergangenheit. In ihrem Kopf fügten sich automatisch alle fehlenden Puzzleteile zusammen.

***

Caro reiste gedanklich sieben Jahre in der Zeit zurück. Damals hatte ihre Mutter einen Freund, den sie abgrundtief hasste. Karl Wallmann war ein verschwitzter Drecksack, der Caro bei jeder sich bietenden Gelegenheit begrapschte. Ihre Mutter ahnte nichts von all dem. Und ihre Tochter war sich

212

sicher, dass sie ihr kein Wort glauben würde. Caro konnte die Angriffe bis dato immer abwehren. Aber in diesem Sommer musste ihre Mutter für einige Tage ins Krankenhaus.

Als es so weit war, versuchte Caro Karls Tochter Julia zu überreden, bei ihnen zu übernachten. Die beiden Mädchen waren fast im gleichen Alter und verhielten sich oft wie Schwestern. Caro hatte kurz überlegt, sich Julia wegen der sexuellen Übergriffe anzuvertrauen. Doch sie hatte damals ein falsches Bild von Karls Tochter. Sie ahnte nicht, dass in dieser jungen Frau das Böse lauerte. Julia wusste seit Jahren, dass ihr Vater auf junge Mädchen stand, und es schien ihr nichts auszumachen.

Julia Wallmann hatte soziopathische Züge, von denen niemand etwas ahnte. Sie quälte Tiere auf brutalste Weise und empfand keinerlei Mitleid, wenn sie ihnen beim Sterben zusah. So ließ Julia es an diesem Abend bewusst zu, dass Caro mit ihrem Vater allein blieb.

***

Was dann passierte, war ein kurzer Film, der sich auch Jahre später noch in Caros Kopf abspielte. Der angetrunkene Karl schlich sich in ihr Zimmer und legte sich schwer atmend auf das junge Mädchen. Sie schrie, als er ihre Pyjamajacke zerriss, doch niemand hörte sie. In letzter Sekunde, als der keuchende Mann ihr bereits die Hose runterzog, bekam Caro einen der alten Sportpokale zu fassen. Sie schlug ihn mit unbändiger Kraft auf Karls Schädel. Und während sie aus dem Zimmer rannte, sackte er neben dem Bett zusammen.

An die folgenden Tage hatte Caro keine Erinnerung mehr. Vielleicht hatte sie Karls Tod absichtlich verdrängt. Er starb aufgrund seiner Kopfverletzung, doch die Polizei bewies einwandfrei die Notwehrsituation. Jeder hatte Mitleid mit Caro, bis auf die beiden Menschen, die ihr am nächsten standen. Trotz der eindeutigen Beweise glaubte ihre Mutter ihr kein Wort. Und auch in den Augen von Julia Wallmann war sie eine Mörderin.

Für Caros Mutter wurde die Schande so unerträglich, dass sie einen Selbstmordversuch unternahm und gegen einen Baum fuhr. Sie überlebte, wurde aber zum Pflegefall. Obwohl sie ihre Tochter hasste, stand Caro ihr zur Seite. Sie hatte in all den Jahren immer die Hoffnung, dass die Mutter ihr eines Tages verzeihen würde.

***

Wieder zurück in der Realität wusste Caro nicht, wie lange sie das Bild von Julia angestarrt hatte. Das Klingeln ihres Handys riss sie aus den Gedanken. Sam redete gleich los:

„Also, der Kerl ist nicht tot. Eine Nachbarin hat mir erzählt, dass in der Nacht nicht mal ein Krankenwagen vor dem Haus stand. Ich fahre in einer Stunde los und dann reden wir." Er hatte so schnell aufgelegt, dass Caro ihm nichts von dem Foto erzählen konnte. Sam war der Einzige, dem sie die Geschichte von Karl Wallmann anvertraut hatte. Sie ahnte nicht, dass dessen Tochter hunderte Kilometer entfernt bereits üble Pläne schmiedete.

***

"Du bist ein Versager!", brüllte Julia ihren Freund Chris an. Sie hatte ihn gestern mit der Aufgabe betraut, Caro zu verführen.

"Du solltest die kleine Schlampe betäuben und lässt dich stattdessen bewusstlos schlagen. Und nun ist sie mitsamt der Kamera verschwunden. Caro ist nicht dumm, sie wird schnell herausfinden, was Sache ist." Chris lag mit einem provisorischen Kopfverband auf dem Sofa und versuchte die Wogen zu glätten. Er war ein echtes Weichei, aber Julia so hingebungsvoll verfallen, dass er freiwillig bei ihrem Racheplan mitmachte.

„Wir sollten diesen Sam beobachten. Er ist Caros Freund und weiß sicher, wo sie sich aufhält."

Julia warf ihm einen anerkennenden Blick zu.

"Das ist ja endlich mal eine gute Idee. Weißt du, welches Auto er fährt? Zufällig einen roten Pick-up? Dann macht er sich gerade an seinem Wagen zu schaffen. Jetzt bist du dran, liebe Caro," sagte Julia und lachte fürchterlich. Stunden später folgten sie Sams Wagen noch immer, bis dieser in einen einsamen Feldweg einbog.

***

Sam parkte den Wagen, und Caro lief erleichtert auf ihn zu. Sie spürte sofort, dass er nicht nur freundliche Worte im Gepäck hatte. Er warf ihr einen eiskalten Blick zu und sagte:

"Warum gehst du vor meinen Augen mit diesem Fremden mit? Weißt du immer noch nicht, was ich für dich empfinde?" Caro ging nicht weiter auf seine Frage ein:

"Hat dich jemand angesprochen? Nach mir gefragt, vielleicht eine Frau?" Sam verdrehte die Augen.

„Lass uns erst mal reingehen und dann erzählst du mir alles." Mit diesem Satz hatte sich sein Blick schon wieder aufgehellt. Die Worte sprudelten nur so aus Caro heraus, und noch beim Reden fing sie an zu weinen.

"Es war nicht meine Schuld, warum treibt Julia dieses Spiel? Und warum nach all den Jahren?" Sie fiel in Sams Arme, und er konnte ihr schon nicht mehr böse sein.

Die Nacht an Sams Seite hatte Caro gutgetan, irgendwie schien alles normal. Als wären die beiden ein Paar, das seinen Urlaub auf dem Land verbrachte. Sie hatten die halbe Nacht geredet und Pläne geschmiedet. Schließlich konnten sie sich nicht ewig in der Einsamkeit verstecken. Spätestens am Freitag musste Caro auch wieder ihre Mutter im Pflegeheim besuchen. Als sie am nächsten Morgen zum Einkaufen fuhren, ahnten sie noch nicht, dass sie längst beobachtet wurden.

***

Julia und Chris wollten sich gerade auf den Weg zu Caros Haus machen, als sie Motorengeräusche hörten. Julia hatte geplant, Sam und Caro drinnen zu erwarten, um den perfekten Hinterhalt zu haben. Jetzt wunderte sie sich nur noch über die schnelle Rückkehr. Wahrscheinlich hatte Julia im Dorf zu viele Fragen über das alte Haus gestellt. Egal warum, es wurde nötig Plan B zu finden, damit sie endlich ihre Rache bekam.

Caro und Sam waren überstürzt zurückgefahren. In der Fleischerei hatten sie zufällig mitbekommen, dass jemand Fragen über Caros Haus gestellt hatte. Diese Kleinigkeit bewies ihr bereits, dass Julia sie gefunden hatte. Wahrscheinlich war sie Sam unbemerkt gefolgt.

***

Unabhängig voneinander gingen die beiden Paare die Pläne für die Nacht durch. Sam und Caro rechneten auf jeden Fall mit einem Überfall und bereiteten sich darauf vor. Sie hatten mehrfach über die Option diskutiert, die Polizei zu informieren. Aber beide waren der Überzeugung, dass sie zu wenig Beweise hatten. So legten sie sich abwechselnd im unteren Stockwerk auf die Lauer, während der andere sich ausruhte.

Doch die Rachsucht von Julia Wallmann machte jede Planung zunichte. Caro wusste nicht genau, mit welcher Art von Angriff sie gerechnet hatte, aber niemals mit einem derartigen Hass. Gegen zwei Uhr morgens stand der Mond in seinem Zenit und leuchtete mit seinem geheimnisvollen blauen Licht den Hof vollständig aus. Caro weckte Sam, als sie ein verdächtiges Geräusch hörte. Beide lauschten in die Nacht, als sie urplötzlich den Rauch riechen konnten.

Julia hatte Chris beauftragt, an der Hintertür Feuer zu legen. In der Hoffnung, dass Caro flüchtete und ihr direkt in die Arme lief. Und ihr perfider Plan sollte aufgehen. Die Angst vor einem Flammenmeer ließ Caro und Sam jede Vorsicht vergessen. Sie kletterten durch das Wohnzimmerfenster und rannten direkt in ihr Verderben. In wilder Panik lief Caro in die falsche Richtung. Im gleichen Moment, als sie hinter sich einen Schuss hörte, traf sie ein Faustschlag hart ins Gesicht. Caro fiel in eine tiefe Ohnmacht und wurde erst wieder wach, als Julia sie an den Haaren zog.

***

„Du dumme Schlampe, endlich habe ich dich, und du wirst um meine Gnade winseln," brüllte Julia und schlug erneut zu. Caro sah, wie die Tropfen dicken Blutes von ihrer Schläfe liefen. Julia fühlte sich großartig. Der Tag ihrer Rache war gekommen. Heute Nacht würde die Mörderin ihres Vaters sterben und vorher die schlimmsten Qualen erdulden müssen.

Caro sah sich hilfesuchend um. Die Rückseite des Hauses stand bereits lichterloh in Flammen. Die Situation schien ausweglos, bis sie Sam im Schatten eines Baumes entdeckte. Er lebte, und das ließ Caro hoffen.

***

Die Wunde an Sams linkem Arm blutete stark, aber er war sich sicher, dass die Kugel nicht steckengeblieben war. Er hatte eingesehen, dass er Caro nicht allein retten konnte und den Notruf betätigt. Schlussendlich wollte er aber nicht warten, bis die Polizeistreife angekommen war. Im Licht des blauen Mondes entschloss er sich, Chris selbst auszuschalten.

***

Caro sah nur einen Ausweg, auch wenn sie sich damit in Gefahr brachte. Sie schluckte ihre Schmerzen herunter und rannte los. Zurück in das Haus und direkt in die Flammen. Sie wusste nicht, ob Julia ihr gefolgt war. Sie wagte es nicht, zurückzuschauen und bahnte sich ihren Weg durch den Rauch. Caro glaubte, dass ihre Peinigerin derart hasszerfressen war, dass sie ihr ins Feuer folgen würde.

Caro war für einen Augenblick abgelenkt, als sie die Sirenen in der Ferne hörte. Diese Unachtsamkeit nutzte Julia gnadenlos aus. Sie war Caro gefolgt und hatte sich versteckt. Und nun schleuderte sie ihre Feindin zu Boden und setzte sich auf ihren Oberkörper. Ihr war egal, dass sich beide in unmittelbarer Nähe der Flammen befanden. Sie wollte sich nur rächen, auch wenn sie selbst dabei sterben würde.

Julia griff nach einer Vase, die neben ihr am Boden lag. Sie hielt sie über ihren Kopf und brüllte:

„Sprich dein letztes Gebet, Miststück." Caro schloss die Augen und dachte, sie müsste sterben, ohne vorher Sam ihre Liebe gestanden zu haben. Dann hörte Caro einen Schuss und spürte, wie Julia auf sie fiel.

***

Warmes Blut ergoss sich in Strömen auf ihren Körper. Sie schrie, als sie den zerfetzten Kopf der Leiche erblickte. Dann sah Caro Sam, der sie unter der Toten hervorzog. Er hatte Julia direkt in den Kopf geschossen, nachdem er zuvor ihren Komplizen kampfunfähig gemacht hatte. Die Polizeisirenen waren jetzt in unmittelbarer Nähe zu hören. Sam wischte Caro ein Stück Gehirnmasse aus dem Gesicht.

„Weißt du eigentlich, dass du nie hübscher ausgesehen hast?" Er lachte sie an, während sie in Tränen ausbrach.

Lippenbekenntnisse

Tanja sah auf ihr Handy. Seit sieben Stunden und 23 Minuten hatte er nicht mehr geantwortet. Das sanfte Geräusch, das die Zeiger ihrer Küchenuhr erzeugten, wirkte bei ihr zwischenzeitlich wie ein Gongschlag. Was war nur passiert? Seit 14 Wochen schrieben sie sich nun schon. Anfangs verhalten, inzwischen kommunizierten sie beinahe stündlich. Dazu Videochats an den Wochentagen, ganz frühmorgens nach seiner Nachtschicht.

Sie legte das Handy wieder auf den Küchentisch, wo noch das Geschirr vom Frühstück unbenutzt herumstand. Nach der Hektik dieses verrückten Morgens hatte sie alles um sich herum vergessen. Angewidert stellte sie fest, dass das Glas Erdbeermarmelade geöffnet auf dem Tisch stand und darin mehrere Wespen lagen. Der heiße Sommer beflügelte diese kleinen Biester, und ich lade sie noch auf eine kostenlose Mahlzeit ein, dachte sie und goss sich ein weiteres Glas Hugo ein. Es war noch nicht einmal Abend, und sie ertrank ihren Frust bereits im Alkohol.

***

Normalerweise meldete sich Martin mehrfach am Tag. Kleine Bildchen mit Teddybären, dazu die liebsten Komplimente, die ein Mann schreiben konnte. Eigentlich war sie keine romantisch verstrahlte Frau, aber Martin war anders. Er fand immer die richtigen Worte. Nun ja, ihre beste Freundin Simone hatte komisch reagiert, als sie ihr von Martin erzählte. Sie meinte, dass Tanja sich nicht in etwas verrennen sollte, weil sie diesen Mann nicht wirklich kannte. Aber sie hatte gar nicht richtig hingehört. Ihre Freundin war nur eifersüchtig, weil sie selbst keinen Mann hatte. Und darum meldete sich Tanja auch nicht wieder bei ihr. Eigentlich sprach sie mit niemandem mehr, weil sie Angst hatte, sie könnte eine Nachricht von Martin verpassen.

Die Warterei machte sie ganz irre. Dabei war Tanja die Geduld in Person, was ihrem Job in der Reklamationsabteilung eines Autohauses zuträglich war. Der heutige Videochat mit Martin war wie üblich gewesen. Ein bisschen gegenseitige Beweihräucherung, ein bisschen Lachen und Luftküsschen, alles war wie immer abgelaufen. Außer dass er vielleicht ein bisschen kurz angebunden. Eigentlich wollte er an diesem Morgen gar nicht chatten, weil er zu müde war. Sie waren im Grunde dabei, das Gespräch zu beenden, als Tanja deutlich hören konnte, wie ein kleines Mädchen „Papa" rief und der Chat abrupt von ihm geschlossen wurde. Sie war so schockiert, dass sie in den ersten Minuten nicht reagieren konnte.

***

Tanja verzog sich auf die Couch und dachte darüber nach, wie sie Martin kennengelernt hatte. Sie fragte sich, ob dies überhaupt sein richtiger Name war. Die beiden trafen sich nicht über die üblichen Apps. Tanja hatte ein paar Dinge bei ebay-Kleinanzeigen inseriert, und Martin meldeten sich auf einen Schreibtisch, den sie aber bereits verkauft hatte. Nach ein paar Nachrichten waren sie ins Plaudern geraten. Es folgte das übliche Frage-und-Antwort-Spiel. Irgendwann am Ende der Nacht wusste sie, dass er ein kinderloser Single war, der als Krankenpfleger arbeitete und am anderen Ende der

Stadt wohnte. Auch ein Bild hatte er ihr schon geschickt. Tanja hatte anfangs noch mit persönlichen Dingen gezögert, ihm aber am nächsten Tag das Foto aus dem letzten Italienurlaub gesendet. Es war egal, dass sie inzwischen zehn Kilogramm mehr wog.

***

Sie schüttelte den Kopf. Was war passiert? Er war so ehrlich und respektvoll zu ihr gewesen. Tanja hatte sich stundenlang die Geschichten seines Lebens angehört. Martin hatte ihr die traurigsten und bewegendsten Momente ohne Scheu geschildert. Und auch sie hatte sich ihm hoffnungsvoll anvertraut. Über die letzte schwere Trennung berichtet und geweint. Dann wieder gelächelt, als Martin ihr sagte, wie wunderschön sie sei. Sie liebte ihn, und er liebte sie, das spürte sie tief in ihrem Herzen. Sie goss sich das Glas wieder bis zum Rand voll. Sie war so aufgeregt. Eine Zigarette wäre jetzt die Lösung. Aber das Rauchen hatte sie vor vier Wochen aufgegeben, für Martin.

Eine Sache gab es, die Tanja von Anfang an beunruhigte. Martin hatte nie Zeit für ein persönliches Treffen. Immer wich er Tanja aus oder vertröstete sie damit, dass er Extra-Schichten machte, um Geld für ihre gemeinsame Zukunft beiseitezulegen. Bei diesen Worten konnte Tanja ihm gar nicht mehr böse sein, und sie träumte von der ersten Begegnung. Alles würde so perfekt und romantisch sein, wenn ihre große Liebe sie das erste Mal küsste.

***

Sie knabberte nervös auf ihren Fingernägeln herum. All seine Worte, das waren keine Lippenbekenntnisse. Ihre Liebe war echt. So real, dass Tanja ihm gestern 3.000 Euro per Echtzeitüberweisung gesendet hatte. Ihr gesamtes Erspartes, als Kaution für ihre erste gemeinsame Wohnung direkt am Rheinufer. Die Bilder, die er letzte Woche im Videochat in die Kamera hielt, waren doch echt. Es gab diese Wohnung. Martin und Tanja würden dort in drei Monaten einziehen, als Liebespaar. Sie hatte auch die Rechnung gesehen für das Wasserbett, das er ihr schenken wollte. Tanja träumte schon davon, wie ihre erste Liebesnacht sein würde.

***

Und heute sollte es anders sein und nur eine Lüge? Hatte ihre Freundin etwa recht? Seine Worte, die Fotos, ihre Gefühle, alles war so wunderschön. Tanja musste die Wahrheit herausfinden. Wenn es Lügen waren, dann brauchte sie ihr Geld zurück. Doch während sie auf der Suche nach Gewissheit seine Nummer wählte, hörte sie bereits, dass es Martins Anschluss nicht mehr gab.

Das Verlies

Sie öffnete die Augen, doch sie blickte weiterhin in tief-
schwarze Dunkelheit. Ihre Synapsen schärften augenblicklich
ihre anderen Sinne, um die Situation zu ergründen. Ihre Ohren hörten nichts. Sie spürte die Nässe, die ihre Jeans längst
durchfeuchtet hatte. Die Kälte hatte sich in kriegerischer Absicht in ihren Beinen ausgebreitet, und sie fühlte nur noch
Schmerz. Sie konnte den feuchten, modrigen Geruch wahrnehmen, der sie immer an den Tod erinnerte. Bereits ohne ihr
Augenlicht begriff sie, dass sie sich in Gefahr befand.

***

Ihr Kopf schmerzte, und sie hatte das Gefühl, er könne jeden
Moment explodieren. War da ein Schlag in ihrer Erinnerung,
oder spielte ihre Wahrnehmung verrückt? Sie versuchte ihre
Gedanken, die Karussell fuhren, zu ordnen. Ob sie wollte
oder nicht, sie musste ihre Hände einsetzen. Ihr Rücken
lehnte an einer harten Wand, vermutlich aus Stein. Dessen
war sie sich sicher, als sie das moosbewachsene Gemäuer vorsichtig abtastete.

Eine weitere Vermutung konnte sie als Tatsache verbuchen:
Ihr Gefängnis war nicht sonderlich groß. Sie berührte mit ihren Fingern feuchte Erde, die eindeutig der Auslöser für
Nässe und Kälte war. Es war bereits Oktober, und die Nächte
gebaren den ersten Frost. Sie versuchte ihre Beine zu strecken,
was ihr schmerzlich misslang. Sie hoffte, dass das ausströ-
mende Taubheitsgefühl nur durch ihre durchnässte Hose
ausgelöst wurde. Schmerz zu empfinden, war aber ein gutes
Zeichen.

Sie war sich nach der Analyse ihrer Sinne fast sicher, dass sie in einem leergepumpten Brunnen festsaß. Sie tastete ihren Körper und den Boden ab, konnte aber weder ihre Handtasche noch ihr Handy finden. Als die Welle der Verzweiflung sie überrollte, sah sie keinen anderen Ausweg, als zu schreien.

***

Gregor spitzte die Ohren, endlich war sie wach. Sie hatte sich sehr stark gewehrt. Viel intensiver als seine anderen Opfer, und es hatte ihm gefallen. So sehr er den Anblick eines gewaltsamen Todes liebte, genauso genoss er die adrenalingeladene Energie, wenn die Frauen versuchten, ihn aufzuhalten.

Und sie war ein Paradebeispiel für den Überlebenskampf. Sie hatte ihn gekratzt, getreten und gebissen, und er hatte gespürt, wie sehr ihn das erregte. Wegen ihrer Wildheit hatte er sie ausnahmsweise in den aufgeschütteten Brunnen geworfen, der immer noch tief genug war, sie an der Flucht zu hindern. Aus dem Käfig, den er normalerweise benutzte, hätte sie sich schnell befreit.

In ihm wucherte ein ungewöhnlicher Gedanke. Sie heute Nacht schon zu töten, wäre pure Verschwendung. Diese Frau wollte er besitzen, wenigstens so lange, bis er ihren Willen gebrochen hatte. So sollte es sein. Für seinen üblichen Spaß würde er sich eben etwas früher Opfer Nummer sieben holen.

***

Ihre Schreie blieben unbeantwortet, und ihre Gedanken hatten sich neu geordnet. Sie versuchte sich zu erinnern, was sie zuletzt gemacht hatte. Der Schlag auf den Kopf hatte sich zwischenzeitlich durch eine große Beule und Verkrustungen in ihren Haaren bestätigt. Auf jeden Fall hatte sie geblutet. Ihr Magen knurrte, und sofort kam der Geistesblitz. Sie war gestern oder vielleicht auch vorgestern mit ihren Freunden im Restaurant gewesen und hatte sich allein auf den Heimweg gemacht. Sie versuchte langsamer zu atmen und lauschte. Hörte sie tatsächlich Musik?

***

Gregor leuchtete mit der Taschenlampe in das dunkle Verlies und sah, dass sie sofort ihre Augen vor dem grellen Licht schützte. Er wechselte die Helligkeit und sprach sie an:

„Guten Morgen, Engelchen. Ich hoffe, die Nacht war nicht zu unbequem. Fürs Himmelbett warst du leider etwas zu zickig." Er amüsierte sich über seinen eigenen Witz, und der Widerhall seiner überheblichen Lache drängte sich bedrohlich in die Tiefe hinab.

„Ich habe hier ein bisschen was für dich. Lehn dich bitte an die Wand, ich möchte ungern dein hübsches Köpfchen treffen." Als die Frau ihn um Antworten anbettelte, war er bereits schon wieder verschwunden.

***

Sie wusste nicht, wie lange sie ihren Entführern mit Fragen bombardiert hatte, doch jede einzelne blieb unbeantwortet.

Sie hatte einen Windhauch gespürt, als er, wie angekündigt, etwas herunterwarf. Doch das schreckliche Geräusch seines Lachens hatte sie erneut gelähmt. Und erst jetzt, nachdem er verschwunden war, tastete sie sich voran. Sie fand eine Plastikdose und öffnete den Deckel ohne Vorsicht walten zu lassen. Ihr Tastsinn wurde in ihrem Gefängnis auf eine harte Probe gestellt. In ihrem Kopf wechselten sich die wildesten Fantasien ab, als sie furchtlos hineinlangte.

***

Minuten später schüttete ihr Gehirn tatsächlich Endorphine aus. In der Dose hatte nicht nur eine kleine Taschenlampe gelegen, deren schwacher Lichtschein ihr jetzt den restlichen Inhalt erhellte. Der Mann hatte ihr auch eine Plastikflasche Wasser, ein Sandwich und einen Apfel in die Dose gelegt.

Entgegen aller Instinkte trank sie gierig die Hälfte des Wassers aus und biss in das Sandwich. Ihr war egal, ob die Sachen vergiftet waren. Sie befürchtete ohnehin, dass sie hier sterben würde. Um Batterien zu sparen, saß sie wieder in der Dunkelheit. Es war egal, woraus das Sandwich bestand. Ihr quälendes Hungergefühl suggerierte ihr alles zu essen.

Nachdem ihr Magen gefüllt war, konnte sie auch wieder ihren Kopf anstrengen. Die Plastikdose war hörbar auf der feuchten Erde aufgeschlagen. Wenn die Erinnerung an den Physikunterricht sie nicht ganz verlassen hatte, war die Dose nicht aus großer Höhe gefallen. Sie lauschte in die Stille und schaltete zum Beweis ihrer theoretischen Vermutung die Taschenlampe ein.

Einige Tage später betrachtete Gregor die junge Frau, die zitternd und heulend in dem engen Eisenkäfig saß. Ihre Schwäche und Unterwürfigkeit hatten ihm fast den Spaß verdorben. Diese Frau würde für ihre Freiheit alles tun. Vielleicht würde es ihn heute Nacht erfreuen, sie in dem Glauben zu lassen, sie hätte eine Chance zu entkommen.

Opfer Nummer sieben bettelte um sein Leben. Sie bot ihm schlussendlich Sex an, den er sich nicht entgehen ließ. Als ihm das ganze Spielchen zu langweilig wurde, brach er ihr würdelos das Genick. Er befürchtete, dass ihn das sonst übliche Ausbluten nicht erregen würde. Diese Frau war nur vertane Lebenszeit.

Gregor überlegte. Ein neues Opfer zu finden, wäre kein Problem. Weil er keinen bestimmten Typus verfolgte, konnte er sich die Frauen überall greifen. Aber würde ihm das Ganze noch Spaß machen? Der Kampf mit der Frau aus dem Erdloch hatte ihn ziemlich erregt. Er beschloss, sich allein ihr zu widmen und auch noch ein bisschen Würze ins Spiel zu bringen. Er ging leise an das Loch heran und ließ die schmale Holzleiter an der Wand entlanggleiten. Er lauschte, aber seine Beute gab keinen Laut von sich.

***

Sie verharrte regungslos an der gleichen Stelle und konnte seine Anwesenheit spüren. Sie bildete sich ein, dass die Temperatur sank, wenn er in der Nähe war. Sie hatte genau gehört, dass irgendetwas Unhandliches an der Wand des Gemäuers entlanggerutscht war. Aber sie wollte auf gar keinen Fall etwas riskieren. Sie wartete auf das Knarren der Treppe.

Er ging sehr leise, wenn er ihr täglich die Plastikbox brachte. Sie hatte in der Dunkelheit die anderen Sinne immer mehr geschärft und so des Öfteren das knarrende Geräusch der Holztreppe wahrgenommen.

In der letzten Nacht hatte sie sogar das Weinen und Betteln der anderen Frau gehört. Wahrscheinlich hatte er extra die Tür offen gelassen, damit sie ihr Leiden mitbekam. Und irgendwann war da nur noch Stille. Sie hatte sich in diesem Moment gedacht, wie grausam die Welt doch ohne Geräusche war. Sie hörte das erwünschte Knarren und auch das Schließen der Tür. Sie war allein und tastete hastig nach dem Gegenstand. Sekunden später kämpften in ihrem Kopf Glück und Vorsicht um die Vorherrschaft.

Ihr Instinkt riet ihr, dass dieser Mann nicht ohne Hintergedanken eine Leiter hinunterwarf. Das Glück entgegnete spöttisch, dass er sie gar nicht töten wollte. Ihr war schlussendlich egal, wer recht hatte. Sie würde lieber als Kämpferin sterben, als hier unten langsam zu vermodern. Sie stärkte sich mit den restlichen Vorräten des Tages, nahm die Taschenlampe und stieg todesmutig die wackelige Leiter hinauf. Bereits seit Tagen hatte sie ihren eiskalten Beinen mit Übungen wieder Leben eingehaucht.

Während sie sich der Treppe näherte, lauschte sie in die Dunkelheit. Doch alles war still. Sie entdeckte am Fuß der Treppe einen Hammer, und urplötzlich tanzte das Glück als Sieger durch ihren Kopf. Es war kein normaler Hammer, sondern einer mit Spitze zum Nägel rausziehen. Sie hatte keine Ahnung, wie man so etwas nannte.

Gregor atmete leise ein. Bereits ihre Anwesenheit hatte den Duft der Atemluft verändert. Er roch ihren Schweiß und hörte ihr Herz schlagen. Er hatte die Glühbirne in der Küche herausgenommen und auf sie gewartet. Und nun war der Schein ihrer kleinen Taschenlampe die einzige Lichtquelle. Er stand dicht an die Wand gedrängt zwischen den beiden Vorratsschränken. Solange sie die Wand nicht direkt anleuchtete, würde sie ihn auch nicht entdecken.

Trotz ihres verschmutzten Äußeren machten ihre Stärke und ihr Mut sie wunderschön. Er stellte sich vor, jetzt sofort mit ihr zu schlafen und danach in ihrem Blut zu baden.

***

Sie versuchte, Atmung und Herzschlag auf das Minimum zu regulieren und das Zittern einzustellen. Sie spürte, dass er in der Nähe war. Sie war sich nicht sicher, ob sie ihn riechen konnte. Es roch nach altem Fleisch, und sie wollte sich nicht vorstellen, was in diesem Raum langsam verweste. Wie einen Windhauch nahm sie zu ihrer Rechten seine minimale Bewegung wahr. Er stand unmittelbar neben ihr und lauerte. Sie wusste, dass er sie genau beobachtete. Sie deutete an, den Raum zu verlassen und wartete einen Moment lang. Als er ihr scheinbar lautlos folgte, drehte sie sich blitzschnell wie eine Klapperschlange zu ihm um.

Gregor fiel in diesem Moment nichts anderes ein, als sie zu Boden zu reißen. Er war unbewaffnet, und als er den Hammer sah, wusste er, dass er seine Beute unterschätzt hatte. Er hatte keine Ahnung, woher sie diese Stärke nahm. Sie richtete sich schneller auf als er selbst und setzte sich wie ein

zentnerschwerer Sack auf seinen Brustkorb. Die Taschenlampe rollte noch immer über den Boden, und er konnte sehen, wie der Hammer in Richtung seines Schädels sauste.

**

Sie prügelte in unbändiger Wut immer wieder auf seinen
Kopf ein. Selbst, nachdem er sich nicht mehr bewegte. Einige
Male hatte sie mit der spitzen Seite in sein Gesicht geschlagen,
als wollte sie sich an seinen Augen für die Dunkelheit rächen.
Wahrscheinlich war sie inzwischen mit Blut und Gehirnmasse besudelt, aber dennoch nicht in der Lage, aufzuhören.
Ihre Sinne drehten durch, und sie hatte Angst, dass er immer
noch leben würde. Irgendwann fiel der Hammer von allein
aus ihrer Hand. Sie schob die Tür auf, trat in den Flur und
machte das Licht an.

Sie schaute nicht zurück, der Anblick würde sie ansonsten ein
Leben lang verfolgen. Sie öffnete die Haustür und ging langsam auf die Gebäude am Ende der Straße zu.

Das Leben eines Obdachlosen

Hannes saß an diesem Tag traurig auf seiner Decke und schaute den Menschen bei ihrem geschäftigen Treiben zu. Er war jemand, der trotz seiner ausweglosen Situation immer lächelte. Er war nicht wie die anderen Obdachlosen. Er trank nicht und hatte für jeden ein freundliches Wort über, ob sie ihm nun ein paar Cent zusteckten oder nicht. Er war hier in seiner Straße bekannt wie der sprichwörtliche bunte Hund. Und wer ihn kannte, der mochte ihn, obwohl er in den Augen der meisten nur ein Mensch dritter Klasse war. Die Bäckereiverkäuferin steckte ihm abends immer die Reste an Kuchen und Brötchen zu, die er mit den anderen Obdachlosen teilte.

An diesem Morgen ging es ihm nicht gut. Sein bester Freund, der kleine Mischling Max, musste letzte Nacht von den mobilen Tierärzten eingeschläfert werden. Er wusste lange, dass der Hund schwer erkrankt war. Aber dennoch hatte es ihm am Ende den Boden unter den Füssen weggerissen. Zehn lange Jahre hatten sie sich gegenseitig das harte Leben auf der Straße erträglich gemacht. Und jetzt war er wieder ganz allein und konnte seine Trauer nicht mehr verbergen. Er weinte, als ihn Luna, die Tochter des Friseurs, ansprach. Jeden Morgen, bevor sie in den Kindergarten ging, schaute sie bei ihm vorbei. Sie wechselte einige Worte mit ihm und streichelte den Hund. Kinder waren immer freundlich zu Hannes, aber die meisten Eltern zerrten sie schnell weiter, bevor der Abschaum der Straße ihnen etwas antun konnte. Luna und ihre Eltern waren anders. Der Vater engagierte sich für Obdachlose und schnitt ihnen kostenlos die Haare.

Das Mädchen fragte Hannes:

„Warum weinst du? Ich habe bei dir noch nie Tränen gesehen." Als Luna den Grund der Traurigkeit erfuhr, musste auch sie weinen. Und der obdachlose Mann und das kleine Mädchen teilten ihre Trauer wortlos in einer Sprache, die nur die Menschen mit einem reinen Herzen verstehen.

***

Die Stunden des Tages vergingen, und Hannes versuchte, seine Traurigkeit zu verbergen. Zum ersten Mal, seit er auf der Straße lebte, setzte er ein unehrliches Lächeln auf. Er hatte Angst vor der Nacht. Mit Max hatte er seine Familie immer bei sich, und die Dunkelheit konnte ihre Fangarme der Einsamkeit nicht nach ihm ausstrecken. Hannes dachte an sein Leben vor der Straße, das nur noch als blasse Erinnerung in seinem Kopf existierte. Er war Lagerist gewesen, kein gut bezahlter Traumjob, aber er konnte seiner Frau und ihrem kleinen Sohn ein Leben ohne Sorgen bieten. Doch seine Ehefrau war nie zufrieden mit einer sorgenfreien Ehe. Sie ließ sich zu oft von Luxus und Ansehen blenden. Die beiden stritten immer öfter, und eines Tages ging sie mit dem Jungen fort und kehrte nie wieder zurück. Hannes war ein Mann, der nur für seine Familie lebte. Somit war die Trennung für ihn der Auslöser für den sozialen Absturz. Alkohol, Depressionen und schließlich der Verlust von Arbeitsstelle und Wohnung spülten Hannes wie durch einen tosenden Wasserfall direkt in die Obdachlosigkeit. Das war nun 15 Jahre her, und er fragte sich, wie es seinem Sohn ergangen war.

Die erste Zeit auf der Straße lebte er wie in Trance. Ständig benebelt durch den Alkohol wollte er nur eins: Sterben! Das Leben erschien ihm sinnlos ohne seine Familie. Die harte Zeit hatte ihn unfähig gemacht, sein Leben wieder in den Griff zu bekommen. Er lebte abgestumpft und gleichgültig in Bezug auf jeden anderen Menschen, den er traf. Er galt als Schläger. Kein Obdachloser legte sich mit ihm an, und so fand er sich mit seinem Schicksal ab. Eines Tages, nachdem Hannes im Abfall nach Pfandflaschen gewühlt hatte, fand er in einer Mülltonne einen Hundewelpen. Er begann umzudenken und hatte wieder jemanden, für den er sorgen konnte. Der kleine Hund weckte Freundlichkeit und Empathie in Hannes. Er hörte auf zu trinken und lächelte wieder. Es gelang ihm nicht, den Strudel der Hoffnungslosigkeit zu verlassen, aber er sah die Obdachlosigkeit als Flug in die Freiheit. Er nutzte die Hilfsangebote und pflegte sich und seine Kleidung. Auf den ersten Blick würde nicht jeder vermuten, dass er wohnungs-los war.

***

Inzwischen hatten die Geschäfte in der Straße geschlossen. Die freundliche Verkäuferin hatte ihm heute eine besonders große Tüte mit Backwaren geschenkt. Sie wusste nicht, wie sie anders mit der Trauer dieses Mannes umgehen sollte. So-weit, ihn in den Arm zu nehmen, ging ihre Nächstenliebe nicht. Er hatte Vertrauen zu ihr, das wusste sie, denn sie kannte seine Lebensgeschichte. Hannes bedankte sich freundlich und wünschte ihr einen schönen Tag. Er lächelte wie jemand, der innerlich zerbrochen war. Die Frau des Flei-schers hatte Hannes heute eine Decke geschenkt. Es war in-zwischen November, und die Nächte wurden kälter. Sonst brachte sie immer einen Knochen für den Hund, aber den brauchte er leider nicht mehr.

Die Wochen vergingen, und die Einsamkeit hatte wieder von Hannes Besitz ergriffen. Er trank nicht, aber er pflegte sich auch nicht mehr. Und niemand merkte, wie ihn die Traurigkeit von innen auffraß. Die Welt ist leider oft so, dass man den eigenen Verwandten oder Freunden selten ansieht, dass ein Lächeln nur aufgesetzt und die Seele dahinter krank ist. Wie sollten die Menschen so etwas bei einem Obdachlosen erkennen?

Es war wieder Samstag. Die Geschäftsleute hatten Hannes diesmal besonders gut fürs Wochenende versorgt, ihm sogar einen Mantel geschenkt. Als Schutz für ihn vor der beißenden Kälte. Und als Tribut für ihr eigenes Seelenheil. Schließlich stand Weihnachten vor der Tür. Er nahm alles freundlich an und verschenkte es an die anderen weiter, nachdem seine Gönner außer Sichtweite waren. Hannes hatte genug vom Leben. Er wollte schlafen und nie wieder aufwachen.

Der Friseur fand ihn am Montag, um ihm eigentlich nur Grüße von seiner kranken Tochter auszurichten. Doch Hannes antwortete nicht mehr. Er war erfroren in der letzten Nacht. Allein und traurig, so wie er seine letzten Monate gelebt hatte. Die Geschäftsleute waren so betroffen, wie man es für jemanden sein konnte, den man mochte, aber nicht wirklich kannte. Sie sammelten, damit Hannes ein würdiges Begräbnis erhielt. Die Tochter des Friseurs stellte eine kleine Hundefigur auf sein Grab, damit er nicht so allein war.

***

Zwei Monate später kam ein junger Mann in die Bäckerei und sprach die Verkäuferin schüchtern an. Sie schluckte, als sie ihm in die Augen sah. Sie wusste sofort, wer vor ihr stand. Dieses Lächeln hatte sie zuvor schon mehrmals gesehen.

„Entschuldigen Sie bitte, ich bin Fabian Berger. Ich habe gehört, Sie kennen meinen Vater. Johannes Berger heißt er." Der Verkäuferin fiel angesichts dieser Worte der Becher aus der Hand, den sie gerade gefüllt hatte. Der Kaffee lief durch den Verkaufsraum. Der Junge weinte, als ihm klar wurde, dass er zu spät war, um seinen Vater wiederzufinden. Er erfuhr, was für ein herzensguter Mensch Hannes gewesen war und wie sehr er seine Familie geliebt hatte. Am Ende blieb Fabian nur die traurige Erkenntnis, dass sein Vater niemals erfahren würde, dass er ihn gesucht hatte.

Zwei Ansichten

"Das größte Gefängnis, in dem Menschen leben, ist die Angst vor dem, was andere über sie denken." (Zitat David Icke)

Sie ging wie jeden Abend die vier Stockwerke zu ihrer Wohnung hinauf, ohne die Beleuchtung einzuschalten. Heute hatte sie wieder zwei Stunden nach Hause gebraucht. Sie hatte diverse überfüllte Busse davonfahren lassen. Den Fahrstuhl benutzte sie seit ihrem Einzug gar nicht mehr.

Es ging ihr nicht um den Fitness-Faktor, den das tägliche Treppenlaufen mit sich brachte. Nein, sie wollte bewusst ihren Nachbarn aus dem Weg gehen. Sie musste auf dem Treppenabsatz der zweiten Etage würgen. Sie dachte an den Schweißgeruch des Mannes, der eben zwei Reihen hinter ihr gesessen hatte.

***

Noch zwei Monate sparen, dann könnte sie sich ein gebrauchtes Auto leisten. Endlich müsste sie für ihren Arbeitsweg nicht mehr die öffentlichen Verkehrsmittel nutzen. Zusammengepfercht wie die Ölsardinen in einem überfüllten Bus zu stehen, bereitete ihr immer noch Übelkeit.

Ihr Herzschlag beschleunigte sich wie immer nach dem dritten Stock. Sie schnaufte wie eine Dampfwalze, als sie die letzte Treppe erreichte. Sie fühlte sich mit zehn Kilogramm Übergewicht wohler in ihrem Körper. Das heutige Schönheitsideal war nur ein surreales Lockmittel für die Wanzen der Gesellschaft.

Sie schloss ihre Wohnungstür auf und zwängte sich schnell hinein. Sie hatte es geschafft! Ohne Kontaktaufnahme zu Menschen und der schwelenden Gefahr, in ein Gespräch verwickelt zu werden. Tag 186 erfolgreich beendet.

Sie knipste nur die kleine Lampe auf ihrem Küchentresen an. Nicht, um Strom zu sparen. Auch innerhalb ihrer eigenen vier Wände war die Dunkelheit ein Mantel der Geborgenheit. Sie lächelte und freute sich auf den nächsten Tag mit Freiheitsdrang und Lebenslust.

***

Ansichten der Nachbarn (O-Ton):

"Frau B., die arrogante Kuh aus Stockwerk vier, die niemals grüßt und sich für was Besseres hält. Man sieht sie nur von hinten. Das Treppenlaufen hat sie nötig, so fett wie sie ist. Die macht irgendwas Illegales, diese Frau kommt jeden Abend spät nach Hause. Und immer versteckt sie sich in der Dunkelheit, hat wohl eine dicke Knollennase."

***

Die Realität:

Hannah B., 23 Jahre, Opfer einer Gruppenvergewaltigung, nach 73 Stunden befreit. War nur sicher, wenn die Täter sie in einen dunklen Verschlag sperrten, um zu schlafen. Nach drei Jahren Angsttherapie wohnt sie seit 186 Tagen endlich wieder in einer eigenen Wohnung. Letzte Therapiestufe: Nicht jeder Mensch ist böse!

Vatermord

Gina zerknüllte den Brief der Rechtsanwaltskanzlei und warf ihn wütend in die Ecke. In ihrem Inneren stieg diese unbändige Wut auf. Sie war ein ruhiger und kontrollierter Mensch. Sie war immer darauf bedacht, ihr negatives Temperament einzusperren. Meistens gelang es ihr mühelos, den Ruhepuls wiederzufinden. Aber wer ihren Zorn auf sich zog, konnte sich gleich begraben lassen.

Es gab kaum etwas auf dieser Welt, was so viel Hass in ihr auslöste, wie der Gedanke an den Mann, der sie gezeugt hatte. Ihre Fingernägel gruben sich tief in die Haut unterhalb ihres linken Oberschenkels, bis sie den Schmerz nicht mehr aushielt.

Gina zählte langsam von Fünfzig rückwärts. Sie ahnte bereits, dass der übliche 20-Sekunden-Rhythmus nicht ausreichen würde, die quälende Wutspirale zu durchbrechen. Sie schloss die Augen. Als die Schmerztränen einsetzten, bereute sie diesen Fehler im gleichen Augenblick. Sie hatte die Bilder einer blutüberströmten Frau vor Augen, die mit zwei Kindern barfuß durch die Straßen irrte. Es waren die Erinnerungen eines kleinen Mädchens. An die Flucht ihrer Mutter vor jemandem, der seine Familie beschützen sollte.

***

Dieser Mann war ihr Vater. Er war ein Schläger, Betrüger und Manipulator. Er zahlte niemals Unterhalt. Und die Zeiten, in denen er sich wie ein Vater um seine Kinder kümmerte, machten nicht einmal ein Viertel ihrer Kindheit aus. Sie öffnete die Augen, eine Woge von unverblümtem Hass peitschte durch ihren Körper. Die ansonsten zuverlässige Schmerzübertragung auf ihr Bein schien diesmal zu versagen. Sie holte noch einmal tief Luft und schleuderte ihren halb vollen Kaffeebecher mit Wucht gegen die weiße Wand.

Gina schrie ihre Abscheu sekundenlang stumm heraus, bis ihr der Geifer aus den Mundwinkeln tropfte. Wie konnte er es wagen, seinen Kindern eine Unterhaltsklage anzudrohen? Sie stand auf und merkte erst im Fallen, dass ihre Knie nachgaben. Sie schlug mit dem Kopf unsanft gegen den Staubsauger, den sie nach dem Öffnen der Post noch nicht weggeräumt hatte.

Sie spürte, dass dieser geringe Schlag ausreichte, den blinden Hass in kontrollierte Aggression umzuwandeln. Sie lachte über das Kaffeekunstwerk an ihrer Wand. So leicht würde sie ihn nicht davonkommen lassen.

***

Gina richtete sich mehr als umständlich auf und suchte den Brief, den sie vorhin zerknüllt hatte. Auf der zweiten Seite des Schreibens entdeckte sie die benötigte Information. Ihr Erzeuger befand sich momentan in einem Pflegeheim. Der Durst nach Rache formte einen Plan in ihrem Kopf, und ein wohliges Gefühl durchströmte ihren Körper.

Sie ging ins Bad, duschte heiß und betrachtete anschließend ihr diabolisches Grinsen im Spiegel. Wie war das gleich im Strafrecht? Sie versuchte sich genau an die Ausnahmeregelungen der affektiven Erschütterung zu erinnern. Mit viel

Glück und einem guten Anwalt müsste sie nicht einmal ins Gefängnis.

***

Sie griff nach einem Küchenmesser und verstaute es in der Innentasche ihres Mantels. Gina war festen Willens, sein Leben und damit ihr Leiden zu beenden. Sie schlich durch die Flure des Pflegeheims, ohnehin interessierte sich niemand für sie. Als sie sich nach seiner Zimmernummer erkundigte, wurde sie nicht einmal nach ihrem Namen gefragt. Einige Meter vor seinem Zimmer blieb sie stehen. Vielleicht hoffte sie noch auf eine innere Stimme, die ihr sagte, dass er es nicht wert sei. Doch niemand sprach mehr zu ihr, auch dann nicht, als sie bereits die Türklinke herunterdrückte.

***

Die Vorhänge waren zugezogen und tauchten den Raum in gespenstisches Halbdunkel. Sie trat vorsichtig an sein Bett heran und zuckte zusammen, als sie das Häufchen Elend erblickte, das einst ihre Mutter verprügelt hatte. Sein Gesicht war von der Krankheit schwer gezeichnet, und seine weißen Haare standen wirr von seinem Kopf ab.

Sie dachte gerade, er wolle sie ansprechen, aber aus seinem Mund kamen nur ein Gurgeln und schleimiger Sabber. Sie erschrak und rannte so schnell sie konnte aus dem Zimmer, den langen Flur entlang zum Ausgang. Die pure Galle stieg in ihr auf, und sie musste mehrfach schlucken, um sich nicht zu übergeben.

Gina rannte, bis ihr fast die Luft wegblieb und ließ sich auf eine Parkbank fallen. Sie tastete nach dem Messer und lächelte. Sie wusste, dass der Krebs bald ihre Klinge führen würde.

Als der Tod blasslila trug

Abwesend hetzte sie durch die menschenleeren Straßen. Sie versuchte einen klaren Gedanken zu erhaschen. Der Himmel war seit dem Regenguss am Nachmittag erst gar nicht wieder hell geworden. Er hüllte die ganze Stadt in ein blau-schwarzes Samtband, verziert mit einer Borte aus aufblitzenden Straßenlaternen. Ihre sandalenbeschuhten Füße waren durch die zahlreichen Pfützen und Rinnsale inzwischen patschnass und angefroren.

Sie hatte ihre Strickjacke im Büro vergessen. Nun waren die Spaghettiträger ihres Kleides der einzige Schutz gegen die eiskalten Finger des Herbstes, die gierig über ihre Schultern strichen. Heute Morgen, als die Welt noch in Ordnung gewesen war, hatte sie bewusst das zitronengelbe Sommerkleid mit der durchgehenden Knopfleiste gewählt. Jetzt, nachdem ihre Seele zerstört wurde, waren einige der blütenförmigen Perlmuttknöpfe abgerissen. Sie musste den Stoff mit der linken Hand festhalten, um nicht noch weitere Blicke auf ihren geschundenen Körper preiszugeben.

***

Sie versuchte die bruchstückhaften Erinnerungen an den Tag zu rekonstruieren, was ihr nicht gelingen wollte. Der Geruch seines aufdringlichen Aftershaves war das Einzige, was sich abrufbar in ihren Synapsen eingebrannt hatte. Es fing wieder an zu regnen. Sie erreichte das Flussufer mit den riesigen Blauregen-Bäumen. Zum ersten Mal fühlte sie sich wieder sicher. Der Anblick war betörend. Von oben hingen die Ranken der Bäume fast bis zum Boden. Ihre Farbpalette reichte von

245

blassen Lilatönen bis zu zartem Pink. Von den Regenpfützen flimmerte das Farbenspiel zurück. Sie fühlte sich wie in einem Kokon aus Blüten, die all ihr Erdenleid abschirmten und sie beschützten.

Sie setzte sich auf die kleine Bank an der tiefsten Stelle der Blütendecke und sog Himmelslicht und Goldduft in ihre brennenden Lungen ein. Sie war beseelt. Allerorten auf dieser Welt konnte es niemals so friedvoll und magisch sein wie unter diesem Blütenkleid.

Sie saß nur da, als der Abendhauch den ersten Tagesschimmer sanft küsste, um die dämmerhelle Morgenstunde zu begrüßen. Sanftmütig richtete sie ihren Blick gen Himmel, umrahmt von ihren blasslila Erlösern. Die auch nicht erblickten, dass sich zwei Hände gewaltvoll um ihren Hals legten und einen letzten stummen Schrei aus ihrer Kehle pressten.

Am Tag, als der Regen kam

Erik war genervt. Erst die lange Fahrt, und jetzt regnete es auch noch. Er schaute zu Svea und bereute seine Gedanken sofort wieder. Wenn er seine Frau ansah, war jede Strapaze vergessen. Er dankte Gott noch heute für den Tag, an dem er Svea kennengelernt hatte.

Erik holte tief Luft. Sie hatte aus ihm einen anderen Menschen gemacht, einen besseren, der etwas wagte. Dafür würde er ihr auf ewig dankbar sein. Er hatte das von seinen Eltern aufgedrängte Studium abgebrochen und Tischler gelernt. Für Svea hatte er mit seinem vorgeplanten Leben gebrochen und sich für die Freiheit entschieden.

Heute betrieben sie gemeinsam eine Tischlerei, und er spürte jeden Tag, dass diese Entscheidung richtig gewesen war. Dass sein Vater jahrelang nicht mehr mit ihm geredet hatte, erschien ihm als das kleinere Übel.

***

Er lächelte, als er an seine Frau dachte. Svea war das absolute Gegenteil von ihm. Sie konnte jedem Tag etwas Gutes abgewinnen. Sie hatte schon morgens gute Laune und stellte selten das Lachen ein. Sie tat immer das, wozu sie Lust hatte. Sie scherte sich nicht darum, was andere dachten. Sie war sehr klug und trotz ihres Alters noch ein freches Kind.

Dabei hatte ihr das Leben oft böse mitgespielt. Sie hatte die Eltern früh verloren und war im Berufsleben übergangen worden. Dennoch hatte sie immer genug Kraft, wieder aufzustehen.

***

Für Svea hatte er sich aufs Neue auf ein Abenteuer eingelassen. Sie ersteigerten ein altes Haus auf dem Land, ohne genau zu wissen, wie es überhaupt aussah. Sein Verstand hatte ihn angefleht, den Schwachsinn sein zu lassen. Aber als er Sveas Begeisterung sah, konnte er ihr nicht widerstehen. Und vor diesem Haus standen sie nun im Regen, und Erik bereute keinen Augenblick.

***

„Schatz, gibst du mir die Schlüssel?" Svea war aus dem Wagen gesprungen und stand aufgeregt vor der Haustür.

Erik fragte sich, woher sie ihre Energie nahm, als er sich wie ein alter Mann aus dem Auto quälte. Svea schloss die Tür auf und war sofort auf der oberen Treppe verschwunden, als er das Haus betrat. Erik fühlte sich wie in einem Museum. Jeder einzelne Raum sah aus, als wäre er vor Jahrzehnten unter einer dicken Staubschicht versiegelt worden. Der Vorbesitzer hatte sich bei seiner Farbwahl eindeutig an den Siebzigern orientiert. Tapeten, deren Muster irgendwann neonfarben gewesen waren, dazu Teppiche im Raubtierdesign und knallbunte Deko.

Erik fing im Stillen an, den Kauf des Hauses zu bereuen, als er Svea oben kreischen hörte.

„Erik, komm bitte sofort nach oben. Das glaubst du nicht, wir haben echte Zeitgeschichte gekauft." Er stieg umsichtig die lange Treppe hinauf und sah sich angewidert um. Sie würden sicher einen Monat für die Grundreinigung brauchen.

Das obere Stockwerk erschien ihm kaum ansehnlicher als das untere. Er konnte Svea nirgends entdeckten, aber hörte sie deutlich singen. Irgendeinen alten Schlager, den er nicht kannte. Erik musste grinsen, sie war ein wandelndes Musiklexikon. Er stieg die knarrende Leiter zum Dachboden hinauf.

Als er Svea sah, hatte er seinen Groll gegen das Haus schon wieder vergessen. Seine Frau saß mit verschmutzen Wangen auf dem Boden und lachte über das ganze Gesicht. „Erik, guck dir das an, das ist eine alte Wurlitzer mit Singles aus den 50er und 60er-Jahren. Ich habe noch nie etwas so Schönes gesehen."

Ich auch nicht, dachte Erik und küsste seine Frau auf die Stirn.

***

Zwei Monate später war das Haus nicht wiederzuerkennen. Bei den Tapeten hatte Erik sich unnachgiebig gezeigt, und die Wände wurden in matten Farben gestrichen. Ansonsten hatte er Svea vertraut. Er musste neidlos anerkennen, dass sie die Vergangenheit perfekt mit der Gegenwart vereint hatte. Die Dekorationen und viele Möbel waren in einem guten Zustand gewesen, sodass sie sich nun eindrucksvoll mit ihrer Einrichtung ergänzten.

Jetzt musste Erik das Telefonat führen, vor dem er sich lange gefürchtet hatte. Er wählte die ungeliebte Nummer und lud seine Eltern fürs Wochenende ein. Erik ahnte schon, dass sein Vater wie immer seine Pläne torpedieren würde. Sie planten, die Tischlerei in der Stadt zu verkaufen und auf dem Land noch einmal neu anzufangen.

Das Essen mit seinen Eltern verlief genauso angespannt, wie Erik es erwartet hatte. Sein Vater konnte sich nicht beruhigen. Er hielt den Verkauf der Tischlerei für eine absolute Schnapsidee. Wieder einmal war es Svea, die mit ihrer besonderen Art die Stimmung aufhellte.

„Jetzt hört doch auf zu streiten. Gerd, wie gefällt dir unsere Inneneinrichtung? Das Beste hast du noch gar nicht gesehen." Sie zwinkerte ihrem Mann zu und zog den verdutzten Schwiegervater von seinem Stuhl hoch. Ehe der protestieren konnte, hatte Svea ihn schon Richtung Wohnzimmer geschoben.

„Hast du schon einmal so eine schöne Jukebox gesehen?" Von diesem Moment an war Gerd wie ausgewechselt. Genauso wie Svea sang er lauthals die alten Lieder mit. Und seine Frau Brigitte strahlte über das ganze Gesicht und kicherte wie ein junges Mädchen. Erik dachte, dass er seine Eltern noch nie so unbeschwert gesehen hatte. Sveas Lachen unterbrach seine Gedanken.

„Gerd, ich muss dir mein Lieblingslied vorspielen." Und im nächsten Moment erklang die Melodie von „Am Tag als der Regen kam". Die beiden Paare, die sich in den letzten Jahren so fremd gewesen waren, feierten ausgelassen miteinander und trennten sich erst im Morgengrauen.

Liebling, ich glaube dieses Haus und all sein Inventar ist pure Magie", sagte Erik beim Frühstück.

„Papa hat heute Morgen schon angerufen und gefragt, wann wir uns das nächste Mal treffen. Und mein Vater nannte dich einen Sonnenschein."

Bei diesen Worten liefen Erik Tränen der Rührung über das Gesicht. Svea küsste ihn und sagte damit mehr als genug. Vier Monate später hatte es noch viele Treffen und ein besonderes Ereignis gegeben. Svea war endlich schwanger, drei Jahre lang hatten sie es vergeblich versucht. Erik war damit endgültig von seiner Magietheorie überzeugt.

Erik saß einige Wochen später auf der Veranda und beobachtete Svea. Sie schnitt einige Blumen ab, und der Wind hatte ihr den Strohhut vom Kopf geweht. Seit ihrer ersten Begegnung hatte diese Frau sein Leben auf den Kopf gestellt. Nach all den Jahren schlug sein Herz immer noch bis zum Hals, wenn sie lächelte. Er konnte sich nie erklären, was ihre Verbindung so stark machte. Und in ein paar Monaten wurde er zum ersten Mal Vater. Wie könnte Glück jemals perfekter sein?

***

Der Winter kam viel früher und heftiger als üblich. Svea wäre gerne aufgestanden und hätte den ersten Schnee begrüßt. Doch nach einem Schwächeanfall hatte ihr der Arzt Bettruhe verordnet. In drei Wochen war der Geburtstermin. Sie wollte protestieren, doch Erik setzte sich durch.

„Du bleibst im Bett, und ich baue dir einen Schneemann."

***

Sveas Schreie hallten durch die Nacht. Obwohl sie die Bettruhe einhielt, setzten einige Tage später die Wehen ein. Erik versuchte, die Ruhe zu bewahren und rief einen Krankenwagen. Zum ersten Mal, seit er sie kannte, hatte er Angst.

Erik brach im Warteraum der Klinik zusammen, seine geliebte Svea war gestorben. Sie hatte zu viel Blut verloren, und die Ärzte waren außerstande, sie zu retten. Sein Vater stützte ihn. In dieser traurigen Episode war er seinem Sohn näher als jemals zuvor.

„Junge, du musst stark sein. Deine Tochter hat überlebt, und sie braucht dich."

***

Die Beerdigung war für Erik wie ein Gang durch eine Nebelwand. Seine Eltern hatten die Trauerfeier organisiert und waren zu ihm gezogen. Sie kümmerten sich auch liebevoll um ihre Enkelin.

Sie trug den Namen Freya. Svea hatte ihn schon zu einer Zeit ausgesucht, als sie noch gar nicht schwanger war. Erik sprach kaum ein Wort und nickte den anderen nur zu. Jeder sagte ihm, wie wunderbar seine Frau gewesen war, was seinen eigenen Schmerz noch verstärkte.

Als der Sarg nach unten gelassen wurde, spielten sie ihr Lieblingslied. Und wie ein Zeichen des Himmels fielen triste Regentropfen auf das Grab.

Erik weinte. Er wollte dorthin, wo er mit Svea glücklich gewesen war. Er glaubte immer noch an die Magie des Hauses, weil seine Tochter lebte.

Blinder Hass

„Theo, schau doch mal nach, ob der Mischling auch braunes Blut hat."

„Spinnst du? Nachher stecke ich mich noch mit irgendeiner Seuche an. Jeder Idiot weiß doch, wie dreckig Nigger sind."

Benita nahm die Worte kaum noch wahr. Die zahllosen Schläge auf ihren Körper hatten sie in einen Dämmerzustand versetzt. Die Schmerzen waren unerträglich. Einer aus der Gruppe hatte ihr die Schulter ausgerenkt. Sie wusste nicht, wie viele Angreifer es waren. Mit ihren kahlrasierten Schädeln sahen sie alle gleich aus. Sie fühlte die Feuchtigkeit in ihrem Gesicht. Benita hatte keine Ahnung, ob es Blut war. Die jungen Männer hatten sie anfangs bespuckt und mit Bier übergossen.

Sie hörte grausames Lachen und fiel in Ohnmacht.

***

Benita freute sich auf die neue Wohnung. Endlich hatte ihre Mutter Heike eine Arbeitsstelle in einer anderen Stadt gefunden. Zwar schmerzte ihre Tochter der Abschied von ihren Freunden, aber sie wusste, wie dringend ihre Mutter den Neuanfang brauchte. Der Vater war vor sechs Monaten verstorben, und in der alten Wohnung steckten zu viele Erinnerungen.

Heike sah direkt die Enttäuschung im Gesicht ihrer Tochter, als sie das Viertel erreichten, in dem die neue Wohnung lag.

Benita sah graue Hochhäuser und asphaltierte Spielflächen. Im Hauseingang lungerten Jugendliche herum, die sie anstarrten, als wäre sie ein Alien.

„Benita, schau dir unser Zuhause von innen an. Ich habe mir viel Mühe gegeben." Heike zweifelte an ihren eigenen Worten. Der Unterschied zwischen einer Doppelhaushälfte im Grünen und einer Mietwohnung im 10. Stock war zu gravierend.

Benita wischte sich eine Träne aus dem Gesicht. Ihre Euphorie war verschwunden. Jetzt verstand sie, warum ihre Mutter den Umzug allein vorbereitet hatte. Sie schluckte den Frust herunter und nahm ihren Koffer. Traurig folgte sie ihrer Mutter, die bereits im Haus verschwunden war. Benita passierte die Gruppe der Jugendlichen, die ihr etwas zurief. Sie wünschte sich stumm, dass ihr Papa an ihrer Seite wäre.

Benita hatte ihren Vater Joe sehr geliebt. Er war Amerikaner gewesen, der sich in eine deutsche Frau verliebt hatte. Er nannte seine Tochter immer zärtlich „kleiner Macchiato", weil ihre Hautfarbe einem Milchkaffee glich. Benita kam sich mit ihrem Teint und den schwarzen Locken immer normal vor. In ihrem alten Heimatort war die Familie beliebt gewesen und wurde von jedem akzeptiert.

***

Heike hatte ihrer Tochter nicht zu viel versprochen. Nachdem sie graffitibesprühte Flure hinter sich gelassen hatten, wartete hinter der Wohnungstür ein kleines Paradies. Die beiden hatten zwar nicht alle Möbel mitnehmen können, aber es fehlte kein einziges Erinnerungsstück. Benita freute sich anfangs, dass ihr Zimmer einen eigenen Balkon hatte. Doch als sie Tür öffnete, blickte sie nur in dunkelgraue Tristesse und hörte keinen einzigen Vogel singen.

***

Benita schlief wenig in dieser Nacht. In ihrem Herzen mischten sich Heimweh und die Sehnsucht nach ihrem Vater. Langsam wurde ihr bewusst, welches Opfer sie für den neuen Job ihrer Mutter brachte. Sie dachte an die Jugendlichen, die vor dem Haus gestanden hatten. Sie hatte sehr wohl verstanden, was sie ihr zugerufen hatten. Es waren rassistische Beleidigungen. Worte, die Benita noch nie zuvor ertragen musste. Sie beschloss, die Sache erst einmal zu vergessen.

***

Benita betrat das Schulgelände und spürte die skeptischen Blicke der anderen Schüler. Sie war nicht in der Lage, einzuschätzen, ob diese ihrer Hautfarbe oder dem Umstand galten, dass sie die Neue war. Der Weg in die Klasse kam Benita vor wie ein Spießrutenlauf. Sie hatte Angst, und jedes Kichern und Flüstern bezog sie automatisch auf sich. Doch dann wurde sie eines Besseren belehrt. Die Lehrerin stellte sie humorvoll vor, und in der vielschichtigen Klassengemeinschaft fühlte sich Benita sofort angenommen.

Am Ende des Schultages schloss sich Benita einer Gruppe von Mitschülern an, die ebenfalls in ihrer Straße wohnten. Benita vergaß ihre Sorgen und schmiedete Pläne für das nahende

Wochenende. Sie lachte und freute sich schon darauf, ihrer Mutter von den neuen Freunden zu erzählen.

***

Benita hatte ein mulmiges Gefühl im Magen, als sie sich ihrem Häuserblock näherte. Vor einigen Minuten hatte sie die letzte Mitschülerin verabschiedet. Es war ihr zu peinlich, das Mädchen zu bitten, sie nach Hause zu begleiten. Auf den ersten Blick konnte sie niemanden vor der Haustür entdecken. Benita nahm all ihren Mut zusammen und lief schnellen Schrittes Richtung Eingang.

Der erste Schlag traf sie direkt ins Gesicht. Sie hatte sich sicher gefühlt, als sie die Mülltonnen erreichte. Doch nun stolperte sie über ein gestrecktes Bein und fiel der Länge nach auf den Boden. Benita versuchte aufzustehen, doch sie wurde von einem Stiefel wieder runtergedrückt. Sie sah aus dem Augenwinkel, dass ein älteres Ehepaar mit Hund an ihnen vorbeiging. Benita rief um Hilfe, doch die Leute liefen unbeirrt weiter. Ein Tritt traf sie in den Magen, und jemand zog an ihren Haaren.

Benita versuchte, die Situation zu ergründen. Sie hörte klatschende Hände und Lachen. Mehrere Fäuste schlugen auf ihren Körper ein, und dann wurde es dunkel.

***

Eine Stunde später parkte Heike ihren Wagen. Sie hatte Benitas Lieblingsessen vom Asiaten geholt und freute sich auf ihre Erlebnisse des ersten Schultages. Sie sah das Blaulicht und den Krankenwagen, und instinktiv rannte sie los. Sie verlor im Laufen die Tüte mit dem Essen, und die süßsaure Ente mit Reis fiel auf den Boden. Heike schrie, als sie ihre Tochter auf der Trage entdeckte. Eigentlich sah sie nur ein blutendes Mädchen, das keinerlei Ähnlichkeit mit ihrer wunderschönen Benita hatte. Doch ihr Mutterherz erkannte sie sofort. Heike fing an zu weinen und rief nur:

„Es tut mir so leid, mein Engel."

***

Als Benita drei Wochen später aus dem Krankenhaus entlassen wurde, sah man immer noch deutlich die Spuren der schweren Misshandlungen. Der linke Arm war eingegipst, und die herausgerissenen Haare nicht nachgewachsen. Die beiden Haupttäter waren unmittelbar nach der Tat verhaftet worden. Das ältere Ehepaar hatte sich mit einigem Sicherheitsabstand entschieden, die Polizei anzurufen. Diese verspätete Zivilcourage hatte Benita das Leben gerettet.

Dennoch stand fest, dass sie in dieser Stadt chancenlos war. Ihre Mutter hatte bereits alles gepackt und ihren Job gekündigt. Die beiden würden wieder in ihre alte Heimatstadt ziehen. Sie gingen dorthin zurück, wo Hautfarbe keine Rolle spielte und alle Menschen gleich waren. Ihre alten Freunde würden Benita helfen, das Erlebte zu verarbeiten und vielleicht irgendwann auch zu vergessen.

Der letzte Tango

Mary verließ hektisch die Praxis. Die Sprechstundenhilfe rief ihr noch irgendwas hinterher. Aber das hörte sie längst nicht mehr. Der Fahrstuhl war immer noch defekt, und sie rannte die Treppen hinunter. Sie brauchte sofort frische Luft.

Sie setzte sich in ihr Auto und ließ ihren Tränen freien Lauf. Ihre Gedanken kreisten um die Worte ihres Arztes.

„Sie haben noch sechs Monate zu leben", hatte Dr. Birkner gesagt. Mary sah in den beschlagenen Rückspiegel und schrie ihr verheultes Abbild an:

„Du bist 31 Jahre alt und nicht bereit zu sterben. Es gibt tausend Dinge, die du noch erleben willst."

Das Handyklingeln riss sie aus ihren Gedanken.

„Frau Lechner, Sie haben die Praxis gerade so überstürzt verlassen. Ich verstehe ihre Emotionen. Sie sind noch ein junger Mensch, dem ich gerade sagen musste, dass ein bösartiger Tumor in ihm wächst. Das sind die Schattenseiten meines Berufs, es tut mir so leid." Mary telefonierte noch eine Weile mit ihrem Arzt und war dann in der Lage, nach Hause zu fahren.

***

Sie saß auf ihrer Couch und blätterte in den alten Fotoalben. Die Diagnose hatte alle Erinnerungen an ihre Vergangenheit zurückgebracht. Mit ihrer Familie war sie heillos zerstritten. Sie würde nicht ihren heuchlerischen Trost benötigen. Es gab nur zwei Menschen in ihrer Familie, denen sie wirklich getraut hatte.

Mary hatte das gesamte Vermögen der Großeltern geerbt. Über fünfzig Jahre waren die beiden verheiratet gewesen und dann binnen drei Wochen nacheinander verstorben. Sie lächelte, als sie ihr Lieblingsfoto betrachtete. Oma und Opa beim Tangotanzen in Paris. Sie hatten dort jahrelang eine Tanzschule betrieben. Mary wünschte sich so sehr, dass die beiden jetzt an ihrer Seite wären.

***

Am nächsten Morgen erwachte sie mit Kopfschmerzen. Sie hatte in dieser Nacht wilde Träume gehabt, und doch wusste sie ganz genau, was sie zu tun hatte. Sie rief als erstes Dr. Birkner an. Danach bat sie ihre Freundin Sybille, mit der sie einen Tierfutterladen betrieb, um eine Auszeit. Es tat ihr leid, diese wunderbare Frau anzulügen. Aber Mary war noch nicht bereit für die Wahrheit.

Sie lächelte wieder, als sie den Flug nach Paris und ein Pensionszimmer in Belleville reservierte. In diesem Arrondissement hatten ihre Großeltern damals ihre Tanzschule betrieben. Von ihnen hatte Mary auch die Leidenschaft fürs Tanzen. Und nun wollte sie Tango Argentino lernen. Wenn sie schon sterben musste, dann doch wenigstens jeden Tag genießen. Am Nachmittag ging sie noch zum Notar und setzte ihr Testament auf. Sie würde alles Sybille und dem Tierschutz vermachen.

***

In Paris angekommen war Mary nicht mehr so abenteuerlustig. Sie sprach kaum ein Wort Französisch, und die verschriebenen Medikamente brachten Nebenwirkungen mit sich. Ihr Arzt hatte sie nur unter der Bedingung fliegen lassen, dass sie einen Kollegen vor Ort aufsuchte. Vielleicht war alles eine naive Idee gewesen. Ein paar Tage später ging es ihr besser, und sie fand die Straße, in der ihre Großeltern damals gelebt hatten.

Zu ihrer Freude stellte sie fest, dass es dort noch immer eine Tanzschule gab. Sie betrat das Studio und sah sofort die alten Fotos ihrer Großeltern. Tränen der Rührung liefen über Marys Gesicht, aber gleichzeitig stieg Unbehagen in ihr auf. Was sollte sie den Besitzern sagen? Sie ging bereits wieder Richtung Ausgang, als sie eine kräftige Stimme hinter sich hörte:

„Que puis-je faire pour vous, Mademoiselle?"

***

Eine halbe Stunde später saß sie neben Jean, dem Besitzer der Tanzschule, in einem Café. Sie lächelte, als er mit einem unwiderstehlichen Akzent in deutscher Sprache erzählte, dass er ihre Großeltern Hans und Luise kennengelernt hatte. Er war damals erst zehn Jahre alt gewesen, und seine Mutter hatte das Studio von den beiden gekauft. Mary vergaß im Gespräch mit dem fremden Mann für Stunden ihre Erkrankung und erzählte ihm von ihrem Traum. Jean lachte und sagte:

„Um Tango Argentino zu lernen, brauchst du Zeit und Mut. Nicht umsonst nennt man ihn die getanzte Umarmung. Die Welt dreht sich zu schnell, und den Menschen fehlt die

Geduld, für die wahre Leidenschaft dieses Tanzes. Komm morgen um elf Uhr wieder, und ich zeige dir, was ich meine."

***

Am nächsten Tag hatte sich Mary für ihr rotes Kleid mit dem hohen Beinausschnitt entschieden. Sie wollte zumindest wie eine Tangotänzerin aussehen. Jean schien auch zufrieden zu sein, und zog sie in seine Arme.

„Hör mir gut zu! Du musst dich auf meine Führung verlassen. Wir sind zwei Fremde, die durch diesen Tanz in einen wortlosen Dialog treten. Eine Umarmung bedarf keiner Worte, es ist nur ganz simple Körpersprache."

Mary nickte nur. Sie war sich nicht sicher, ob sie alles verstanden hatte. Und während Jean weitersprach, spürte sie, wie ihr Herz schneller schlug.

„Ein Tango ist ein Ausdruck deiner Gefühle und deines Körpers. Du wirst zuerst die Fügsamkeit der Frauenrolle lernen. Und wenn du sie beherrschst, zeige ich dir die Dominanz und Angriffslust des Führenden. Nur wer beide Seiten kennt, kann den Tango fühlen. Und das Wichtigste ist: Du musst vergessen, was du bislang über Tango gelernt hast."

Nach diesen Worten ließ Jean die Musik erklingen. Mary erschrak, als sie die ersten sehnsuchtsvollen Takte vernahm. Das Lied war langsam und melancholisch. Es verlangte geradezu eine intime Nähe. Jean stand hinter ihr und griff fordernd an ihre Hüfte. Mary spürte seinen muskulösen Körper und seinen Atem an ihrem Hals. Im nächsten Moment drehte er sie fast gewaltsam herum, ohne ihre Hand loszulassen. Seine Bewegungen wirkten auf sie arrogant und abweisend, während er sie gleichzeitig zärtlich berührte.

Bereits nach wenigen Minuten lag ein schimmernder Schweißfilm auf ihrem Dekolleté. Sie wollte tiefer in den Tanz eintauchen und den fremden Mann Haut an Haut spüren. Doch Jean ging auf ihre Spielchen nicht ein. Nach dem dritten Song schob er sie in den Grundschritt, ließ sie los und rief ihr zu:

„Genug für heute, wir sehen uns morgen!" Mary fühlte sich außerstande, zu widersprechen und ging.

***

Am nächsten Tag ging sie mit einem mulmigen Gefühl in das Tanzstudio. Jean lächelte sie freundlich an und hatte sogar bewundernde Worte für ihr neues Outfit. Sobald die Musik erklang, behandelte er Mary wieder mit kühler Arroganz und korrigierte mit strengem Ton ihre Fehler. Gleich darauf flüsterte er ihr zu:

„Fass mich an." Mary gehorchte anstandslos, berührte seine Brust und schlang ihre Hände um seinen Nacken. Sie konnte seinen Schweiß riechen, und der Geruch war für sie keinesfalls abstoßend. Er wirbelte sie herum, um den Tango in der Wiege abzuschließen. Ihre Körper berührten sich, und Jean sah Mary tief in die Augen. Die Luft war erfüllt von knisternder Erotik, und wieder schob er sie unsanft zur Seite und verabschiedete sich.

Am fünften Abend saß Mary in ihrem Zimmer und ließ die vergangenen Tage Revue passieren. Sie hatte keine Ahnung, was passiert war. Die Melancholie der Musik hatte sie traurig und gleichzeitig glücklich gemacht. Die Sinnlichkeit seiner Berührungen ließ ihren Körper erschaudern. Zugleich schreckte die Gefühlskälte seiner stolzen Bewegungen sie angewidert ab. Wieder hatte Jean sie zum Ende hin beinahe wortlos abserviert. Sie begann zu verstehen, was Tangotanzen bedeutete.

***

Die folgenden Wochen mit Jean verliefen wortkarg und zurückhaltend. Es war nicht so, als wären sie Freunde geworden. Mary hatte nicht das Gefühl, sie müsste ihm ihr Herz ausschütten. Sie waren vielmehr Gegner, die sich respektierten und darauf lauerten, den anderen zu überwältigen. Nicht mit körperlicher Gewalt, sondern mit der Zielstrebigkeit eines Siegers. Es ging beim Tanzen nur darum, den anderen zu dominieren und die eigene Stärke aufzudrängen.

***

Mary spürte eines Tages, dass sie der Rolle des Führenden gewachsen war. Sie trug heute einen schwarzen Overall und forderte Jean mit strengen Blicken auf, ihr zu folgen. Sie hatte sogar die Musik ausgewählt, und bereits die ersten Takte von Neruda nahmen sie gefangen. Sie bremste Jean beim Tanzen aus und drängte ihn mit selbstsicheren Schritten in die unliebsame Rolle des Unterlegenen. Mary fühlte die Spannung in ihrem Körper, und ihr Blut pulsierte in ihren Adern. Im Laufe des Tanzes fühlte sie sich lebendiger als jemals zuvor in ihrem Leben. Sobald die Musik verklungen war, überkam sie eine Welle der Schwäche, und sie sank kraftlos in Jeans Arme. Sie fühlte seine Geborgenheit und Nähe, als er sie küsste. Während sie längst wusste, dass sie ihn besiegt hatte. Heute ließ er sie nicht eiskalt stehen.

***

Monate später, nachdem Mary ihre Angelegenheiten in Deutschland geregelt hatte, saßen sie an einem einsamen Strand in der Camargue. Der Krebs hatte seine verräterischen Spuren auf ihrem Körper hinterlassen. Dennoch war sie für Jean die schönste Frau auf dieser Welt, und die Einzige, die ihn jemals besessen hatte.

Mary war noch niemals so glücklich gewesen, und sie wünschte sich nichts mehr als einen letzten Tanz. Inzwischen angewiesen auf seine Führung, gab sie sich seiner Dominanz willenlos hin. Sie spürte seine Stärke und wusste, er würde sie bis zum letzten Augenblick führen. Während die Sonne traurig unterging, tanzten zwei Liebende ihren letzten Tango.

Blutjäger

1 Das Leuchten

Kommissar Martens ahnte es bereits, als er übernächtigt am Tatort ankam. Der Mörder hatte wieder zugeschlagen. Zum dritten Mal in sieben Wochen wurde eine Leiche gefunden, die auf die gleiche Art und Weise getötet wurde. Viktor Martens versuchte objektiv zu bleiben, um sich nicht der Meinung der Kollegen zu beugen. Aber auch er musste das offensichtliche Muster erkennen. Hier war ein Serienmörder am Werk. Wieder lag die Tote nackt auf einer Parkbank und war bis zu den Schultern in durchsichtige Folie geschnürt worden. Hals und Kopf blieben ausgespart. Ihr Gesicht war umrahmt von langen schwarzen Haaren, die Haut weiß wie Schnee und die Lippen blutrot geschminkt. Der Mörder hatte der Frau in ihrem Tode einen Altar erschaffen und ihre Unschuld ausgestellt. Ob Viktor es sich nun eingestehen wollte oder nicht. Vor ihm lag abermals ein totes Schneewittchen. Der Blutjäger, wie er in Polizeikreisen bereits genannt wurde, hatte wieder zugeschlagen.

***

Viktor lehnte sich an seinen Wagen. Er hatte das Gefühl, zu fallen, und die pure Galle drückte an sein Zäpfchen.

„Ich bin zu alt für diesen Scheiß", sagte er leise zu sich selbst, als er von Weitem die raue Stimme von Prof. Cornelia Ahrens vernahm. Er mochte die kauzige Mittfünfzigerin, die er seit Ewigkeiten kannte. Sie war sehr attraktiv für ihr Alter, was von einem zehn Jahre jüngeren Mann schon mehr als ein

Kompliment war. Gesagt hatte er ihr das nie, erst recht nicht nach seiner Scheidung.

„Na Martens, hat der Märchenonkel wieder zugeschlagen?", versuchte Prof. Ahrens zu scherzen und lachte ihn erwartungsfroh an. Viktor fühlte sich abstoßend mit seinem ungepflegten Dreitage-Bart und der alten Lederjacke, die er seit Jahren entsorgen wollte. In diesem Moment bereute er es, dass er ewig nicht mehr geduscht hatte. Um seine Coolness zurückzugewinnen, zündete er sich eine Zigarette an und grinste breit über das ganze Gesicht.

2 Die Finsternis

Abraham hatte sich unter die anderen Schaulustigen gemischt. Er beobachtete das geschäftige Treiben der Polizei. Die Leiche hatten sie bereits abtransportiert. Inzwischen befassten sie sich mit der Sicherung der Tatortspuren. Er grinste euphorisch in sich hinein. Er wusste bereits, dass sie nichts finden würden. Allerdings machte er sich Gedanken über den abgewrackten Kerl in der Lederjacke. Jedes Mal, wenn dieser einen Tatort betrat, änderte sich die Stimmung unter den anderen Ermittlern. Erst erstarrten sie für Sekunden vor Ehrfurcht, und dann gingen sie voller Tatendrang wieder an ihre Arbeit. Dieser Polizist schien eine wichtige Position in ihrer Hierarchie einzunehmen. Obwohl er aussah, als würde er in einem Pappkarton auf der Straße leben. Abraham entfernte sich lächelnd vom Tatort. In ihm keimte bereits der Wunsch auf, sich eingehender mit diesem Mann zu befassen.

3 Das Leuchten

Drei Stunden später hatte Viktor geduscht und machte sich auf den Weg in die Gerichtsmedizin. Prof. Ahrens erwartete ihn bereits mit den vermuteten Ergebnissen. Wie bei den beiden Opfern zuvor steckte auch dieser Leiche ein Metallbolzen im Herzen. Zudem war sie komplett blutleer. Ihr fehlten Lunge und Leber, nahezu perfekt mit chirurgischen Schnitten entfernt. Prof. Ahrens bemerkte noch, dass hier ein Profi am Werk war, der medizinische Grundkenntnisse hatte.

"Die Presse wird sich auf die Story stürzen wie ein Raubvogel auf seine Beute. Ein Verrückter spaziert durch die Stadt und tötet junge Frauen. Auf die gleiche Art und Weise wie der Jäger aus einem Märchen. Und das in der Geburtsstadt der Gebrüder Grimm? So etwas kann sich niemand ausdenken."

Kommissar Martens trat mit dem linken Fuß gegen den Seziertisch. Er bereute es sofort, als der brennende Schmerz durch seinen Körper zog.

***

"Reiß dich zusammen, Viktor. Du musst bei klarem Verstand sein, wenn du ihn erwischen willst. Du hältst ihn für einen Verrückten. Aber ich sage dir, dieser Mörder ist anders als alles, was du bisher gejagt hast. Ich bin kein Profiler. Aber ich erkenne bereits an der Handschrift des Tötens, dass er überdurchschnittlich intelligent und sehr kontrolliert ist." Die Gerichtsmedizinerin sah ihn ernst an und nahm seine Hand.

"Ganz ehrlich, alter Freund, wenn du dich nicht auf den Täter konzentrierst, wird er nie gefasst. Die anderen Pfeifen aus deinem Revier tragen nicht umsonst seit der Grundschule Schuhe mit Klettverschlüssen."

Viktor mochte es sehr, wenn sie lachte, und er errötete, als sie ihn berührte. Sie hatte recht. Er durfte sich durch nichts und niemanden ablenken lassen, wenn er den Blutjäger fassen wollte.

"Hast du bereits eine Ahnung, wie er ihnen das Blut abgelassen hat? Das muss doch eine Riesensauerei gegeben haben. Wir haben an den Tatorten nicht einen Tropfen Blut gefunden. Genau genommen gab es gar keine Spuren." Prof. Ahrens nickte bereits, während Viktor noch sprach.

"Ich habe in der Tat bereits eine Vermutung und Hinweise auf Einstiche gefunden. Was noch viel interessanter ist. Ich glaube, er hat die Leichen zwischendurch eingefroren. Aber um Genaueres zu sagen, musst du die Frauen endlich identifizieren. Nur dann kann man rekonstruieren, wie lange sie vor ihrem Tod vermisst wurden. Also verschwinde und mach deine Arbeit. Ich habe noch andere Fälle zu bearbeiten."

4 Die Finsternis

Abraham ging der Polizist nicht mehr aus dem Kopf. Er musste mehr über ihn erfahren. Zur Not würde er seine weiteren Pläne aussetzen. Seine Tätigkeit bei der Führerscheinstelle brachte ihm gewisse Vorteile. Aber dafür brauchte er zumindest einen Namen.

Er meldete sich mit den entwendeten Anmeldedaten einer Kollegin im Pressearchiv an und suchte nach spektakulären Kriminalfällen. Bereits auf dem ersten Foto erkannte er ihn an seiner schmuddeligen Lederjacke. Sein Name war Viktor Martens, Hauptkommissar, und er hatte laut Zeitungsbericht den Entführungsfall an einer Unternehmergattin aufgeklärt. Abraham hatte den erforderlichen Namen, und nach fünf Minuten kannte er die Adresse des Kommissars. Diese Informationen genügten ihm. Er würde sich heute Abend noch intensiver mit Viktor befassen. Jetzt hatte er Wichtigeres zu tun und ging in den Keller hinunter.

***

Abraham hatte Zehntausende Euro in seinen besonderen Partykeller investiert. Den entscheidenden Rest hatte er in Eigenleistung vollbracht. So war keiner der Handwerker auf den Trichter gekommen, für was sie dort die Vorarbeit leisteten. Der Keller bestand aus einem großen Raum, den er sein Arbeitszimmer nannte. Dazu eine kleine Zelle mit einer Holztür, in der er die Opfer gefangen hielt. Beide Räume waren schallisoliert. Was nur eine zusätzliche Schutzmaßnahme war, denn das nächste Haus war kilometerweit entfernt. Sein Arbeitszimmer war durchgehend gefliest und erinnerte an eine Metzgerei. In der Ecke stand eine überdimensionale Kühltruhe. Trotzdem achtete Abraham stets darauf, dass die Frauen klein und schmal gebaut waren.

Von einigen Regalen umrahmt, stand in der Mitte des Raums ein Metalltisch, der aus einer Tierarztpraxis stammte. Abraham hatte zahlreiche Modifikationen vorgenommen, sodass sein Nachbau dem Seziertisch eines Gerichtsmediziners mehr als ähnlich war. Zusätzlich war der Raum von einem Boden-ablauf durchzogen und besaß diverse Wasseranschlüsse.

Zwei Jahre hatte es gedauert, bis das Schmuckstück fertig war. Die Überwachungstechnik war der letzte Schritt gewe-sen. Schließlich wollte Abraham schon nach dem Aufstehen sehen, was seine Mädchen so alles trieben. Er liebte es, wenn er alles unter Kontrolle hatte.

***

Abraham saß an diesem Morgen am Küchentisch und ließ sich Eier Benedict schmecken. Das war sein Sonntagsritual in Erinnerung an seine verstorbene Mutter Barbara. Sie war eine ehemalige Tierärztin, die er einen Tag vor Beginn der Keller-arbeiten beerdigt hatte. Er grinste. Wenn man ihn eines Tages schnappen würde, wäre der Tod der Mutter für die Ermittler der Auslöser für die Mordserie. Aber sie hatte rein gar nichts damit zu tun. Abraham oder Arno Wertheim, wie er richtig hieß, hatte nur Lust am Töten.

Das Schneewittchen-Motto bedeutete auch nichts. Es diente nur dem Zweck, in die Presse zu kommen. Abraham war ein Narzisst, der mit 14 Jahren das erste Mal gemordet hatte.

Er schaute auf den Bildschirm. Die Neue war eine kleine Wildkatze. Sie kratzte an der Tür und zerstörte dabei ihre Fin-gernägel. Er mochte es lieber, wenn die Opfer starr vor Angst waren. Aber diese Dame hatte sich schon bei ihrer Entfüh-rung heftig gewehrt. Er musste sogar Ketamin nachspritzen. Das hatte er nun davon, dass er diesmal weniger Arbeit mit der Leiche haben wollte. Diese Frau sah bereits auf ihrem Führerscheinfoto aus wie Schneewittchen.

5 Das Leuchten

Als Viktor genervt an seinem Schreibtisch Platz nahm, fand er einen Rückrufzettel der Gerichtsmedizin und wählte sofort Cornelias Nummer.

"Sag mir, dass du etwas für mich hast. Ich komme gerade aus der Vermisstenabteilung. Es gibt immer noch keinen Hinweis auf die Identität der Frauen."

"Nun ja, Viktor, ich habe in der Tat etwas für dich. Ich nehme an, ihr habt nur nach dunkelhaarigen Vermissten gesucht? Ich habe die Obduktion der dritten Leiche beendet und rötliche Körperbehaarung gefunden. Bei den ersten beiden Opfern hatte ich keinerlei Haare gefunden ..."

Viktor fiel ihr ins Wort:

"Du meinst also, der Mörder hat ihnen die Haare schwarz gefärbt? Das ist in der Tat eine wichtige Information. Danke, ich lasse die Vermisstendatei erneut checken."

Drei Stunden später waren die Opfer identifiziert. Zwei osteuropäische Prostituierte und eine Studentin aus Frankfurt, die keine Angehörigen mehr hatte. Keine von ihnen hatte dunkle Haare. Der Kommissar zog sofort los, die Erstatter der Vermisstenanzeigen zu befragen.

***

Am nächsten Morgen saß Viktor im Büro und sichtete die Ergebnisse. Jedes Opfer war mindestens zehn Tage verschwunden, bevor die Leichen gefunden wurden. Prof. Ahrens hatte zwischenzeitlich die Theorie des Einfrierens aufgrund der Gewebeschäden bestätigt. Blieb nur die Frage offen, wie lange der Täter die Frauen am Leben ließ. Viktor konnte nur grob abschätzen, dass man wohl in einer Woche die nächste Leiche finden würde.

Und die Polizei hatte nichts, keine Spuren, nicht mal Vermutungen. Viktor zündete sich eine Zigarette an. Es war ihm egal, ob hier Rauchverbot galt. Er wusste, dass ihn sein Ruf vor Nörgeleien und Belehrungen schützen würde.

Die Kollegen achteten ihn wie keinen zweiten Polizisten des Reviers. Nicht für seine Aufklärungsrate. Nein, für seine Kollegen war er ein Held, weil er vier von ihnen das Leben gerettet hatte. Ohne Rücksicht auf sein eigenes zu nehmen. Vor einigen Jahren gab es ein Feuer in der Polizeistation, und Viktor ging zurück in die Flammen, um eingeschlossene Polizisten zu retten.

Er ließ sie in dem Glauben. In Wirklichkeit waren ihm die Kollegen egal. Er war damals so kaputt vom Alkohol und der Scheidung, dass er zurückging, um einfach zu verbrennen. Ihm war damals nicht klar, dass noch Polizisten vermisst wurden. Er hatte sie nur durch Zufall gehört, als ihm gerade bewusst wurde, dass er für Selbstmord zu feige war. Viktor Martens war kein Held, nur ein bemitleidenswerter Dreckskerl.

Abraham hatte sich in der letzten Nacht eingehend mit dem Kommissar beschäftigt und unerwartete Dinge zu Tage befördert. Es war leicht für ihn gewesen, die Archive der Polizei zu hacken. Nun konnte er Martens' Personalakte einsehen, wobei ihn die psychologischen Beurteilungen am meisten interessierten. Er hatte etwas über eine Belobigung gelesen, weil der Kommissar mehrere Kollegen gerettet hatte. Daher kam die Ehrfurcht der anderen. Aber bis dahin war die Personalakte gefüllt mit Dienstvergehen und Vermerken über Autoritätsprobleme.

Viktor Martens verdankte seinen Status lediglich einem Feuer, und darauf ruhte er sich aus. Mit dem Brief, den Abraham heute in die Post gegeben hatte, würde er ein wenig Würze in das Spiel bringen.

Es wurde Zeit, sich der kleinen Wildkatze zu widmen. Er musste die einwöchige Tiefkühl- und Auftauphase unbedingt einhalten. Schließlich galt es, die Polizei auf Trab zu halten und der Presse neue Munition zu liefern.

***

Er zog vorsichtshalber die doppelte Dosis Ketamin auf die Spritze und ging in den Keller. Aus den alten Beständen seiner Mutter hatte er einen unerschöpflichen Vorrat. Er lächelte, als er an sie dachte. So oft hatte er ihr bei Routineeingriffen assistiert, als Parkinson Besitz von ihrem Körper ergriff. Sie konnte sich damals aus Stolz nicht eingestehen, dass sie lieber nicht mehr praktizieren sollte. Abraham hatte für sie mehr Hunde und Katzen kastriert und wieder zugenäht als mancher Tierarzt.

Er hatte seine Mutter immer beschützt. Auch vor zwanzig Jahren, als er seinen gewalttätigen Vater die Treppe herunterstieß. An diesem Tag, seinem 14. Geburtstag, durchströmte ihn das erste Mal dieses warme Glücksgefühl. Die Endorphine tanzten durch seinen Körper, und ein wohliger Schauer lief über seinen Rücken. Zu töten war seine Bestimmung.

Die kleine Wildkatze hatte nicht lange gelitten, aber ihre Chance genutzt und ihn am Arm gekratzt. Abraham liebte am Töten nicht die Brutalität. Er empfand auch keinen Spaß daran, Opfer unnötig zu quälen. Er genoss nur die Macht, dass er das Leben beenden konnte.

7 Das Leuchten

Viktor musste sich eingestehen, dass er völlig im Dunkeln tappte. Er brauchte dringend befriedigende Ermittlungsergebnisse. Die Chefetage saß ihm im Nacken, und an die Presse waren längst zu viele Einzelheiten durchgesickert. Heute Morgen waren in der Zeitung bereits die Begriffe Blutjäger und Schneewittchen-Morde zu lesen. Der Täter erhielt eine Publicity, an der er vielleicht Gefallen fand. Viktor hatte so eine Ahnung, dass er trotzdem keine Fehler machen würde.

Das Einfrieren und Auftauen der Leichen gaben ihm genug Zeit, sämtliche Spuren zu entfernen. Das Gemisch aus Alkohol und Formalin, das er in die Körper einleitete, war genauso eine Sackgasse wie die Folie. Niemand hatte in den letzten

Jahren größere Mengen davon geordert. Entweder kaufte der Killer geschickt ein, oder er hatte einen Vorrat im Keller. Mit anderen Worten, die Polizei hatte keinen blassen Schimmer. Viktor ging die Post durch. Er war heute nach dem Dienst nur kurz nach Hause gefahren, hatte geduscht und zwei Stunden geschlafen. Er las nur die üblichen Mahnungen. Viktor wollte den Haufen wieder in seine Aktentasche stopfen, als er den Brief sah. Eine fein geschwungene Handschrift, sicher mit Füller geschrieben, und hochwertiges Briefpapier. Er zog sich Einweghandschuhe über und drehte den Brief um. Kein Absender, aber er wusste längst, wer ihm geschrieben hatte und das an seine Privatanschrift. Er schlitzte den Brief seitlich auf. In der gleichen Handschrift konnte Viktor Folgendes lesen:

Kommissar Martens, ich weiß, Sie suchen nach mir und brauchen eine Brotkrume. Ist es nicht beschämend, dass Sie meine Hilfe brauchen, um Ihr fadenscheiniges Image aufrechtzuerhalten? Für das vierte Opfer sind wir leider etwas spät dran, es hat seine Reise schon angetreten. Aber ich verspreche Ihnen, wenn ich die nächste Frau auserkoren habe, kriegen Sie eine Chance, sie zu retten. Gez. A

***

Viktor ging auf dem schnellsten Weg in die Gerichtsmedizin. Er musste mit jemanden über die Sache reden:

"Cornelia, verstehst du nicht? Der Brief ging an meine Privatadresse. Wer auch immer A. ist, hat etwas Persönliches aus der Sache gemacht. Meine Adresse steht nicht im Internet, also muss er Zugang auf behördliche Computer haben. Und was meint er mit fadenscheinigem Image? Der Killer verhöhnt mich."

276

Sie schwieg eine Weile und nahm wieder seine Hand:

"Viktor, ich wiederhole mich. Den kriegst du nur, wenn du deine Kräfte sammelst. Warte erst mal ab, was die Spurensicherung auf dem Brief findet. Und was willst du machen? Alle männlichen Mitarbeiter der Stadt überprüfen, deren Vor- oder Nachnamen mit A beginnen? Du weißt nicht einmal, ob der Buchstabe wirklich eine Bedeutung hat."

Viktor ging wortlos, er brauchte dringend frische Luft. Er ahnte bereits, dass die Spurensicherung gar nichts finden würde.

8 Die Finsternis

Abraham begann mit der Vorbereitung des vierten Schneewittchens. Er drückte das Bolzensetzgerät über ihrem Herz an, um den Metallstift zu implantieren. Danach öffnete er mit dem Skalpell die Bauchdecke und entfernte Leber und Lunge. Er legte beides in einen Plastikbeutel und anschließend in die Kühltruhe. Die Tüten warf er regelmäßig in verschiedene Müllcontainer. Die Organe und der Metallbolzen bedeuteten rein gar nichts. Sie dienten nur der korrekten Darstellung des Jägers aus dem Märchen. Es ekelte Abraham an, dass die Öffentlichkeit dachte, er würde die Organe essen.

Er leitete über die Kanüle in der Halsschlagader die rosafarbene Flüssigkeit ein, eine Mischung aus Alkohol und Formalin. Während er gleichzeitig über den Schlauch in der Drosselvene das Blut ablaufen ließ. Was man nicht alles so lernt, wenn man ein bisschen im Internet surft. Abraham hatte dieses Verfahren mit jeder Leiche perfektioniert. Seinem ersten

Opfer wollte er das Blut direkt nach dem Tode ablassen, aber das endete sprichwörtlich in einem Blutbad. Die Pumpkraft des Herzens war kurz nach dem Tod noch vorhanden, und das Blut spritzte ihm ins Gesicht. So ein Fehler passierte Abraham danach nie wieder. Dem Ekel vor Blut hatte er auch seinen Namen zu verdanken, den er sich kurzerhand vom größten Vampirjäger der Welt ausgeliehen hatte.

Abraham grinste, als er die ausgeblutete Tote in die Kühltruhe schaffte. Er fand, dass er durchaus Humor hatte.

***

Einige Tage später taute Abraham die Frau langsam wieder auf und begann mit der Präparierung der Leiche. Am Anfang hatte er die Idee mit Schneewittchen sehr amüsant gefunden, aber das Ganze machte auch sehr viel Arbeit. Er empfand es fast als nachlässig, dass er diesmal eine schwarzhaarige Frau ausgewählt hatte. Es störte unterschwellig seinen kontrollierten Ablauf, dass er keine Haare färben musste.

Und ob es nun daran lag, dass er einen Moment die Kontrolle verlor oder er einfach überheblich war. Abraham vergaß, sich um die Fingernägel der Wildkatze zu kümmern, bevor er sie auf der Parkbank in der Nähe des Polizeipräsidiums deponierte.

9 Das Leuchten

Heute war Viktor sich sicher, dass der Täter ihn verhöhnte. Die vierte Leiche war in unmittelbarer Nähe des Präsidiums abgelegt worden. Wie sicher war sich der Killer, wenn er sich solch einem Risiko aussetzte? Auch wenn Viktor sich für diesen Gedanken hasste. Für diese Frau konnte er nichts mehr tun. Er wartete daher unruhig auf den Anruf der Spurensicherung, damit sie ihm mitteilten, ob es einen Hinweis auf das nächste Opfer gab. Auch wenn er es mit einem Serienmörder zu tun hatte, dem Blutjäger schien sein Ehrenwort etwas zu bedeuten. Zumindest redete sich Viktor das ein.

Als das Telefon klingelte, hechtete er elegant wie ein Wiesel durch den Raum. Durch den Fall hatte er bereits zehn Kilogramm abgenommen und kriegte vor dem Spiegel keinen Schreck mehr. Zum ersten Mal in seinem Leben war er enttäuscht, dass er nur die Gerichtsmedizin am Hörer hatte. Aber dann lauschte er gebannt den Worten von Cornelia, legte auf und fuhr sofort los.

***

„Viktor, ich weiß nicht, aber ich denke, der Blutjäger ist nachlässig geworden. Dieses Schneewittchen hatte Hautfetzen unter ihren Fingernägeln. Sie war in einem Raum mit einer Holztür eingesperrt oder lag in einem Sarg. Das arme Ding hat verzweifelt versucht, zu entkommen. Sieh dir ihre Nägel an. Sie muss wirklich um ihr Leben gekämpft haben, und zu unserem Glück hat sie dabei auch den Täter gekratzt. Die Probe ist bereits im Labor, und wir können nur warten."

Viktor ging auf Cornelia zu, küsste sie auf die Wange und rannte beschwingt zur Tür hinaus. Drei Stunden später saß er mit einigen Kollegen im Konferenzraum und sprach über die Laborergebnisse. Die DNA-Analyse hatte tatsächlich einen Treffer ergeben. Zwar nicht direkt zum Täter, aber zu einer

Verwandten. Die Probe stammte aus einer zwanzig Jahre alten Mordermittlung, die später als Unfall eingestuft wurde. Damals galten der vierzehnjährige Sohn und die Mutter als dringend tatverdächtig. Die Proben der Frau wurden später ins System eingegeben. Die ehemalige Tierärztin war inzwischen verstorben, aber der Sohn Arno Wertheim wohnte immer noch im Haus der Mutter.

Viktor wusste, dass dies seine Chance war, und er ergriff sie.

10 Die Finsternis

Abraham bog gerade in die Straße zu seinem Haus ein, als er die Streifenwagen entdeckte. Er bremste ab und fuhr langsam in den rechts neben ihm gelegenen Feldweg. Es lief ihm eiskalt den Rücken runter. Wie war Kommissar Martens ihm auf die Schliche gekommen? Er hatte keinerlei Spuren hinterlassen und das fünfte Opfer heute erst ausgesucht. Er musste Ruhe bewahren, und als erstes brauchte er dringend Geld. Zum Glück besaß er zwei Konten und konnte somit doppelt den Höchstbetrag ausschöpfen.

Er deckte sich mit den wichtigsten Utensilien ein und ließ seinen Wagen in der Innenstadt stehen. Abraham kaufte sich ein Zugticket nach Frankfurt, wo er vor Beginn der Mordserie unter falschem Namen eine kleine Wohnung angemietet hatte. Abraham war sich zwar sicher, dass er nie gefasst würde. Aber es gehörte zu seinem kontrollierten Handeln, auf alles vorbereitet zu sein.

***

Einige Zeit später saß er mit frisch gefärbten Haaren in seiner Wohnung und schaute Regionalnachrichten. Die Polizei hatte schnell gearbeitet, das Auto bereits gefunden und ihn zur Fahndung ausgeschrieben. Abraham verspürte ein leichtes Unbehagen. So hatte er das Ganze nicht geplant. Er hätte gerne noch ein bisschen Katz und Maus mit Kommissar Martens gespielt. Plötzlich fiel es ihm wie Schuppen von den Augen: Die Fingernägel der Wildkatze. Er hatte schlicht und einfach vergessen, sie sauber zu machen. Allerdings hatte er keinen blassen Schimmer, woher die Polizei seine DNA hatte.

11 Das Leuchten und die Finsternis

Viktor Martens saß nach der Pressekonferenz noch eine Weile im Büro und ordnete seine Gedanken. Arno Wertheim wurde offiziell zur Fahndung ausgeschrieben und sein Haus überwacht. Er ging davon aus, dass die Mordserie beendet war, schließlich hatten sie dem Blutjäger seine Folterkammer genommen. Er musste sich dort über Jahre auf das Töten der Frauen vorbereitet haben. Inzwischen hatten sich einige der damals beauftragten Handwerker gemeldet. Keiner von ihnen hatte eine Ahnung, was schlussendlich aus dem Keller geworden war. Die anfänglichen Ermittlungen wegen Beihilfe wurden eingestellt.

***

Auf der Pressekonferenz hatte der Polizeichef verkündet, dass der Tod der Mutter ursächlich für die Morde war. Und dass man alles unternehmen würde, um den Blutjäger festzunehmen. Viktor glaubte fest an diese Aussagen, ging jedoch davon aus, dass sich der Täter bereits ins Ausland abgesetzt hatte.

***

Abraham war überrascht, wie leicht es war, sich Zutritt zu seinem Haus zu verschaffen. Die beiden Polizisten, die vier Wochen nach seiner Flucht das Grundstück überwachen sollten, waren vor einigen Minuten weggefahren. Er hoffte, dass sie den nächsten Imbiss aufsuchten, und ergriff seine Chance. Er stellte schnell fest, dass das Schloss der Kellertür nicht ausgewechselt worden war und verschaffte sich mit seinem Schlüssel Zutritt. Er ging, ohne sich lange aufzuhalten, zu einem Geheimfach im Boden, entnahm den Inhalt und verschwand lautlos.

***

Viktor klappte die Akte zu und lief zu Fuß nach Hause. Er genoss die laue Nachtluft und fühlte, wie die Last der letzten Wochen von ihm abfiel. Er dachte darüber nach, dass es an der Zeit wäre, die Gerichtsmedizinerin zum Abendessen einzuladen. Er setzte sich lächelnd auf eine Parkbank. Viktor war so vertieft in seine Gedanken, dass er nicht merkte, wie sich Abraham von hinten anschlich. Viktor spürte das kalte Metall an seinem Hals und wusste sofort, wer hinter ihm stand.

„Herr Kommissar, hören Sie mir zu, ich möchte Ihnen ungern die Kehle durchschneiden. Sie waren ein würdiger Gegner. Ich muss Ihnen sogar meinen Respekt zollen, dass Sie mein Arbeitszimmer gefunden haben. Ich gebe Ihnen die Chance, ein wahrer Held zu werden, wenn Sie mir zwei Fragen beantworten: Wie haben Sie mich gefunden, und was ist wirklich in der Nacht passiert, als Ihr Revier brannte? Und bitte nennen Sie mich Abraham."

Viktor sehnte sich nicht mehr nach dem Tod und erzählte Abraham, dass die DNA seiner Mutter versehentlich gespeichert wurde. Und dann sprach er von seiner Scheidung, der Zeit, als sein Leben sinnlos war und er im Feuer sterben wollte.

Abraham war zufrieden mit dieser Wahrheit. Es erfüllte ihn mit Stolz, dass nur Kommissar Zufall ihm auf die Schliche gekommen war.

„Viktor, verhalten Sie sich ruhig und ich werde mein Versprechen einlösen. Wenn Sie Dummheiten machen oder mir folgen, werden Sie das fünfte Schneewittchen." Abraham ließ einen Umschlag fallen und verschwand in der Dunkelheit.

Viktor blieb noch eine längere Zeit auf der Bank sitzen. Er wollte kein Risiko eingehen und sah sich auch beim Gehen ständig um, dass ihm niemand folgte. Zu Hause zog er sich Handschuhe über und las den Brief.

Hallo Viktor,

wenn Sie diesen Brief in den Händen halten, haben Sie die Fragen zu meiner Zufriedenheit beantwortet, und ich habe Sie am Leben gelassen.

Als Erstes will ich Ihnen mitteilen, dass die Beamten, die vor einigen Stunden mit der Observierung meines Hauses betraut waren, ziemliche Pfeifen sind. Sie haben ihren Posten verlassen,

*wahrscheinlich um Essen zu gehen, und ich konnte mir Zutritt ver-
schaffen.*

*Damit Sie sich keine Gedanken machen müssen, ich habe sie nicht
umgebracht. Und nur etwas aus meinem Geheimfach entwendet.
Das Skalpell haben Sie gerade an Ihrem Hals gespürt. Ansonsten
habe ich jetzt einen gefälschten Reisepass sowie 50.000 Euro, und
damit werde ich verschwinden. Obwohl uns die Entdeckung meiner
Person dazwischenkam, möchte ich mein Versprechen einlösen.*

*Auf der Rückseite steht die Adresse eines Lagerhauses. Dort werden
Sie eine verbrannte Leiche finden, und mein Zahnarzt wird bestäti-
gen, dass ich gestorben bin. Keine Angst, der arme Kerl war bereits
tot, als ich ihn angezündet habe (sein leeres Grab ist auf dem Süd-
friedhof).*

*Sie haben jetzt zwei Möglichkeiten: 1. Sie behalten diesen Brief für
sich und folgen der Indizienkette. Sie werden feststellen, dass mir
das Lagerhaus gehört, und lassen sich als Held feiern.*

*Oder 2. Sie jagen mich weiter, und die Dämonen in Ihrem Kopf
werden Ihr eigenes Ende sein.*

Gez. Abraham

Viktor faltete den Brief zusammen und lächelte.

Die rote Schachtel

Maria ging jeden Tag die Abkürzung durch den Stadtpark. Nach der Frühschicht, wenn die Sonne hoch am Himmel stand, war dieser gut besucht. Die Atmosphäre war geprägt von Kinderlachen, Entengeschnatter und Blumenduft.

Maria liebte die Natur. Zudem missfiel ihr der Gedanke, bei den heißen Temperaturen in einem überfüllten Bus eingepfercht zu sein. Nach den ersten Metern im Freien ließ sie die Nachwirkungen des stressigen Arbeitstages hinter sich.

Jeder hier kannte Maria. Sie grüßte freundlich, hielt den einen oder anderen Plausch und lächelte den Menschen zu. Wenn sie besonders gute Laune hatte, rannte sie vergnügt wie ein kleines Kind über die Wiesen. Befremdliche Blicke von anderen bemerkte sie dabei gar nicht. Sofern es diese überhaupt gab, denn jeder mochte die junge Frau.

***

An diesem Abend hatte Maria Spätdienst und wählte dennoch den Weg durch den verlassenen Park. Die Sonne war längst untergegangen. Die Stille der Nacht wurde nur von den Rufen der Nachtvögel unterbrochen. Unter dem Schein der wenigen Laternen stritten Fledermäuse und Falter um die letzten Lichtfetzen. Die nächtliche Stimmung war gespenstisch. Kein Mensch, der bei klarem Verstand war, würde bei Dunkelheit allein hier durchlaufen.

Niemand außer Maria. Sie hatte keine Angst. Ihre Oma hatte stets gesagt, dass sie etwas Besonderes war. Und das Böse würde jeden verschonen, der ein reines Herz hatte. Was genau betrachtet ziemlicher Blödsinn war. Viele, die Opfer eines Verbrechens wurden, waren Unschuldige. Doch Maria glaubte an diese Worte. Sie waren ihr Antrieb und ihr Lebenselixier. Es gab nichts auf dieser Welt, was Furcht in Maria auslöste. Sie schlichtete Streits und klärte andere auf, wenn sie Unrechtes taten. Sie war ein Engel für ihre Mitmenschen.

***

Maria hatte fast die Hälfte der Strecke geschafft, als sie stehen blieb. Das Geräusch, das sie eben vernommen hatte, klang ungewöhnlich. Sie drehte sich um, konnte aber auf dem schwach ausgeleuchteten Weg nichts erkennen. Doch sie hörte es wieder. Und während jeder andere losgerannt wäre, zuckte Maria nur mit den Schultern und setzte ihren Weg fort. Und sie hielt auch nicht an, als irgendetwas durch das Unterholz brach.

Das sind die Waschbären, dachte Maria. Sie bemerkte nicht die schemenhafte Gestalt, die abseits des Weges die gleiche Richtung einschlug und deutlich schneller wurde.

Als Maria die Reiterstatue passierte, sah sie etwas. Direkt auf dem Weg vor ihr stand ein Karton. Maria näherte sich furchtlos. Aus der Nähe erkannte sie, dass es eine rote Schachtel war. Mit einer hübschen goldenen Schleife und einem Schild, auf dem ihr vollständiger Name stand. Sie sah sich erstaunt um. Doch wie schon zuvor konnte sie nichts entdecken. Sie ahnte nicht, dass man sie beobachtete. Sie hob die Schachtel auf und drückte sie fest an ihre Brust.

Einige Zeit später saß Maria auf ihrem alten Sofa und strich sanft über die lackartige Struktur der Box. Sie hatte sich immer noch nicht getraut, diese zu öffnen. Jetzt, wo sie zu Hause war, stieg Aufregung in ihr hoch. Es waren keine bedrohlichen Gedanken. Maria fühlte sich wie ein Geburtstagskind, dass ein besonderes Geschenk erhalten hatte. Mit zittrigen Händen löste sie die Schleife und schob den Deckel zur Seite. Tränen liefen über ihre Wangen, als sie den Inhalt erkannte.

In der Schachtel lag die Spieluhr, die sie ihrer Oma in den Sarg gelegt hatte. Auch ohne die unbeholfene Kinderschrift auf der Oberseite hätte sie diese sofort erkannt. Sie kannte jede Delle und jeden Kratzer. Daneben lag ein Zettel, den Maria vorsichtig in die Hände nahm. Sie weinte immer noch, als sie die Zeilen laut vorlas:

Liebe Maria,

Du kennst mich nicht. Aber ich weiß, wer Du bist. Ich sehe Dich lachen, und Deine Freundlichkeit berührt mich jeden Tag aufs Neue. Eine gemeinsame Freundin hat mir gesagt, dass Du ein außergewöhnlicher Mensch bist. Und sie hatte recht.

Du kannst mich nicht sehen, aber ich werde immer über Dich wachen. Ich werde Dich auch nicht verlassen, wenn Du alt und grau bist. Denn Du hast es verdient, beschützt und geliebt zu werden. Pass gut auf die Spieluhr auf. Sie ist Deine Verbindung zu den Welten, die hinter dem Horizont liegen. Schließ die Augen, und Du wirst diejenigen sehen, die Dich verlassen mussten.

Dein Schutzengel

P. S. Liebe Grüße von Deiner Oma. Vergiss niemals, wie sehr sie Dich immer noch liebt.

Nachwort

Diesen abschließenden Text zu verfassen, hat mir mehr Mühe bereitet, als den Rest des Buches zu schreiben. Ich formulierte diverse Versionen, die ich immer wieder löschte.

Ein Buch zu schreiben und im Selfpublishing zu veröffentlichen ist kein Sonntagsspaziergang. Es ist extrem harte Arbeit. Und vielleicht sollte das jeder Leser wissen, der selbst mit dem Gedanken spielt, Autor zu werden. Mir wurde nicht jeden Tag seitens des privaten Umfelds auf die Schulter geklopft und gesagt, wie stolz sie auf mich sind. Ich habe die ganze Gefühlspalette beim Schreiben durchlaufen. Genauso wie jeder, der Wolfsgedanken gelesen hat. Wahrscheinlich habe ich ein bisschen mehr geflucht und gezweifelt als jeder andere.

Dieses Buch ist das Endergebnis meiner Kreativität, den Emotionen und einer Menge Disziplin. Wenn ich einen bekannten deutschen Rapper zitieren darf: „Erfolg ist kein Glück, sondern nur das Ergebnis von Blut, Schweiß und Tränen." Deswegen sollte ich mir wohl am meisten danken, dass ich es bis zum Ende durchgezogen habe. Doch genauso wie der Wolf ein Rudeltier ist, war ich am Ende nicht ganz allein, und darf auch anderen danken.

Den Anfang macht selbstredend Swen Artmann. Es ist die unumstößliche Wahrheit, dass es Wolfsgedanken ohne ihn niemals gegeben hätte. Er hat mir vor einem Jahr gezeigt, dass Talent und Kreativität nicht ausreichen, um ein Buch zu schreiben. Ich habe seinetwegen meine innere Einstellung vollständig geändert. Ich musste erst seine vernichtende

Kritik annehmen und verstehen, bevor ich bereit war, den Pfad der Verbesserung einzuschlagen. Swen ist in vielerlei Hinsicht mein Vorbild, und wir haben es geschafft, Freunde zu werden. Ich danke ihm für seine Motivation, seine Korrekturen, die Kritik und das Lob. All das habe ich gleichermaßen verdient. *Lieber Swen, ich wünsche Deiner Familie und Dir alles Gute für die Zukunft. You are forever in my prayers.*

Ich bedanke mich weiterhin bei Florin von www.100covers4you.com für die professionelle Zusammenarbeit bei der Gestaltung meines Covers. Sie hat meine Wünsche perfekter umgesetzt, als ich es erhofft hatte. Florin war auch eine kompetente Ansprechpartnerin bei Fragen zu Marketing und Merchandising.

Ich danke allen, die mir auf Instagram unter @wortgeschmeide folgen. Eure Treue hat mich angespornt. Die vielen Schreibprojekte wie @wirschriebenzuhause, #shortstorydienstag, #summersoultalk und www.1bild2geschichten.de haben mir geholfen, mich zu entfalten und weiterzuentwickeln.

Ganz besonders danke ich Caro und Iris, die mich von Anfang an begleitet und ihre Begeisterung mit mir geteilt haben.

Ich danke abschließend allen Lesern, die gerade das Taschenbuch oder einen E-Book-Reader in den Händen halten. Ich hoffe, niemand hat die Reise durch die Wolfsgedanken bereut.

Melanie Gömann
Oktober 2021

290